KB116198

군주의 배신

지선환 장편소설

청어

군주의 배신

지선환 지음

발행처 · 도서출판 **청어**
발행인 · 이영철
영　업 · 이동호
홍　보 · 최윤영
기　획 · 천성래 | 이용희
편　집 · 방세화 | 이서윤
디자인 · 김바라 | 서경아
제작부장 · 공병한
인　쇄 · 두리터

등　록 · 1999년 5월 3일
(제321-3210000251001999000063호.)

1판 1쇄 인쇄 · 2015년 4월 10일
1판 1쇄 발행 · 2015년 4월 20일

주소 · 서울특별시 서초구 효령로55길 45-8
대표전화 · 586-0477
팩시밀리 · 586-0478

홈페이지 · www.chungeobook.com
E-mail · ppi20@hanmail.net
ISBN · 979-11-85482-99-6(03810)

이 도서의 국립중앙도서관 출판시도서목록(CIP)은 서지정보유통지원시스템 홈페이지
(http://seoji.nl.go.kr)와 국가자료공동목록시스템(http://www.nl.go.kr/kolisnet)에서 이용하
실 수 있습니다.(CIP제어번호: CIP2015009261)

군주의 배신

조선을 건국하면서 태조 이성계와 정도전 일파는 유학의 덕목을 국가운영의 기본이념으로 삼고 백성들에게 삼강오륜(三綱五倫)을 가르쳤다.

군사부일체(君師父一體).

이들은 무지몽매(無知蒙昧)한 백성들에게 군주는 어버이와 같다고 가르치면서 믿고 따르도록 세뇌시켰다.

군주(君主)의 배신(背信).

1592년 임진왜란이 발발하자 백성들의 어버이였던 조선의 군주 선조는 도성인 한양과 백성들을 버리고 야반도주하여 백성들의 믿음을 배신했고, 분노한 백성들은 임금이 살던 궁궐을 불태웠다.

평양성으로 도망간 선조는 이제 더 이상 물러서지 않고 평양성에서 백성들과 함께 싸우겠다고 약속했지만, 왜군들이 임진강을 건너자 부랴부랴 행장을 꾸려서 평양성을 빠져나갔고, 백성들은 어가에 침을 뱉고 돌을 던졌다. 군주인 선조의 두 번째 배신이었다.

북으로 도주하여 의주에 당도한 선조는 여기서 멈추지 않고, 조선의 땅과 백성들을 버리고 명나라로 가서 제후 행세나 하면서 살겠다고 명나라의 조정에 망명신청을 하여 백성들을 배신하였으니, 이것이 세 번째 배신이었다.

거듭되는 조선의 군주 선조의 배신에 이 땅의 백성들은 절망했고, 그 결과 수

많은 백성들이 왜군에 가담하여 조선인을 향해서 조총을 쏘고 칼을 휘둘렀다. 그런가 하면 또 다른 백성들은 의병을 가장한 도적의 무리가 되어 도처에서 동족을 죽이고 약탈을 자행하였다.

임진왜란은 일면 배신자들의 전쟁이기도 했었다.

이렇듯 백성들에게 임금은 어버이와 같다고 가르쳤던 군주의 배신은 수많은 배신을 양산하였다. 또한 선조는 임진왜란과 정유재란이 끝날 때까지 백성들에 대한 배신을 계속하였으니, 그는 가히 오천 년 역사에서 유래를 찾기 힘든 배신의 아이콘임에 틀림이 없다.

군왕 선조에게 버려진 백성들.

그들은 조선이라는 나라에서 누구를 의지해서 살아가야 하는가? 임진왜란 당시 군주가 보호해 주지 않아서 스스로의 판단으로 자신의 운명을 결정해야 했던 수많은 조선의 백성. 누가 그들의 선택에 돌을 던질 수 있을까?

이 책을 쓰기 위해서 무룡산을 여러 번 올랐다. 무룡산 정상에서 바라본 동해 바다와 무룡산 자락이 너무도 황홀하다. 이 아름다운 국토를 지키기 위해서 수백 년 전에 많은 사람들이 죽어갔다. 그분들이 이 땅을 지키기 위해서 흘린 핏값으로 오늘 우리가 살고 있는 것이다.

우경화된 일본의 독도에 대한 야욕이 도를 넘고 있다. 우리가 자칫 방심하면 저들에게 우리 영토의 일부인 독도를 빼앗길 수도 있다. 아베정권의 움직임이 이렇게 노골적인데, 일본제국주의 치하의 36년이라는 식민통치를 경험하고도 그들의 무서움을 모르는 사람들이 헛소리를 지껄이고 있다. 몇몇 정신 나간 종교지도자들이 임진왜란에서 일본이 승리를 했어야 한다고 막말을 한다. 그 이유인즉 일본의 왜장인 고니시 유카나가가 가톨릭의 일종인 기리시단(일본화된 가톨릭) 신자이고, 전투를 할 때는 항상 붉은색 바탕에 흰색의 십자가가 그려진 군기를 앞세워서 전쟁을 하였기 때문이다.

　그런 주장을 하는 사람들이 모르는 것이 있다. 기리시단에서 창조주는 유일신이 아닌 여러 신들 중의 하나에 불과하다. 따라서 기리시단은 명백히 십계명에 위배되는 변형된 이단종교라고 할 수 있다. 또한, 가톨릭의 전파가 우리보다 수백 년 앞선 일본에선 예수회 신부들의 적극적인 포교에도 불구하고 기리시단은 늘어나지 않았고, 수백 년을 산속에 숨어서 신앙생활을 해야 했다. 그래서 지금도 일본은 가톨릭 신자의 수가 한국보다 훨씬 적다. 인구비례로 따지면 더 형편없는 수준이다.

　한 손으로는 성경을 들고, 다른 한 손에는 총칼을 드는 이슬람식 정복전쟁은 결코 정당화될 수 없다. 그럼에도 불구하고 마치 십자가만 앞세우면 모든 게 정의인양 떠들며, 저 간악한 왜인들의 마수에서 조국을 구한 성웅 이순신 장군을 이교도의 괴수로 부르는 한심한 사람들이 일본이 아닌 대한민국의 영토 안에서 대한민국이라는 국가의 보호를 받으며 살고 있다.

　필자는 소설 속에서는 왜란이라고 표현을 했지만 임진왜란은 조일전쟁이라고 보는 것이 타당하다고 생각한다. 임진왜란은 단순히 조선과 왜국의 전쟁이 아니다. 왜국과 왜국을 지원한 포르투갈, 로마가톨릭의 예수회가 한통속이 되어서 조선을 침략하고 조선과 명이 방어를 한 16세기 최대의 국제전쟁이다. 당시 왜국에 거주하며 중계무역상 역할까지 한 것으로 보이는 포르투갈 출신의 루이스 프로이스 신부가 쓴 『일본사』를 읽어보면 이 전쟁의 성격도 일면 짐작할 수 있다. 또한 조선을 침략한 왜군 진영에 다수의 서양인이 포함되어 있었고, 예수회 소속의 세르페데스 신부가 고니시의 군영에서 수시로 왜군의 명복을 비는 미사를 드렸던 것으로 보아서 왜국이 단독으로 조선을 침략한 전쟁으로 보기에는 석연치 않은 부분이 있는 것도 사실이다.

　역사는 승자의 기록이고 지배층의 기록이다. 그러다 보니 제대로 된 소위 정사만을 참고로 역사서를 편찬하면 역사적 진실이 묻히고 역사가 왜곡되기 마련이다. 『조선왕조실록』에 나와 있는 많은 부분의 기록들이 사실과 다르다는 것이 이순신의 『난중일기』, 류성룡의 『징비록』, 『간양록』 등 수많은 기록서를 통해서 알려지게 되었다. 이 밖에도 많은 의병장들이 임진왜란에 대한 것을 일기 형식의 기록으로 남겼다.

필자는 울산과 경주, 창녕 등지에서 의병장으로 많은 활약을 한 충숙공 이예의 후손 이경연이 쓴 『제월당실기』와 울산 지역 의병장 중에서 활약이 가장 뛰어났던 것으로 평가되는 서인충 장군의 행적을 기록한 『망조당유사』, 무룡산 자락에서 태어난 의병장 윤홍명의 『화암실기』, 경주 출신의 의병장 이눌이 쓴 『낙의재유집』을 참고자료로 사용했다.

학교에서 배우지 못한 부분에 대한 야사를 접하면서 임진왜란의 참담함에 너무 마음이 아팠다. 승자의 기록에 묻혀서 우리가 알지 못했던 많은 부분들에 대해서 소설의 형식을 빌려서라도 알리고 싶었다. 역사 교과서에서 알게 된 인물들의 추악한 이면을 보면서, 자신의 가문에서 정승판서를 했다고 자랑하는 사람들이 측은하게 생각되었다.

'저런 조상도 단순히 벼슬을 했다는 이유로 자랑할 수 있을까?'

그건 마치 이완용의 자손들이 자신의 조상이 대한제국에서 대신을 지냈다고 자랑하는 것과 다를 바 없는 것이다. 어찌 되었건 대신을 역임했으니 생각 없는 후손들이라면 그런 조상이 자랑스러울 수도 있겠다 싶은 생각도 든다.

선조를 옹호하는 사람들은 선조가 나름대로 최선을 다했다고 할 것이다.

그러나 필자가 여러 가지 자료를 통해서 알아본 후의 개인적인 평가는 조선의 역사상 최악의 임금이 바로 선조라는 것이다. 선조를 옹호하는 사람들은 선조가 끊임없이 이순신을 죽이려 했던 사실까지도 그럴만해서 그런 것이라고 강변한다. 그런가 하면 의병장 김덕령의 죽음까지도 선조의 잘못이 아니라 단순히 조정 대신들이 그렇게 한 것이라고 한다. 그런 잣대로 생각하면 오늘날 국정의 책임자인 대통령이 욕먹을 일은 없다고 봐야 한다.

절대왕조시대에는 임금이 곧 국가이기에 백성들은 다 죽어도 나만 살면 된다는 것이 통치자의 입장에서 보면 잘못된 생각이 아닐 수도 있을 것이다. 통치의 대상인 백성들의 수보다 중요한 것이 왕권의 유지이기 때문이다. 백성들을 살리기 위해서 애쓰다가 권좌에서 물러나는 것보다 백성의 9할을 잃더라도 왕권만 유지되면 그게 임금에게는 훨씬 나은 선택이라고 생각할 수도 있다.

그러나 맹자는 그의 저서 『맹자』에서 민(民)이 위귀(爲貴)하고, 사직(社稷)이 차지(次之)하고, 군(君)이 위경(爲輕)이라고 했다. 백성이 제일 중요하고 그 다음이 사직이고 임금은 맨 나중으로 생각하는 것이 올바른 왕도정치요, 민본정치일 것이다. 백성을 외면한 왕은 이미 왕으로서의 자격을 잃은 것이라고 보는 것이 타당하다.

우리의 역사책은 임진왜란 당시에 요시라의 간계에 속아서 통제사 이순신을 체포하고 고문한 것처럼 되어있지만, 첩자의 말만 믿고 사실 확인조차 하지 않은 채 전장의 최고사령관을 교체했다는 것은 상식적으로 납득하기 어렵다. 조선 조정이나 선조가 첩자의 정보를 역이용해서 막강한 수군함대를 보유하여 그들의 골치를 아프게 한 이순신을 제거하려 했다는 것이 더 설득력이 있는 주장이라고 필자는 생각한다. 이중첩자 요시라가 그의 조국인 왜(일본)로 돌아가지 않고 조선에 망명신청을 했다는 사실에서도 충분히 짐작할 수 있다.

　절대왕조시대에는 군왕과 지배층이 토지의 대부분을 점유하여 그것을 무기로 백성들을 부리고 통제하였지만, 진정한 땅의 주인은 그곳에서 경작하며 그 땅을 밟고 살아가는 백성들이다. 땅은 누가 소유권을 행사하느냐와 관계없이 그 땅을 터 잡아 살아가는 백성들의 것이다.

　'역사를 잊은 민족에게 미래는 없다' 고 단재 신채호는 말했다. 조선총독부 산하에 있는 조선사편수회를 이끌며 단군에서 조선왕조까지 우리 역사를 조작했던 일본의 역사학자는 1945년 일본으로 돌아가면서 섬뜩한 말을 남겼다.

　'우리는 조선에서 철수하지만, 조선인들은 향후 100년 동안 우리가 만든 역사관에서 벗어나지 못할 것이다.'

　올해가 광복 70주년이 되는 해인데도 불구하고 우리는 그들이 조작해놓은 역사관에서 벗어나지 못하고 있다. 일제의 철저한 자료 파괴와 조작으로 인해, 우리 역사를 바로 세울 수 있는 자료가 부족해서 아직도 교과서 곳곳에 남아있는 식민사관을 청소년들에게 그대로 교육할 수밖에 없는 것이 현실이다. 우리 사학계의 주류인 실증사학의 양보가 없다면, 일본 역사학자의 말처럼 30년이 더 지나야 식민사관에서 온전히 벗어날 수 있을지도 모른다.

그런 연유로 필자는 황석역사연구소에서 10년간 연구한 『황석산성 전투』 내용의 일부를 소설에 차용했다.

부디 이 소설이 우리 역사 바로잡기에 조금이나마 도움이 되기를 간절히 소망한다.

정월 어느 날 울산에서

지선환 씀

차
례

만남 • 16

포르투갈의 바탈랴 수도원 • 50

고니시 유키나가의 십자가 군기 • 76

의병장 윤홍명과 이눌 • 98

선조, 의병장 김덕령을 친국하다 • 130

불패의 달령 전투 • 160

정유재란과 이중첩자 요시라 • 196

땅을 빼앗은 자와 빼앗긴 자 • 240

광명세상을 꿈꾸는 백성들 • 264

1
장

만남

1장

만남

보부상 서신 1호

1594년 9월 10일(음력), 임진왜란이 발발한 지 어언 1년 반이 지났다. 왜란 초기에 조선군은 조총이라는 신무기와 야전에서 단련된 왜의 대군을 맞이하여 무기력하게 궤멸 수준의 패배를 하였고, 임금은 궁궐과 백성을 버리고 야밤에 도주하여 북쪽으로 피란하였다. 평양성에 잠시 머물던 임금은 왜군이 임진강을 건너자 백성들에게 다시는 성을 버리고 떠나지 않겠다고 했던 말을 스스로 뒤집으며, 어가를 타고 평양성을 빠져나가 의주로 도주하였다. 이에 성난 백성들은 의주로 향하는 임금의 어가에 돌을 던지며 침을 뱉었다. 왜군의 제일대인 고니시가 평양성마저 점령하자 임금은 궁녀와 신하 등 백여 명을 데리고 명의 요동에서 제후 행세나 하면서 살겠다고 명나라에 망명

16

을 요청하였으나, 명나라 조정에서 거절하여 뜻을 이루지 못하였다.

이후에 조정에서 파병을 요청하는 사신을 보냈고, 명나라는 병력 파견을 결정하였다. 그러나 이여송이 이끄는 명나라 원군은 백성들을 버리고 명나라로 망명을 하려고 한 조선왕을 도울 생각이 없어서 압록강을 건너지 않자 조정에서 이여송의 군영으로 차천로, 한석봉, 이항복, 류성룡 등을 보내어 설득했다.

시인 차천로는 매일 술을 마시며 즉흥시를 읊었고, 그 옆에서 한석봉은 명나라까지 이름이 나 있던 석봉체로 시를 받아 적어서 이여송에게 바쳤다. 이여송이 트집을 잡으려고 갑자기 최고품질의 젓가락인 '소상반죽'을 요구하자, 류성룡은 그의 형이 미리 준비해 준 소상반죽을 이여송에게 건넸고, 마지막으로 이항복이 뛰어난 말솜씨로 이여송을 설득하자 그가 조선에도 인재가 있음을 알고 군대를 이끌고 압록강을 건너서 조선으로 들어왔다. 명의 원군을 이끄는 이여송은 조선에 들어와서도 조선의 국왕을 의도적으로 깔아뭉개고 무시하는 언동을 하였다.

남쪽에서는 이순신이 해상패권을 장악하여 왜군의 서해를 통한 물자조달을 막았고, 의병장들이 조선을 지키고자 일어나서 도처에서 왜군들에게 승리를 거두자 왜군들은 마침내 후퇴하여 남해 방면의 바닷가에 왜성을 축조하고 장기 주둔하는 한편 강화협상을 시작하였다. 진척이 없음에도 불구하고 협상은 지루하게 계속되었고, 조선의 백성들은 전쟁의 공포에서 조금이나마 벗어날 수 있었다.

그러나 전쟁보다 더한 공포가 백성들을 기다리고 있었으니 그것은 바로 굶주림이었다. 임진란 이후에 전쟁으로 죽은 사람보다 굶어죽

은 사람의 숫자가 더 많았으니 하늘이 원망스러울 뿐이다. 조선왕조
가 받아야 할 저주를 백성들이 대신 받은 것일까?

신라시대에는 염포와 개운포를 통해서 해상무역의 창구역할을 하였고,
반도의 변방국가였던 신라가 삼국을 통일하는 힘의 원천(철과 국제무역항)
이 되었던 울산은 동해로부터 가파르게 솟아있는 무룡산 덕분에 그나마
왜구들에 의한 피해가 적었다. 하지만 고려 말인 공민왕 때에는 바다와
연해있는 태화강을 통해서 침략하는 왜구들 때문에 백성들과 관아가 극
심한 피해를 당했는데, 행정을 보는 지방관이 경주에서 집무를 볼 정도였
다. 그러다가 우왕과 공양왕 때 울산읍성(1385년)과 언양읍성(1390년)이 축
조되면서 비로소 안정을 되찾았다. 조선이 건국되고 염포가 있는 울산의
군사적 중요성이 부각되면서 경상좌병영이 설치되었고, 1593년 8월에 경
상좌도의 군무(軍務)를 담당하는 순찰사 한효순이 울산에서 인망이 높던
김태허를 임시군수로 임명하여 울산의 행정을 관장하게 하고 있었다.
   임진란이 발발한 1592년 4월 21일 울산지역의 의병들은 박봉수를 대
장으로 삼고 좌익장에 박응정, 우익장에 장희춘을 세우고 전응춘, 서인
충, 이경연, 고자겸이 뜻을 같이하여 함월산의 기박산성에서 창의·거병
하였다. 며칠 뒤인 5월 5일에는 경주지역의 견천지와 유정·류백춘 등이
의병 500여 명을 이끌고 박봉수 진영에 찾아가서 격문을 전달하고 장기
대결을 펼치며 왜군과의 결전에 대한 의지를 다졌었다.
   이틀 뒤인 5월 7일 이들은 삼경 무렵에 병영성을 공격하기 위해서 은
밀히 움직였다. 의병군을 4개로 나누어 동서남북 4문(門)에 매복시킨 후
에 북을 치며 함성을 지르고 적을 치니, 성내에 있던 수천의 왜병들이 놀

라서 군기(軍旗)와 총통을 버리고 달아났다. 성문 밖에 매복해 있던 의병군은 불시에 이들을 공격해서 수백에 달하는 적의 수급을 베고 창검과 군량을 노획하여 기박산성으로 돌아갔다. 병영성 기습작전은 울산지역에서 활동했던 의병들이 왜적들과 치른 최초의 전투였다.

좌병사 이각이 병영성을 버리고 도망치는 바람에 싸워보지도 못하고 울산지역을 왜적들에게 내준 것에 분개하여, 제일 먼저 골짜기를 찾아다니며 숨어있던 장정 3천 명을 모아서 의병결사대를 조직하고 수많은 고을들을 차례로 수복한 사람은 서인충이었다. 서인충의 자는 망보, 호는 망조당으로 본관이 달성인 달성서가다. 1591년에 무과에 급제하고, 이듬해인 1592년에 임진왜란이 일어나자 종형인 서몽호와 의병을 모집하였으며, 주사장(舟師將)이 되어 울산가군수 김태허를 도와 수전과 육전에서 많은 전공을 세웠다. 또한 5월에는 강동의 공암 전투에서 공을 세웠고, 6월에 있었던 문천회맹에서 공을 세워 1593년 1월에 어모장군 훈련원정으로 제수되었으며, 이후에도 1593년 2월의 태화강 전투, 4월에는 이견대 전투에서 각각 전공을 세웠다.

통제사 이순신의 완벽한 해상장악과 명군의 조선출병으로 도성인 한양이 수복되고 조선의 강토를 휩쓸던 전쟁이 소강상태로 접어든 1594년의 가을, 무룡산이 고요함을 깨고 움직이기 시작했다. 지금 이곳은 가을 날씨답지 않게 기온이 뚝 떨어져 한기를 느끼게 했다. 가을비라도 내리려는 듯 아침부터 깜깜해진 하늘은 오시를 지나서도 풀릴 줄을 모른다. 그러나 아직 비는 내리지 않는 을씨년스러운 날씨다.

날씨가 어두운 탓에 그리 멀지 않은 곳에 있는 동해바다가 희미하게 보이는 무룡산 중턱은 평소에도 왕래하는 사람이 거의 없고, 주위의 환경 또한 울창한 숲으로 인해서 머리털을 곤두서게 하는 무서움이 느껴지는 곳이다. 삿갓을 깊숙이 눌러쓴 사내가 무슨 일인지 이곳의 오솔길을 빠르게 걷고 있다. 얼굴이 보이지 않아서 나이는 가늠하기 힘들지만 제멋대로 자란 수염은 그가 양반이나 관에서 일하는 사람이 아니라는 것을 짐작케 할 뿐이다. 군데군데 어지럽게 튀어나온 돌부리나 나무뿌리들이 그의 발걸음을 조금도 늦추지 못하는 것으로 봐서 사내는 꽤나 여러 면에서 단련된 사람이라는 것을 알 수 있다.

그 사내의 귀에 그리 멀지 않은 곳에서 늑대의 울음소리가 들렸다. 단순히 무리들끼리 연락을 하는 소리가 아니었다. 적을 맞아 싸울 때나 먹이사냥을 할 때에 내는 급박한 소리라는 것을 오랜 산중 경험으로 아는 듯 그는 더욱 빠르게 소리의 진원지로 다가갔다.

"우우웅······."

늑대들의 울음소리는 더욱 격렬해졌다. 그때 그의 귀에 또 다른 소리가 들렸다. 여인의 비명이었다. 아홉 마리의 늑대와 두 명의 사람, 한 명은 남자였고 또 한 명은 여인이었다. 사내와 여인은 사내의 키보다 두세 배 정도 높은 커다란 바위를 등지고 서있고, 늑대들은 부채꼴 모양으로 포위한 채 이제 막 공격을 시작했다.

거의 혼이 나간 사람처럼 부들부들 떨고 있는 여인과는 달리, 사내는 다소 긴장한 모습이지만 아홉 마리의 늑대 앞에서도 전혀 두려움이 없는 담담한 표정이었다. 그런 사내에게 있는 것은 무기라 할 수도 없는 적당한 크기의 막대기 하나가 전부였다.

'3년 가까이 전란이 지속돼서 제대로 먹을 수 있는 사람이 거의 없는

조선에 아직도 저렇게 건장한 청년이 있다니!'

삿갓의 사내는 혼잣말로 중얼거리며 멀리서 그 광경을 지켜보고 있었다. 막대기를 들고 늑대들과 대적하는 사내는 짐승들의 공격을 막아내면서도 한마디 말도 하지 않았다. 심지어 곁에 있는 여인이 아무리 비명을 질러도 늑대들과의 싸움에서 공격과 방어를 하면서 벙어리인 양 꽉 다문 입술을 열지 않았다. 그는 그저 묵묵히 늑대들의 공격에 대해 방어를 하면서 때때로 날카롭게 공격하는 게 전부였다. 자세히 살펴보면 그의 동작은 간결하고 전혀 군더더기가 없다.

늑대들 중에서도 유난히 털에 윤기가 있고 잘 발달된 몸을 가진 우두머리인 듯한 놈이 무리의 싸움을 지휘하고 있었다. 청년은 늑대 무리들을 상대하면서도 제일 약해보이는 놈을 집중적으로 공격하고 있었다. 무사가 여러 명의 적들에게 협공을 당할 때 쓰는 지극히 일반적인 방법을 지금 청년이 쓰고 있는 것이다.

치열한 싸움은 꽤 오래도록 격렬하게 전개되었는데, 어느 순간부터 늑대들이 한 마리씩 땅바닥에 누워 움직이지 않았다. 동료가 죽자 늑대들은 더욱 살기를 띠며 으르렁댔다.

"크으릉, 크으릉."

동료들의 죽음에 대한 복수라도 하는 듯 늑대들은 더욱 사납게 울부짖으며 두 사람을 공격했다. 그러나 청년은 여전히 표정에 변화가 없었다. 인간과 짐승의 지루한 싸움은 마침내 승패가 결정되었다. 아홉 마리 중에서 다섯 마리가 죽고 네 마리만 남자 늑대들은 슬금슬금 뒷걸음치더니, 슬픈 울음을 울컥울컥 산자락에 토해 놓고 도망가 버렸다. 늑대와 싸우던 젊은 사내는 여전히 무표정한 얼굴로 혼절한 여인을 들쳐 업고 순식간에 시야에서 사라졌다.

아무런 생각 없이 그저 흥미롭게 싸움을 관전하느라 미처 생각하지 못했는데, 왠지 그 건장한 청년이 휘두르던 막대기의 궤적에 신경이 쓰여서 다시 머릿속으로 그려본 그는 놀라움을 금치 못했다.

'어떻게 그런 일이 있을 수 있을까?'

그 청년이 마구잡이로 빠르게 휘두르던 막대기의 궤적이 자신의 검법과 정확히 일치하였던 것이다.

선조재위 22년인 1589년 어느 봄이었다. 그는 주인의 명으로 조선의 지형과 군사편제에 대한 정보를 수집하러 왔다가 임무를 마치고 염포에 설치된 왜관을 통해 본토로 귀국하기 위해 길을 가고 있었다. 경주에서 모화를 거쳐서 중산마을을 지나던 중에, 피투성이가 된 채 양반 자제로 보이는 아이들에게 계속해서 구타를 당하는 거지소년을 목격하게 되었다.

그 아이는 하도 많이 맞아서 성한 곳이라고는 없는 상태인데도 눈빛만큼은 전혀 굴복당하지 않는 모습이었다. 자신과 비슷한 덩치의, 또래로 보이는 아이를 보호하고자 혼자서 몰매를 맞으며 견디고 있었다. 자신이 마치 끌어안고 있는 아이의 보호자라도 되는 양 매를 대신하여 맞자 때리던 아이들은 더 화가 나서 씩씩거리며 무자비하게 폭력을 행사했다. 때리던 아이들이 지쳐서 발길질을 그만둘 때까지 죽을힘을 다해서 끝까지 보호하는 모습이 몹시 인상적이었다. 아이들이 물러가자 자신은 피투성이가 되어있는데도 불구하고 자신이 보호한 아이의 상태가 염려가 되는지 몇 번이나 확인하듯이 물었었다.

"형! 괜찮아? 다친 곳은 없어?"

그랬다. 그 아이는 자신이 보호한 아이에게 분명히 형이라고 불렀다. 그래서 그는 갑자기 그 아이에게 흥미를 느끼고 다가가서 말을 걸었다.

"아이야! 이후로는 네가 지금처럼 맞지 않을 수 있는 방법을 알려줄까?"

"……."

"너, 혹시 벙어리니?"

"……."

자신의 관심과 물음에도 아무런 말도 하지 않고 제 갈 길을 가는 그 아이에게 화가 나서 그냥 돌아서다가, 그는 무슨 생각에서인지 자신의 품속에 있던 책자 하나를 아이에게 강제로 쥐어주고는 가던 길을 계속해서 갔었다.

그 책은 낭인으로 이름을 떨쳤던 그의 스승이 자신의 검법을 상세히 기록한 것으로 후계자인 그에게 대물림된 것이다. 그는 조선에서 후일 자신을 도와줄 후계자를 찾았었는데 마땅한 사람이 없어서 그냥 돌아가던 참이었다.

당시 자신이 왜 분신과도 같았던 보물을 그 아이에게 주었는지 지금도 이해할 수 없지만 후회는 하지 않았다. 어차피 더 이상 쓸모없는 것으로 여겼기에 귀국하는 바닷길에서 버리려고 했던 것이었다.

'아까 보았던 게 잘못 본 것이 아니라면 그 청년이 5년 전의 그 아이임에 틀림이 없다. 어떻게 그 아이가 나의 검법을 익혔을까? 조선에서 거지 아이가 글을 익힌다는 것은 당연히 불가능한 일일 텐데, 만나야 한다.'

생각이 거기에 이르자 그는 허겁지겁 청년과 늑대가 싸우던 장소로 가 보았으나 흔적을 찾을 수가 없었다. 죽은 늑대 다섯 마리 중에서 세 마리만 현장에 남아있는 것으로 보아 두 마리는 필시 그 청년이 가져간 것이리라.

'혼절한 여인에다가 늑대 두 마리까지 가져가려면 멀리는 못 갔을 것이다.'

그는 자신의 능력을 최대한 발휘해서 녀석의 흔적을 찾았지만 도저히 찾을 수가 없었다.

그 시간 맑은 날이면 태화강과 태화루가 보이는 무룡산 정상 부근의 한 동굴에는 삿갓 쓴 사내의 짐작대로 예의 그 청년과 혼절한 여인, 그리고 죽은 늑대 두 마리가 있었다. 청년은 여인의 맥을 짚어본 후에 이불을 덮어주고는 자신은 조금 떨어진 곳에서 잠시 자고 있었다. 칼을 들고 삿갓을 쓴 남자에게 쫓기는 꿈을 꾸다가 잠에서 깨어났다. 삿갓 쓴 사내가 찾던 '천둥'이라는 이름의 청년이었다. 그는 동굴 안을 천천히 둘러보고서야 비로소 안심했다.

이 동굴은 그가 4년 전에 발견했는데 처음에는 단순한 호기심에서 들어왔다가 너무 마음에 들어서 집처럼 거주할 수 있게 꾸준히 손을 봐왔다. 그래서 지금은 한겨울에도 거주가 가능할 수 있게 집의 형태가 갖추어져 있는 보금자리가 되었다. 동굴의 바깥쪽에는 돌과 나무로 자연스런 가림막을 해서, 밖에서 대충 봐서는 동굴이 있다는 것을 알 수 없다. 그렇게 해서 동굴집은 외부의 침입으로부터 안전한 그만의 안식처가 될 수 있었다. 마을 변두리에도 다 쓰러져 가는 그의 초가가 있었지만 그곳은 남에게 보여주는 집이고, 그가 생각하는 진짜 집은 이 동굴집이다.

여인은 아직도 깨어나지 못하고 있었지만, 숨소리가 고른 것으로 봐서 별다른 문제는 없는 듯이 보였다. 그는 천천히 여인을 살펴보았다. 창백

했던 얼굴에 발그레한 빛이 감돌았다. 뛰어나게 잘생긴 미인은 아니지만 그렇다고 보기 싫을 정도의 밉상도 아니었다. 동글동글한 얼굴에 높지도 낮지도 않은 코와 적당한 크기의 눈을 가진 다소 귀여운 모습의 여인이다.

전란 중인 조선의 대다수 백성들이 그러하듯이 여인의 옷차림 또한 자신과 다를 바 없었다. 비단치마와 저고리는커녕 무명옷임에도 불구하고 군데군데 많이 해져서 천 조각이 몸을 다 가리지 못한 탓에 여인의 살결이 여기저기 드러나 보였다. 그는 태어나서 한 번도 여인을 이렇게 가까이서 본 기억이 없다. 천한 신분으로 자랐기에 여자를 가까이서 볼 기회가 없었고, 지나가는 여인들은 감히 똑바로 쳐다보지도 못하는 처지라서 지금 자신의 눈앞에서 자는 듯이 누워있는 여인을 바라보는 그의 감정이 매우 복잡 미묘해졌다.

비록 십팔 세의 나이지만 허우대는 이십 대 청년 못지않게 건장한 그이기에 여인에게서 나는 살 냄새에 이성이 흔들리고 있었다. 이 땅에서 짐승 취급당하며 살고 있는 그이기에 굳이 예의범절 따위를 지킬 필요는 없었다. 윤리니 도덕이니 하는 것들은 사람의 신분으로 사는 자들에게나 해당되는 것이다.

가축처럼 사고파는 노비는 아니지만, 그에 못지않은 백정이라는 신분은 사람이지만 사람이 아니기는 마찬가지다. 그런 생각으로 머릿속이 복잡했지만, 양반들 몰래 한학을 배우면서 사람답게 살겠다고 다짐한 바가 있었기에 그는 잡념을 떨쳐내고 편안한 마음으로 여인을 보게 되었다.

이런저런 생각으로 머릿속이 복잡해질 무렵, 혼절했던 여인이 깨어났다. 여인은 잠시 어리둥절한 기색이었지만 그다지 놀라는 것 같지는 않앉다. 그러나 이내 자신의 옷차림을 의식하고는 얼굴을 붉혔다.

어색함을 모면하기 위해서 천동이 먼저 조심스럽게 말을 건넸다.

"몸은 괜찮습니까?"

"네."

충격이 너무 컸던 탓인지 여인은 아직까지 온전한 정신이 아니었지만 최대한 정신을 차리고 청년을 살펴보았다. 그는 남달리 건장한 체구에 얼굴은 앳되고 선한 인상이다. 여인은 청년의 그런 모습을 보며 비로소 안도의 한숨을 내쉬었다.

"여기가 어딘지요?"

"안심하세요. 여기는 짐승이나 사람이 접근하지 못하는 저만의 거처입니다."

"감사합니다."

"아, 네."

대화가 끊어지고 침묵이 흘렀다. 청년은 여인에 대해서 이것저것 물어보고 싶었으나 묻지는 못했다. 낯선 여인에게 그런 걸 물어보면 당사자인 그녀가 난처해 할 것 같아서였다. 그다지 오랜 시간이 아니었는데도 불구하고 두 사람 사이에 끼여 있는 여전한 어색함이 그 시간을 유난히 길게 느끼게 만들었다. 둘 사이의 낯선 침묵을 깨는 소리가 동굴에 울려 퍼졌다.

"꼬로록."

여인의 뱃속에서 배가 고프다는 힘찬 신호가 왔다. 순간 여인은 당황하며 얼굴을 붉혔다.

"미안합니다."

"하하하하……."

청년은 해맑은 목소리로 웃어젖히다가 여인을 쳐다보며 갑자기 웃음을 멈췄다.

"미안합니다."

머리까지 긁적거리며 청년은 진심으로 미안한 마음을 전했다.

"금방 먹을 것을 준비하겠습니다. 잠시 더 누워 계세요."

말을 마친 후에 청년은 늑대 한 마리를 어깨에 메고 도망치듯이 황망하게 동굴을 빠져나갔다.

오늘따라 왠지 모르게 발걸음은 가벼웠고, 그의 폐를 들락거리는 공기가 더 신선하게 느껴졌다. 콧노래가 저절로 나왔다. 늘 가던 계곡으로 가서 적당한 곳에 자리를 잡았다. 익숙하게 늑대를 손질하던 청년은 이상한 느낌에 황급히 몸을 움직였으나 이미 상대방은 그의 퇴로를 차단하며 막아섰다. 삿갓 쓴 남자를 쳐다보던 그는 말없이 고개를 숙이는 것으로 인사를 대신했다.

"설마 했는데, 너였구나. 오 년 전의 그 아이."

"네."

"어떻게 된 것이냐?"

"무얼 말씀하시는 건지?"

"몰라서 묻는 거냐?"

"아까 보니까 늑대와 싸울 때 검법을 쓰더구나. 내가 잘못 본 거냐?"

"아닙니다."

"그럼 말해 보거라."

청년은 그간의 사연들을 솔직하게 말해주었다. 삿갓을 쓴 남자는 믿기지 않는 표정으로 다시 물었다.

"네 말에 한 치의 거짓도 없겠지?"

"네."

삿갓의 남자는 머릿속이 점점 복잡해져 갔다. 청년의 말이 거짓이 아니라는 것을 그는 처음부터 알았지만 도저히 믿을 수 없는 일이라서 되물었을 뿐이다.

"네 이름이 무엇이냐?"

"양천동입니다. 성은 양가고 개울가에 낳았다고 내천 자(川)를 써서 천동이라고 지었다 들었습니다."

천동의 얼굴을 뚫어지게 쳐다보던 그는 내심 감탄을 금치 못했다. 어렸을 때는 못 느꼈는데 오늘 그가 본 천동의 인상은 그가 결코 평범한 아이가 아니라는 것을 알려주고 있었다.

"이제부터는 하늘 천(天) 움직일 동(動), 하늘을 움직인다는 뜻의 천동이로 쓰거라."

"이름은 부모님이 지어주시는 것인데, 어찌 마음대로 바꾸라고 하십니까?"

"이름을 바꾸는 것이 아니라 정확히 말하면 음이 같되 뜻이 다른 한자로 바꾸는 것이다. 내가 작명에 대해서는 조금 아니까 그렇게 하거라. 너에게는 결코 손해가 아닐 것이다. 네 부모님도 분명히 좋아하실 게다. 여러 말 하지 말고 내 말대로 해."

"네, 알겠습니다."

"나를 따라가면 부귀영화가 너의 것이 될 수 있다. 지금의 거지같은 몰골 대신에 좋은 옷에 기름진 음식을 마음껏 먹을 수 있다. 가겠느냐?"

"……."

"왜 대답이 없는 게냐?"

"……."

"생각이 바뀌면 이리로 와서 나를 찾아오너라. 내가 보기에 너는 특별한 사람이다. 어떤 경우에도 그걸 잊어서는 안 된다. 알겠느냐?"

남자는 무엇인가 적혀있는 쪽지를 그에게 건네며 말했다.

"네, 알겠습니다."

"내 이름은 세평(世枰)이다. 잊지 말거라."

"네."

천동은 깊숙이 허리를 숙여 인사를 했다. 고개를 들어서 앞을 봤을 때는 이미 세평이라는 남자가 사라지고 없었다. 천동은 손질하다가 만 늑대를 능숙한 솜씨로 마무리한 후에 주위를 계속 살피면서 동굴로 갔다.

동굴에 있던 여인은 평상에 앉아 있다가 그가 들어오자 일어섰다. 그녀는 이제 몸과 정신이 온전한 상태인 것처럼 보였다.

"그냥 앉아 계세요."

여인은 다시 앉았고, 청년은 소금을 뿌려가며 늑대고기를 굽기 시작했다. 여인이 먼저 입을 열었다.

"저, 뭐라고 부르면 되죠?"

"천동이라고 부르세요. 양가 천동입니다."

"나는 성이 박가고 친정은 웅촌 검단리인데, 우시산국이라는 나라의 중심지였던 곳으로 아주 오래된 도읍지입니다. 하지만 지금은 대부분 흩어져서 오십여 가구만 사는 작은 마을이 되었습니다."

웅촌댁이라는 여인은 묻지도 않은 부분까지 상세히 말했다.

"웅촌마님이라고 부르겠습니다."

"아닙니다. 어릴 적에 국화라고 불렀어요. 편하게 부르세요."

"그럼 누이라고 불러도 되겠습니까?"

"네? 네."

대화를 하는 사이에 싸리나무 불에 구운 고기가 적당히 익었다. 천동은 먹기 좋은 크기로 찢어서 그녀에게 건넸다.

"갑자기 고기를 먹으면 체할 수 있으니 천천히 꼭꼭 씹어가면서 드세요."

"네."

다른 한쪽에서는 신라의 토기처럼 투박하게 생긴 질그릇에서 뭔가가 끓고 있었다. 냄새가 제법 구수했다.

"저건 무엇입니까?"

"산에서 쉽게 채취할 수 있는 맥문동이라는 것입니다. 하루에 두 잔씩 며칠 마시면 기력을 회복하는 데 도움이 될 것입니다. 따라드릴 테니까 식혀가면서 천천히 드세요."

국화는 천동의 세심한 배려에 가슴이 따뜻해지는 것을 느꼈다.

"고맙습니다."

"저 같은 백정에게 꼬박꼬박 존대하지 않아도 됩니다. 국화 누이."

"아, 네."

"'네'가 아니고 '응'이라고 하세요."

"응."

국화와 천동은 서로를 쳐다보며 조용히 웃었다. 둘 다 이렇게 편안한 마음으로 웃어본 게 얼마만인지 기억조차 없었다. 생면부지의 사람 앞에서 이렇게 편안함을 느낄 수 있다는 것이 믿어지지 않았다. 하지만 그것은 그들의 눈앞에 펼쳐져 있는 현실이었다. 긴장이 풀리고 배가 부르자 두 사람은 정신없이 잠 속으로 빠져들었다.

이튿날 동틀 무렵, 천동은 이미 일어나서 무룡산 정상에 있었다. 오늘따라 새벽하늘이 맑아서 태양은 정월 대보름의 달처럼 온전한 모습으로 바다를 붉게 물들이며 떠오르고 있었다. 천동은 새벽에 바다를 바라보며 호연지기를 기르는 게 너무 좋았다. 오늘도 그는 마음을 비우고 검술수련에 정진했다. 네 식경 만에 수련을 마친 그는 이미 수면 위로 완전히 솟아오른 태양을 바라보며 생각에 잠겼다.

나무는 자신의 품으로 날아든 새를 쫓는 법이 없다. 지금 자신의 품으로 날아든 국화가 마치 한 마리 새 같은 생각이 든다. 나이도 자신보다 열 살은 많아 보이고 신분의 차이 때문에 가까이 하기에는 한계가 있는 여인이지만, 그래도 이 험난한 전란의 와중에서 갈 곳조차 없는 그녀를 강제로 보낼 수는 없다는 것이 그의 생각이다. 그녀가 있음으로 해서 자신에게 특별한 유익은 없다. 아니, 어쩌면 양식만 축내고 마음도 피곤해질지 모른다. 또한 언제가 되었든 그녀 스스로 떠난다고 할지도 모를 일이기에 적어도 이별의 순간까지는 편히 있다가 가게 해주는 게 자신이 그녀에게 해줄 수 있는 최선이 아닐까 싶었다.

'그래 모든 선택은 그녀에게 맡기자. 비록 잠시의 인연이지만 그래도 사람이 할 도리는 해야 하니까.'

그랬다. 그렇게 해야 정말 자신의 마음이 편할 것 같았다. 물론 세간의 이목이 두렵지 않은 건 아니다. 혹시라도 양반이나 고자질 잘하는 그 집 하인이라도 동굴에서 함께 생활하는 두 사람의 모습을 보게 된다면 필시 관아에 고발을 할 것이다. 그렇지만 그럴 가능성은 매우 낮다. 지금 이곳은 사람의 왕래도 거의 없고, 동굴집은 사람들이 발견하기 힘든 곳이다. 거기다가 위장도 잘 되어있다.

의지할 가족이라고는 없는 그녀가 혼자서 사람들 속으로 간다면 늑대 무리 속에 던져진 토끼의 처지가 될지도 모른다. 조선은 삼강오륜을 중시 여기는 유학의 나라지만 그건 임진란 전의 얘기고 지금은 임금에서부터 백성들에 이르기까지 인륜이 무너진 상태이기에 그녀의 안전은 결코 장담할 수 없다.

천동은 문득 이런 생각을 하는 자신이 우습게 느껴졌다. 자신의 인생조차 확신하지 못하고 방황 아닌 방황을 하는 그가 남의 안전을 걱정하는 것이 말이나 되는 소리인지 헷갈린다. 감정이 없는 석상처럼 살아온 그였다. 그에게 있어서 감정은 사치였다. 전란 중이라서 산다는 것이 우선이고, 살아낸다는 것이 대견하게 느껴지는 사고무친의 고아이기에, 그는 자신의 감정 따위는 죽이면서 사는 게 습관처럼 굳어졌다. 그러나 그도 사람인 만큼 어쩔 수 없는 부분이 생기게 마련이다.

사람에게는 기쁨과 슬픔, 분노와 근심, 변덕과 두려움, 허세 등 온갖 감정이 있어서 마치 피리의 빈 구멍에서 소리가 나오고 축축한 곳에서 버섯이 자라나듯 그때그때마다 감정이 생겨나고 있다. 그런데도 그것들이 도대체 어디서 나오는지 알 수가 없으며, 그런 감정이 없으면 내가 없고, 내가 없으면 그것들을 느낄 수 없다고 장자는 말했다. 또한 누구의 명령을 받고 이 세상에 살고 있는지, 왜 사람은 살아야 하는지, 살아야 하는 이유와 실마리를 밝혀내지 못한 채 살고 있는 것이 인간이라고 그는 말했다. 그의 말대로라면 천동 자신이 아직까지 존재의 이유를 모른 채 방황하는 것이 어쩌면 당연한지도 모른다는 생각이 들었다.

'이것도 성장의 한 과정인가? 그래, 그럴지도 모르겠다. 언젠가는 알게 되겠지.'

생각의 정리를 마친 천동은 다시 동굴집으로 갔다. 국화는 이미 일어나서 좁쌀과 수수를 섞은 잡곡밥을 만들어 놓고 그를 기다리고 있었다.

"이제 와?"

"일어나셨네요?"

"응, 허락도 없이 밥을 해서 미안해."

"고마운 거지 미안한 건 아니네요."

"그렇게 말해줘서 고마워. 어서 먹어."

"네, 누님도 같이 드세요."

"난 한 번도 남자와 겸상을 해 보지 않아서……."

"겸상이 뭐라고. 우리는 그거보다 더한 잠도 같이 잤잖아요. 그게 무슨 대수겠어요. 물론 반가의 여인인 누님의 입장에선 있을 수 없는 일일 수도 있겠지만, 지금 이 자리에서 새삼스럽게 내외를 한다는 거 우스운 일입니다. 강요하는 건 아니지만 그냥 편하게 생각하고 겸상하세요. 저를 남자라고 생각하면 오늘 밤은 어떻게 여기서 같이 잠을 잘 수 있겠어요?"

국화는 한참을 생각하다가 수긍을 하고는 겸상을 했다.

"누님, 여기서만큼은 삼강오륜이니 반상의 법도니 하는 거 잊어버리세요. 그거 생각하면 여기 못 있습니다."

"알았어. 그렇게 할게."

국화는 천동을 보며 활짝 웃었다. 천동도 혼자 먹는 밥보다는 함께하는 식사가 훨씬 맛이 좋게 느껴졌다. 식사를 마치고 차는 그가 끓였다.

"누님, 이건 구기자차입니다. 어제 많이 놀라셨을 것 같아서 오늘 아침 차는 이걸로 했습니다. 드세요."

"고마워."

천동의 따뜻한 말에 국화의 눈이 촉촉해졌다. 이런 기분은 참으로 오랜만에 느껴보는 것이었다.

차를 다 마신 후에 천동은 동굴을 나와서 사방을 살펴보았다. 그는 혹시라도 근처에 낯선 사람이 있는지 매의 눈으로 꼼꼼하게 살펴본 후에 아무도 없는 것을 확인하고는 다시 동굴집으로 들어갔다.

"무료하게 여기에 하루 종일 있는 것보다 밖에 나가서 바람도 쐬고 뭐라도 캐는 게 어떻겠어요? 기분이 좋아질 겁니다. 같이 갈래요?"

"알았어, 그럴게."

천동은 망태기와 호미를 들고 앞장서고 국화는 졸래졸래 뒤를 따랐다. 긴장을 해서인지 아니면 익숙하지 않아서인지 국화는 여러 번 넘어질 뻔했으나 그때마다 천동이 다정하게 붙잡아주었다. 가을 산에는 아직까지 먹을 게 조금은 남아있었다. 머루는 쭈글쭈글 마른 상태였고 산사과도 할아버지의 이마를 닮아 있었다. 그렇지만 전혀 먹지 못할 상태는 아니었다. 지금의 그들에게는 그것조차 눈물 나게 고마운 양식이었다.

천동이 기박산성 쪽을 손으로 가리키며 말했다.

"저기에 보이는 앞산이 삼태봉입니다. 그 아래 산 중턱 쯤에 건흥사라는 절이 있는데 그곳에 있는 스님이 그러셨어요. 여기에 있는 풀 한 포기

나무 한 그루도 나름대로 존재의 의미가 있다고."

"……."

"그런데 그 말이 뜻하는 것이 무엇인지 모르겠어요. 정말로 그런 것인지, 아니면 그 말속에 담긴 진의가 따로 있는 것인지."

"그냥 생명은 다 소중한 거다. 뭐, 그런 거 아닐까?"

"그런 거군요. 그동안 괜히 고심을 했네. 정말 많이 생각해봐도 결론이 잘 안 나는데, 어떻게 누님은 금방 알아들어요? 내가 아직 나이가 어려서 그런가?"

"책에서 얻는 지식도 있지만 살면서 배우는 지식도 있으니까. 그런 건 나이를 먹어야 터득하게 되는 것이니 너무 신경 쓰지 마. 내가 나이 먹은 티를 너무 내는 건가? 나이 먹은 게 자랑은 아닌데……."

"아니에요."

천동은 그냥 대답해도 되는데 손사래를 쳐가며 부인했다. 국화는 그 모습에 속으로 쿡쿡거리며 웃었다. 덩치는 산만 해도 아직 어리다는 게 느껴졌기 때문이다.

산 곳곳에 사람들이 이미 다녀간 흔적이 있었다. 그래서인지 꽤 오랜 시간 산 중턱을 뒤졌지만 더덕 네 뿌리, 도라지 다섯 뿌리 캔 것이 전부였다. 돌아오는 길에 커다란 칡을 발견해서 두 식경 동안 땀을 흘린 결과 남자 허벅지만큼 굵은 칡을 캘 수 있었다. 그 바람에 동굴집에는 날이 어두워져서야 돌아왔다.

등잔불을 밝힌 뒤에 국화는 저녁을 준비하고, 천동은 칡을 잘게 잘라서 동굴의 한쪽 구석에 펴서 널어놓았다. 좀 전에 캐 온 더덕구이를 반찬으로 해서 저녁을 먹었다. 식후에 차까지 마시고 다시 둘만의 시간이 되자 어색한 분위기가 동굴집을 무겁게 만들었다.

국화에겐 이런 분위기를 깰 만한 아무런 무기가 없는데, 그건 천동 역시 다를 바 없었다. 그래서 천동은 책 읽기에 집중했다. 그렇게 말없이 시간가는 줄 모르고 그가 책을 읽고 있는 동안 무료해진 국화는 졸고 있었다. 천동은 그런 국화를 자리에 편하게 눕히고 불을 껐지만 좀처럼 쉽게 잠들지 못했다.

1594년 10월 2일(음력) 아침, 의병장 이눌 장군이 보낸 전서구가 동굴로 날아들었다. 지난 2월 29일(음력)에 이장군 휘하의 의병들과 함께 화담에서 왜군 백여 명을 척살한 이후 오랜만의 부름이었다.

청안이가로 자는 희인(希仁), 호는 약우(若愚)인 이눌 장군은 약관의 나이임에도 불구하고 임진왜란이 발발하자 노비와 가솔들을 모아서 천사장의 깃발 아래 의병군을 조직하여 왜적과 싸웠으며, 그의 통솔력과 인품에 반해서 휘하에 많은 의병군들이 모여들었다. 그는 경주문천에서 있었던 문천회맹에 참석하였고, 1592년 6월에는 김득복 장군과 경주 금오산에서 적병 400여 명을 척살하고 조총 등의 병기 27점을 노획하였다. 1592년 7월에는 영천성 전투에 참여하였으며, 1592년 8월과 9월에는 경주성 탈환전투에도 참여하였다.

1593년 2월 6일(음력)에는 울산과 경주의 의병연합군이 태화강 전투에서 수천의 적병을 죽이는 대승리를 하였다. 의병군은 1월 28일 태화강 하류에 나타난 대규모 적선을 보고 이들을 물리치기 위해서 상호 연락하니, 울산과 경주지역에 있는 의병군이 대부분 군사를 이끌고 참여하였다.

때가 북동풍이 부는 겨울철이라서 의병연합군은 화공을 준비하였다. 숯과 산초나무, 짚 등을 넉넉히 준비한 후 십여 척의 선단에 불을 붙여서 적선에 도달하게 하고, 강가에 접안해 있던 적선에게는 직접 화공을 하는 전략을 구상하였다. 염포 쪽의 강가에 많은 허수아비를 만들어서 화공을 할 수 있게 준비를 한 후에 태화강 가에 삼천여 병력을 적절히 배치하고 북동풍이 불기를 기다렸다.

사나흘 잠잠하던 울산에 마침내 북동풍이 불었다. 의병군들은 먼저 미리 준비해둔 떡쌀가루처럼 고운 모래를 바람에 날려서 적선들의 시야를 가린 후에 강 하류에 머물며 조선군과 대치하고 있던 수십 척의 왜선에 일제히 화공을 하였다. 염포에 숨어있던 의병군들은 허수아비에 불을 붙여서 강중으로 던지고, 미리 만들어 놓은 선단에 불을 붙여서 적선 쪽으로 보내며 북을 치고 고함을 지르니 천지가 진동하는 듯하였다. 이에 적병들은 놀라서 우왕좌왕하다가 물에 빠져 죽은 자가 수천에 달하였다.

마치 적벽대전을 연상케 하는 이 전투에서 의병연합군은 대승을 거두었다. 이 전투에 참가한 울산과 경주지역의 의병장은 이눌, 서인충, 이여량, 이응춘, 최봉천, 윤홍명, 장희춘, 박손, 박문, 이장수, 이삼한, 김응하, 박인국, 김광복, 김응탁, 김득복, 유백춘, 유영춘, 김합, 유정, 이언춘 등이었다.

천동은 그동안 이눌 장군의 부름으로 왜적과 전투를 한 적이 여러 번 있었는데, 의병군과 함께 죽인 왜적의 숫자가 제법 많았다. 임진년인 1592년 6월 15일(음력) 밤에 석읍동에 침입한 적을 대파하여 적병 칠십여 명을 사살하였고, 그해 7월 5일(음력) 낮에는 백율산 아래서 적병 오십여 명을 척살하였으며, 10월 6일(음력) 저녁에 나아곡에서 적병 오십여 명을 역시 참(斬)하였다. 1594년 7월 3일(음력)에 천사장(天使將) 이눌 장군이 백운제, 권응수 군대와 연합하여 창엄에서 적병 천여 명을 척살하였을 때도 전투에 참여했었다.

왜란이 일어나고 조선군과 왜군이 대규모 전투를 벌였다는 소식은 보부상단에 있는 대산형님을 통해서 들었으나 그는 큰 관심이 없었다. 동래에 왜군이 상륙한 지 불과 나흘 만에 경주성이 함락되었을 때도 어차피 그건 사람들 간의 싸움이라고 생각했다. 자신처럼 천한 신분은 왜왕이 지배하는 세상이든 조선의 왕과 사대부가 지배하는 세상이든 달라질 건 없다는 생각뿐이었다. 그러나 시간이 흐르면서 생각이 조금씩 바뀌었다. 왜병들은 사람들을 구별하지 않고 마구잡이로 죽이기 시작했고, 여인들을 겁탈하고 강제로 끌고 갔다.

어릴 적 동무였던 거지 움막의 달래도 그렇게 왜병들에게 윤간당하고 끌려가서 소식이 없게 되자, 그는 동대산을 거점으로 천사장 깃발을 앞세우고 의병활동을 하고 있던 이눌 장군을 찾아갔었다. 그 당시 장군은 자신이 부리던 하인과 백정 등 천민들을 의병으로 사용하고 승군도 조직했다.

나라의 위기 앞에 양민과 천민의 구별이 불필요하며 누구든지 이 땅을 지키기 위해서 적들과 싸울 의사가 있는 사람들은 함께 참여하여 힘을 모아야 한다는 것이 그의 열린 생각이었다. 그런 사람이었기에 천동은 장군 앞에서 조금의 망설임도 없이 자신이 하고 싶은 말을 했다.

"솔직히 왜 저같이 천한 백정이 이런 싸움을 해야 하는지 잘 모르겠지만, 그냥 막연히 이건 아니라는 생각이 들어서 저도 참여할까 합니다. 하지만 일반 의병들과 같이하는 집단전투에는 참여하지 않겠습니다. 단신으로 적의 후미에 침투하여 적병을 척살하는 임무를 하게 해 주셨으면 합니다."

백정이라는 천민이 자신 앞에서 거침없이 말하는 괘씸함보다 녀석의 행동이 너무 어이가 없어서 그는 천동을 보며 말했다.

"네 재주를 보고 판단하겠다."

그렇게 해서 천동은 장군 앞에서 무예시범을 보이게 되었고 장군은 흔쾌히 그의 제안을 받아들였다. 확실히 이눌 장군은 여느 양반들과는 다른 면이 있었으며, 사람을 보는 눈이 있었다. 장군과 천동은 그들만의 비밀스런 맹약을 했다.

이눌 장군의 눈에 비친 천동의 모습은 사대부의 자제들에게서도 찾기가 쉽지 않은 6척 장신의 건장한 체격에 부리부리한 눈매하며 생긴 것이 영락없는 장군감이었다.

천동이 지니고 다니는 검은 임진년 정월에 그의 양부나 다름없는 마루아저씨가 사람들의 눈을 피해가며 한 달 동안 정성을 들여서 만든 것이다. 마루아저씨는 그가 일곱 살 때 부모님이 돌아가시고 고아가 되자 그를 돌봐 주었던 아버지의 친구로, 모화지방의 토호인 박 대감이 사적으로 운영하던 원원사 밑에 있는 대장간이 그가 일하던 곳이었다.

천동이 고아가 된 이유가 이웃 마을의 초시 김응석 때문이라고 짐작은 하고 있었지만, 양반 세도가를 친척으로 둔 자이기에 대장장이 마루는 나이 어린 천동에게 어떤 이야기도 해줄 수 없었다. 천동의 부모가 그에게 죽임을 당해야 할 만큼의 잘못을 저지른 적이 없는데도 불구하고, 김 초시는 마치 파리 한 마리 때려잡듯이 너무나도 쉽게 그들의 목숨을 빼앗았다. 김 초시의 악행은 거기서 끝나지 않았다. 천동이 아비가 어렵게 장만한 밭 세 두랑도 빼앗아가고, 집도 태워버려서 거처가 없어진 어린 천동은 하는 수 없이 거지 움막에서 자라게 되었다. 마루아저씨는 거지 패 왕초에게 잘 봐달라고 수시로 곡식을 사다가 주었다.

거지 움막에서 자라던 천동은 왕초의 특별한 배려로 열두 살 무렵부터 그곳을 나와서 혼자서 살았고, 마루아저씨는 왜군에게 끌려가기 전까지 계속해서 천동을 돌봐 주었다. 천동에게 마루아저씨는 친아버지처럼 믿고 의지하는 세상에서 유일한 사람이었다. 마루아저씨가 아니었으면 오늘의 천동은 존재하지 않았을 것이다. 그런 마루아저씨가 재작년에 왜군에 의해서 끌려가시고 소식이 끊어졌다. 아저씨를 잡아간 왜군에 대한 원망과 마음속으로 의지하던 마루아저씨에 대한 그리움으로 그는 요즘도 깊은 고민에 빠지곤 한다.

그런 까닭에 그는 일반 의병들과는 달리 독자적으로 전투에 참여했으며, 천사장 이눌 장군은 백 명이 넘는 왜병과의 전투에만 그를 불렀다.

보부상 서신 2호

지금 이 나라에는 왜군에 부역하는 조선인의 숫자가 일일이 헤아릴 수 없을 정도로 많다. 이들은 왜군의 길잡이 역할도 해주고, 왜군에게 필요한 각종 정보를 제공해주고 있다. 장사를 해서 이문을 남기는 보부상들은 두 패로 나뉘어져 있다. 왜군의 길잡이 역할과 정보를 제공해 주는 보부상 무리들과, 난리 중에 장사가 안 되고 손해를 입어도 관군과 의병진영에 적극적으로 물자를 공급해 주는 자들이 그들이다. 또한, 양반 사대부들의 수탈과 멸시에 진저리를 치던 양민과 천민들은 주로 전투를 하는 왜군진영에 적극 가담하여 동족인 조선인의 가슴에 화살을 날리고 조총을 쏘아대고 있다. 지금 서생포의 왜성을 비롯한 남해안의 왜성에 웅크리고 있는 왜군의 열 중 서너 명은 반드시 조선군이다. 실로 통탄할 일이다.

1592년 5월 주상은 윤두수에게 '적병이 얼마나 되는가? 절반은 우리나라 사람이라고 하는데 사실인가?'라고 물을 정도로 상당수의 백성들이 조선과 사대부에게 등을 돌렸다. 장예원과 형조를 불태우고, 경복궁·창경궁·창덕궁을 불태운 것도 왜병이 아닌 조선의 백성들이었다. 이렇게 궁궐을 불태우고 도주했던 백성들이 얼마 후에 다시 돌아와서 왜군이 장악한 도성에서 시장을 열고 적들과 뒤섞여서 장사를 했다.

왜적들이 한양을 버리고 남하할 때까지 도성 안의 백성들은 그들이 발생한 신분증으로 살았었다. 이것은 많은 백성들이 조선이 아닌 왜국의 백성으로 살았다는 것을 의미한다. 조선왕 이연과 양반 사대부들의 행위가 용서되지 않는다 하더라도 이 땅에서 대대로 터 잡아 살아온 백성들이 이러면 안 되는 것이다. 오호통재라! 현실이 이러함에도 불구하고 옥좌와 권력에만 눈이 먼 주상과 사대부들의 꼬락서니를 보면, 사화동을 닮은 친왜 부역자들에게 돌을 던질 힘마저 사라진다. 수많은 백성들이 부역자로 나선 것은 조선이라는 나라와 사대부에 대한 반감이 어느 정도였는지를 극명하게 보여주고 있는 것이다. 삼봉 정도전은 『조선경국전』에서 '만약 임금이 백성의 뜻을 어기면 백성은 임금을 버린다'고 경고했는데, 이것이 현실로 나타난 것이다.

전서구의 내용을 읽은 그는 채비를 하고 동굴을 나서다가 아직도 잠들어 있는 국화 누이를 잠시 쳐다보곤 이내 길을 나섰다. 어둠이 가시지 않은 새벽인 데다가 복면을 한 그를 알아볼 수 있는 사람은 없을 것이다. 나아곡 입구에 수천의 적이 있다는 소식을 접한 그는 처음으로 긴장했다. 수백 명 정도는 자신 있었지만 수천 명이라면 얘기가 다르다. 인시(寅時) 안에 도착해야 그나마 승산이 있다. 아니면 숨어서 적병을 살피며 밤이 되기를 기다려야 한다. 그가 조금만 실수를 해도 왜병이 쏜 조총에 자신의 몸이 벌집이 될 것이라고 생각하니 이마에 땀이 나고 등에서는 식은땀조차 흘렀다. 오늘은 적을 척살하는 것은 자제하고 후방을 최대한 교란하는 것으로 작전을 바꿔야 한다고 생각했다.

천동은 어둠을 뚫고 적의 무리들을 훑어보았다. 그들에게서 끓어오르는 적의를 느끼진 않았지만 그들은 그가 살고 있는 강토를 침범한 자들이고, 그가 마음으로 의지하고 아끼던 사람들을 잡아간 무리에 속하는 자들이었다. 그는 그것으로 되었다고 생각했다. 전쟁이라고 해도 살아있는 사람의 목숨을 거두는 일이 유쾌하지는 않지만 어쩔 수 없는 일이라고 스스로를 위안했다. 적들의 목을 베면서 느꼈던 더러운 기분도 이제는 거의 사라진 상태였다.

그의 도착을 확인한 조선의병진영에서 선제공격을 시작했다. 아직 어둠이 채 가시지 않은 시각에 익숙한 지형지물을 이용한 의병들의 공격은 꽤나 효과적이었다. 게다가 천동이 종횡무진 적의 후방을 교란하자 적병들은 도망가기에 급급했다.

한차례의 교전으로 인한 피해는 양쪽 다 별로 없었다. 의병군으로서는 왜적들의 침입을 막았다는 것에 만족해야 했다. 적병의 수가 너무 많아서 전면전을 하지 못한 결과이기도 했다. 의병장들과 천동이 모여서 새로운 작전을 협의했다. 다른 의병장들은 천동의 존재를 마뜩찮게 생각했지만, 이눌 장군의 배려로 그 자리에 있을 수 있었다. 천동을 제외한 나머지 참석자들은 다 양반 출신으로 왜적을 물리치기 위해서 같이 모이기는 했지만, 그래도 백정의 자식과 한자리에 앉아서 작전회의를 한다는 것 자체가 불쾌하고 모욕적이라고 생각하는 사람들이다. 황희안 장군과 김득복 장군은 천동의 존재에 대해서 침묵하여 묵시적으로 동조하였다. 천동의 존재를 적극적으로 인정하는 사람은 오로지 이눌 장군뿐이었다. 그동안 전공이 많은 이눌 장군의 설득에 의병장들은 어쩔 수 없이 받아들인 것이다.

"자, 본격적으로 회의를 합시다."

"적들의 수가 우리보다 많기 때문에 밝은 대낮에 직접 부딪혀서 싸우는 백병전은 우리에게 불리합니다. 사상자도 많이 발생할 것으로 예상되니만큼 적들의 동태를 봐가면서 야간에 적군이 쳐들어오기를 기다렸다가 기습을 하는 것이 어떨까 합니다. 계곡의 왼쪽 골짜기에 시목(柴木)을 가져가다 길을 메우고 정병 300명을 차출하여 솔밭에 들어가서 소나무를 한 발 길이로 껍질을 벗긴 후에 허수아비처럼 세워놓고 1인당 횃불 2개씩을 지닌 채 그 옆에 엎드려 있게 합시다."

"그럽시다. 이곳의 지리에 익숙한 의병들을 선발하여 매복을 한 후에 야간에 전투를 한다면 우리에게 승산이 있습니다."

"오늘 새벽처럼 후미에서 왜적들을 교란하는 것은 이 사람이 혼자서 할 것입니다. 적이 조총을 다수 가지고 있기 때문에 그들이 이곳을 지나지 못하게 하는 데 중점을 둬야 합니다. 섣부르게 공을 탐내서 약속하지 않은 행동을 하는 장군들이 없어야 합니다."

그날 밤 의병진영에서는 작전계획에 따라 계곡의 오른편에 황희안 장군과 김득복 장군이 이끄는 300여 복병을 배치하고, 골짜기를 지나는 길 앞쪽에서 왜적을 막는 것은 이눌 장군이 맡았다. 지난 새벽과 마찬가지로 적의 시선을 분산시키기 위해 후미에서 다시 적들을 교란시키는 일은 천동의 몫이었다.

이슥한 밤이 되자 과연 적병들이 조심스럽게 곡구로 들어섰다. 그때에 솔밭에 있던 복병이 일시에 횃불을 드니 화광이 낮과 같아서 사람의 그림자가 산을 둘렀고 이를 본 왜적들은 겁을 먹고 우왕좌왕하기 시작했다. 때가 되어 이눌 장군이 이끄는 궁수들이 불화살로 적을 공격하였고, 혼란에 빠져있는 적군의 후미를 천동이 홀로 공격하였다. 이에 왜적들은 혼란한 가운데 도망치다가 밟혀 죽고, 더러는 화살에 맞아 죽었으며, 일부는 천동의 칼에 죽었다. 그는 거의 매일 새벽에 일어나서 연마한 검술을 적들에게 펼쳐 보이며 종횡무진 적들을 공격하였다.

의병군의 완벽한 작전에 왜적들은 제대로 대항하지도 못하고 허둥대다가 배를 타고 다시 남해 방면으로 도망을 쳤다. 천동은 인근 야산으로 후퇴하면서 칼등으로 쳐서 기절시킨 왜병에게 재갈을 물린 후에 소나무에 묶어 놓았다.

동틀 무렵에 의병연합군이 확인해 보니 죽은 왜병의 수가 일백오십육 명이었다. 의병진영의 완벽한 승리였다. 의병들은 승리를 자축하는 한편 조정에 올릴 장계를 준비했으나 이눌 장군의 만류로 포기하였다.

언제 왔는지 장군이 천동의 어깨를 두드리며 격려했다.

"오늘도 수고 많았다."

"아닙니다."

"집으로 곧장 가려느냐?"

"네, 장군께 한 가지 여쭙고 싶은 게 있는데 지금 해도 되겠습니까?"

"말해 보거라."

어둠 속에서 장군을 잠시 쳐다보다가 천동은 천천히 입을 열었다.

"조정 대신들이나 주상은 전쟁이 터지자 도망칠 궁리부터 했는데, 어찌하여 장군은 가복들을 죄다 전쟁에 동원하고 사재까지 털어서 왜군들과 목숨 걸고 싸우시는 겁니까?"

"조선은 양반 사대부의 나라다. 내가 명색이 양반인데 이 나라 지키는 일을 백성들에게 떠넘겨서야 어찌 그들 앞에서 떳떳할 수 있겠느냐?"

천동은 장군의 의중을 듣고 문득 조선의 양반 사대부들이 이눌 장군만 같았어도 왜가 조선을 얕보고 쳐들어오는 짓은 하지 않았을지도 모른다는 생각을 했다.

천동은 장군에게 작별인사를 한 후에 결박해 놓았던 왜병을 데리고 더 깊은 골짜기로 숨어들었다.

그는 인근 계곡에서 칼을 씻었다. 이럴 때는 밤인 게 참 다행이다 싶었다. 칼끝에 선명하게 묻어있는 붉은 피를 보지 않아도 되기 때문이다. 누군가의 가슴에서 흘러나왔을 피를 계곡물에 씻자 어둠 속에서도 검은 빛이 났다. 검이 처연하게 웃고 있는 것 같았다. 그는 그것이 보기 싫어서 재빨리 검을 검집에 넣었다. 그런 후에 왜병의 재갈을 풀어주고 본격적으로 심문하기 시작했다. 한동안 아무런 말도 하지 않던 왜병이 천동의 기세에 눌려서 입을 열었다. 포로의 입에서 나온 말은 천동의 귀에 익숙한 조선말이었다.

"살려주세요."

"조선 사람이었어?"

"네."

"아무리 주상과 사대부들이 미워도 그것이 동족을 향해서 총칼을 겨누는 이유가 될 수는 없어. 무엇 때문에 왜군에 가담했는지 제대로 설명하지 않으면 목숨이 열 개라도 살아남지 못할 것이다."

포로는 모든 걸 순순히 털어놓았다. 그는 양반 댁 종놈이었다. 전란 중에 주인인 생원은 실종되고 혼자된 마님을 모시고 살았다고 했다. 그러다가 마님이 그를 유혹하였고 젊은 혈기에 동침을 하게 되었는데, 후에 생원의 형제들에게 들통이 나서 광에 갇혀서 죽기 직전에 겨우 탈출을 하였지만 살길이 막막해서 왜군에 가담했다고 했다. 천동은 그의 처신을 이해했다. 지금 자신도 양반 댁 마님과 동굴집에서 같이 살고 있기에 만약 누군가에게 들키기라도 하면 살아남기 힘든 처지였다. 그래서 천동은 포로가 속해있던 서생포 왜성의 왜군에 대한 정보를 세세히 알아낸 후에 한 가지 약조를 받고서 그를 놓아주었다.

"아무리 그렇다고 하더라도 같은 조선 사람의 가슴에 총칼을 겨누는 짓은 하지 마시오. 그러겠다고 단단히 약조를 한다면 그대를 방면하리다."

"내 이후로는 어떤 어려운 일을 당해도 절대 조선 사람을 해치는 짓은 하지 않겠습니다. 약조하겠습니다."

말을 마친 사내는 허겁지겁 자리를 벗어났다. 천동은 그 사내가 다시는 조선 사람을 해치지 않을 것이라고 생각했다. 왜병 열 명의 목숨을 취한 것보다 기분이 좋았다.

그는 콧노래를 부르며 나는 듯이 나아곡을 떠났다. 그가 무룡산의 동굴 집으로 다시 돌아온 것은 다음 날 새벽 인시(寅時) 무렵이었다.

포르투갈의 바탈랴 수도원

포르투갈의 바탈랴 수도원

　조금은 지친 것 같은 모습으로 동굴로 들어서던 천동은 깨어서 맞이하는 국화를 보고 의아해했다. 내심 지금쯤은 그녀가 어디론가 떠났기를 바랐기 때문이다. 지금의 그에게 그녀는 그저 혹과 같은 존재에 불과하지만 대놓고 말을 할 수는 없었다. 천동은 말없이 빤히 국화를 쳐다보았다. 그의 그런 행동에 민망하여 얼굴이 다소 상기되었지만, 그녀는 고개를 돌리지 않고 그의 시선을 고스란히 받아내며 힘겹게 입을 열었다.

　"늦었네? 잠도 안 오고 해서 기다리고 있었어."

　"안 떠나고 남아 있었네요?"

　말을 해 놓고 천동은 아차 싶었다. 이 말을 하려고 한 게 아닌데, 저도 모르게 불쑥 엉뚱한 말이 뛰어나온 것이다.

　"나? 갈 데가 없어."

　그의 실언에도 꿋꿋하게 버티는 그녀에게 천동은 얼른 말을 바꿨다.

"잘 하셨어요."

"이곳 울산만 해도 서생포 왜성에 왜병들이 많다는 거, 동생도 알잖아. 시댁도 죽거나 피란가고 서방님은 전란 전에 이미 돌아가셨어. 아이도 없는 며느리라서 시동생과 시어머니는 떠난다는 말도 없이 어디론가 가셨어. 아마도 피란을 가셨거나 어쩌면 왜군들에게 잘못됐을 수도 있을 거야. 살던 집은 불타고 없어. 나는 이미 살아도 산목숨이 아니야. 전란 중에 보호자도 없는 아녀자가 어떻게 살겠어? 그렇지만 동생이 나가라고 하면 가야겠지."

"저도 누님이 남아있어서 좋아요."

"동생의 그 말 진심이 아닌 거 알아. 나하고 같이 있으면 동생이 위험해 지겠지. 그래도 동생이 쫓아내지 않으면 여기에 있고 싶어. 내가 너무 이기적이고 정신 나간 년처럼 보이지?"

"저는 어머니 얼굴도 모르고 자랐습니다. 낯선 여자와 이 동굴집에서 생활한다는 게 불편하고 어색합니다. 그래서 그런 거지, 다른 뜻은 없습니다."

"그렇게 불편하면 내가 나갈게."

국화는 그렇게 말하고는 동굴을 나가려고 발을 움직였다.

"저, 가지 마세요. 불편해도 나보다 누님이 더 불편할 것 같은데, 이런 곳이라도 괜찮으면 생각이 바뀔 때까지라도 그냥 여기서 지내세요."

"고마워."

"나는 피곤해서 잠 좀 잘게요."

천동은 구석진 곳으로 가서 누더기 같은 이불을 덮고 잠을 청했다. 전투로 인한 긴장이 풀린 탓에 그는 금방 잠이 들었다. 그러나 국화는 천동이 올 때까지 밤새 자지 않고 기다렸건만 쉽게 잠들지 못했다. 그녀는 기다리는 동안 정말 오만가지 상상을 했다. 그가 동굴을 나가라고 하면 나가야겠지만, 이 땅 어디에도 그녀가 갈 곳은 없었다. 왜군이 점령하고 있는 남쪽 지방은 물론이거니와 북쪽으로 가도 사정은 마찬가지일 것이다. 이 난리 중에 반가의 아녀자라고 해서 사람들이 그녀를 존중하고 보호해 줄 리 만무하다. 잘하면 끼니는 거르지 않는 집의 첩이나 일꾼으로 목숨을 연명할 수도 있겠지만 그렇게 사는 것은 자신이 없었다.

그동안은 정신없이 그럭저럭 버티며 살아왔지만, 여기서 잠시 지내고 보니 다른 곳에 가서 혼자 산다는 게 자신 없었다. 벌써 의타심이 생겨서인지, 천동이 동굴에서 나가라고 하면 절벽에 몸을 던져서 목숨을 끊는 것이 자신이 할 수 있는 유일한 선택이 될 것이라는 극단적인 생각까지 했었다. 그런데 천동은 순순히 자신을 붙들어 주었다. 앞으로의 일은 생각하지 말자고 다짐하며 억지로 잠을 청했으나 그녀는 끝내 잠들지 못했다.

고기 굽는 냄새에 천동은 잠을 깼다. 국화가 늑대고기를 나무에 꿰어서 굽고 있다가 천동을 보며 아침 인사를 했다.

"일어났어?"

"네, 더 자지 않고. 언제 일어났어요?"

"응, 좀 전에. 다녀오느라고 힘들었을 텐데, 좀 더 누워있어."

"아닙니다. 나 잠시 밖에 나갔다 올게요. 이곳은 사람들의 눈에 띌 염려가 없는 안전한 곳이긴 하지만, 그래도 혹시 모르니 밖을 살피고 오겠습니다."

말을 마치자 천동은 또다시 바람처럼 휙 동굴을 나갔다. 동굴의 노출에 대해서 한 번도 걱정을 한 적은 없지만, 어쩌다가 같이 지내게 된 아녀자가 있기에 신경이 더 쓰여서 동굴 주위는 물론 조금 멀다 싶은 곳까지 내려가서 살펴보았다. 예민한 그의 감각으로도 아무런 위험이 감지되지 않았다.

그는 잠시 바위에 앉아서 생각에 잠겼다. 왜병들을 이 땅에서 몰아내는 일에 그도 적극 가담하고 있지만, 정말 자신이 꼭 해야 할 일을 하는가에 대한 의문은 여전히 머릿속을 맴돌았다. 그런 천동이지만 이눌 장군의 부름에는 거절하지 않고 자신의 임무를 충실히 수행해 왔다.

생각이 다시 국화 누이에게 이르자 이 역시 그의 머릿속을 어지럽게 했다. 자신도 이제 어엿한 사내인데 자신보다 나이가 많기는 하지만 그래도 여자인 그녀와 앞으로도 잘 지낼 수 있을지, 그녀를 내보내지 않고 같이 지내는 게 도리에 맞는 것인지도 현재로서는 판단이 안 선다. 그의 머릿속에 있는 것들 중에서 명쾌한 것은 아무것도 없는 것 같다. 그런 생각을 하다가 그는 벌떡 자리에서 일어나서 다시 동굴로 급히 돌아갔다.

"멀리 갔다 왔나봐?"

"네, 산 중턱까지 갔다 왔어요. 계속 뛰어다녔더니 배가 고프네요."

"알았어. 얼른 먹자."

잘 익은 고기 위에다 곱게 갈아 놓은 소금을 얹어 먹으니 맛이 그만이었다. 전란이 있기 몇 년 전에 시댁에서 신랑과 함께 먹은 고기보다 더 맛이 있었다. 천동이 내놓은 소금은 일반 소금이 아니라 대죽통에 넣어서 두 번 불에 구운 것이어서 색은 연한 갈색이지만 몸에 좋다고 했다. 그 소금은 양이 너무 적은 탓에 특별한 날 음식에다 조금씩 넣어서 먹는다고 했는데, 오늘이 그날이라고 했다.

아침 겸 점심을 먹은 후에 천동은 누이에게 나머지 고기들을 훈제하라고 하고 만드는 방법까지 세세히 일러줬다.

"한 열흘은 못 들어올 겁니다. 합천과 고성 일대를 다녀올 생각입니다. 동굴 밖으로는 오십 보 이상 나가지 마세요. 산짐승도 위험하고, 또 굶주린 유민들이라도 만나면 어찌될지 모르니 갑갑하더라도 멀리 나가지 말아요. 요즘 같은 전란 중에는 사람이 제일 무서워요."

그에게서 동굴에 있는 한 안전하다는 얘기는 이미 들었다. 그럼에도 불구하고 막상 그가 며칠간 동굴집을 비운다고 하니 그녀는 갑자기 두려워졌다. 혼자서 미친년처럼 이리저리 떠돌며 살 때도 이렇게 두렵지 않았는데, 어느새 그녀는 동생 같은 그를 의지하고 싶은 마음이 생기기 시작한 것 같았다.

'며칠이나 같이 있었다고 내가 이러지?'

자신이 생각해도 너무 어처구니가 없는 그녀의 마음이었다. 자신의 마음을 자신도 어찌할 수 없는 경우가 생긴다는 게 이런 것이리라. 이런 자신의 변화에 그녀는 속이 상했다. 누가 뭐래도 자신은 양반가의 며느리였던 사람인데, 참으로 한심하게 변한 것 같아서 슬펐다.

외모로 봐서는 별로 자상할 것 같지 않은 천동이 피붙이처럼 자상하게 얘기해주자 국화는 눈물이 핑 돌았다. 그녀는 얼굴을 살짝 외면한 채 다소 잠긴 목소리로 애써 태연한 척 대답했다.

"알았어. 잘 다녀와."

천동은 그녀에게 살짝 미소를 지어주며 동굴을 떠났다. 산 중턱에서 그는 변장을 하기 시작했다. 성한 곳이라고는 없는 누더기 옷을 입고, 봉두난발한 머리에는 재를 듬성듬성 뿌렸다. 완전한 거지 행색에 몸까지 불

54

편해서 지팡이에 의지해서 걸어가는 거지 움막의 사내쯤으로 보이게 했다. 이제 산 아래의 민간 근처에서 소똥을 얼굴에 조금 바르면 변장은 완벽할 것이라고 생각하며 서둘러 내려갔다. 마을에는 온전한 집이 거의 없었다. 사람의 손길이 미치지 않아 검게 변해가는 지붕들은 얼굴에 검버섯이 핀 노인을 연상케 했다. 더러는 불에 타다가 만 집들도 있었고, 서까래가 내려앉은 집도 있었다. 들판의 곡식들은 제대로 여물지 못하고 쭉정이가 되어 있는데, 그나마도 거둬들이는 사람이 없어서 새들이 잔치를 벌이고 있었다.

그는 송내마을을 지나 달천에서 생산한 쇠를 실어 나르던 쇠내 쪽으로 걸어갔다. 가는 도중에 왜병 수십 명이 걸어가고 있는 것이 보였다. 그들의 일부는 조총을 가지고 있었고, 나머지는 왜검을 지니고 있었다. 발을 절뚝거리며 걸어가던 거지 행색의 천동과 왜병들의 시선이 마주쳤으나 별다른 움직임은 없었다. 자기들끼리 뭐라고 지껄이고 있었지만 무슨 말인지 알아들을 수 없었다. 부자연스런 걸음답지 않게 빠른 속도로 쇠내에 도착한 그는 촌각의 망설임도 없이 쇠내로 뛰어들어 헤엄을 쳐서 나아갔다. 그러나 강여울에 떠밀린 그는 한참을 내려가다가 겨우 시리마을 쪽 뭍에 닿을 수 있었다.

그곳에서 신답 쪽으로 간 천동은 파괴된 달천철장 터를 돌아보았다. 달천철장은 울산과 경주의 산골짜기에 토철을 제련하는 수십 개의 쇠부리 가마를 거느리고 상당량의 철을 생산하였으며, 중국(낙랑, 대방)과 왜에까지 철을 공급하였는데 지금은 잡초만 무성한 채 방치되어 있었다. 삼한의 소국 신라가 고구려나 백제와 대등한 국력을 가지게 된 것은 우시산국(울산지역의 부족국가)이 소유하고 있었던 달천철장을 석탈해가 빼앗았기 때문이었다. 용성국(캄차카 반도에 위치) 출신의 석탈해는 달천철장을 소유하면서 얻게 된 막강한 힘으로 남해왕의 사위가 되고 신라의 4대 왕이 되었다.

천동은 착잡한 마음을 뒤로하고 가재골에서 먹을 만큼의 가재를 잡은 후에 눈앞에 보이는 관문산으로 올라갔다. 천동은 울산이 한눈에 내려다보이는 관문성의 서쪽에 있는 순금산과 상아산 능선을 나는 듯이 달렸다. 그런 연후에 언양 쪽으로 방향을 바꿔서 빠르게 이동하다가 가지산에 도착한 후에는 운문산을 향해 천천히 걸어갔다.

가을바람과 단풍은 전란 중인데도 불구하고 그에게 묘한 감정을 불러일으켰다.

단풍들의 군무가 주는 황홀한 분위기에 젖어서 잠시 모든 걸 잊고 상념에 빠져드는 그 순간 한 무리의 사람들이 나타났다.

"어디를 가는 것이냐?"

"네, 먹을 것을 구하려고 충청도에 있는 친척 집에 다니러 가는 길입니다."

"충청도가 코앞에 있는 것도 아니고, 노잣돈은 좀 있지?"

"아저씨들은 누구세요?"

"우리? 왜군들과 싸우다 지치고, 식량도 떨어져서 이렇게 사람들에게 양식을 구하고 있는 중이다. 우리가 목숨을 걸고 왜놈들과 싸우는데 니들은 뭐라도 보태야 되는 거 아니니?"

"저도 그러고 싶지만 보시다시피 저도 이틀이나 굶었고 가진 거는 아무것도 없습니다. 이 봇짐을 풀어서 확인해 보세요."

천동은 그들 앞에 봇짐을 내보였다. 천동의 봇짐을 열어보던 자가 짜증 섞인 목소리로 말했다.

"정말 아무것도 없는데요? 완전히 거지새끼 같아요. 오늘은 영 재수가 없습니다."

"야, 너 이리 와봐."

천동이 그들의 눈치를 보면서 조심스럽게 다가가자 느닷없이 그에게 주먹질을 했다. 지팡이 속에 감춰져 있는 칼을 뽑으면 이런 놈들 열 명은 순식간에 해치울 수 있지만 동족에게 함부로 그러고 싶지 않아서 고스란히 당할 수밖에 없었다.

"야 이 거지새끼야, 밖으로 다닐 때는 다른 사람 생각을 해서 뭐라도 좀 가지고 다녀라. 알았어? 다음에도 빈손이면 곱게 안 보내준다. 오늘은 운 좋은 줄 알아. 이 빌어먹을 상거지 새끼야."

천동은 다시 한 번 날아오는 주먹을 그대로 맞고서야 그곳을 벗어날 수 있었다. 의병을 사칭한 도적패들이 있다고 하더니, 가지산 자락에서 정말로 그들과 마주친 것이었다. 그 사람들이 밉다는 생각보다 웬일인지 불쌍하다는 생각이 앞섰다. 그러나 그것도 잠시, 그는 마음을 다잡고 운문산을 벗어난 후 소산을 거쳐서 첫 목적지인 현풍에 도착하여 석문산성을 둘러보았다. 산성을 둘러보기 전에 그는 도랑에서 분장을 했던 얼굴을 말끔히 씻고 비록 누더기 옷이지만 옷매무새도 가다듬었다. 석문산성은 홍의장군의 성품답게 꼼꼼하고 견고하게 성곽이 수축되어 있었다. 천동은 다짜고짜 성문 앞에서 소란을 피웠다.

"홍의장군을 뵙고 싶습니다. 만나게 해 주세요."

"시끄럽다 이놈아! 비렁뱅이 주제에 감히 장군님을 만나려고 하다니? 네놈이 아무래도 실성을 했구나. 썩 꺼지거라."

성문을 지키던 군졸 두 명이 달려들어서 그를 밀쳐내려고 하였다. 그러나 그는 꿈쩍도 하지 않았다. 아무리 용을 써도 비렁뱅이가 꿈쩍도 하지 않자 성문지기들은 그를 다시 쳐다보았다.

"그냥 비렁뱅이 같지는 않은데, 뭐하는 놈이냐?"

"장군님을 뵙기 위해서 울산땅에서 달려온 양가 천동이라고 합니다."

"잠시 기다려라."

성문지기 중 한 명이 제법 빠르게 성안으로 달려가더니 잠시 후에 기별이 왔다.

"나를 따라오거라."

문지기 병사는 여전히 그를 무시하는 말투로 조금은 짜증이 나는 듯 말했다.

"네, 감사합니다."

앞서가던 군졸이 힐끗 뒤를 돌아보다가 다소 놀라는 기색을 보였다. 행색이 남루해서 그렇지, 다시 본 몸체며 얼굴은 헌헌대장부였다. 그렇지만 그는 대수롭지 않은 표정으로 천동을 안내했다. 조금 후에 그는 홍의장군을 만날 수 있었다. 볼 때마다 느끼는 것이지만, 장군은 호랑이의 기운을 받은 분으로 범인들은 보는 것만으로도 오금이 저려서 꿈쩍도 할수 없을 것 같다고 그는 생각했다.

홍의장군은 자신의 면전에서 눈 하나 깜짝하지 않고 버티던 맹랑한 아이를 생각해냈다. 그 당시 아이의 출신이 그를 안타깝게 했었다. 천동은 장군 앞에 엎드려서 인사를 드렸다.

"그간 강녕하셨습니까?"

"그래, 오랜만이구나. 오는 길에 어려움은 없었느냐?"

"네, 변장을 하고 와서 그런지 시비 거는 사람이 별로 없었습니다. 왜병들과도 마주쳤지만 아무 일 없었습니다."

장군의 군막 안에서 함께 차를 마시게 된 천동은 감히 장군과 마주하기가 죄송스럽게 생각되어서 땅바닥에 무릎을 꿇은 채로 찻잔을 들었다. 그런 그를 장군은 만류하며 억지로 의자에 앉혔다.

"저 같은 천한 것이 어찌 장군님과 마주 앉아서 차를 마시겠습니까?"

"그런 생각하지 말거라. 지금은 전시니라. 온 나라가 쑥대밭이 되고 수많은 백성들이 왜군들에게 도륙을 당했는데, 그깟 예절 따위가 대수더냐?"

"……."

"그곳은 어떠하냐? 왜병들이 주요 마을을 점령해서 농사도 제대로 지을 수 없는 처지일 텐데, 백성들은 무얼 먹고 사는지 모르겠다."

"장군님 말씀 그대로입니다. 울산에서도 아사자가 발생했다는 소문이 있습니다. 얼마 전에는 양남 나아리 해안 쪽에서 경주 방면으로 침입하려던 적병 천여 명을 이눌 장군과 몇몇 의병장들이 합심해서 물리쳤습니다. 많은 적병의 목을 베었고 적들은 바다를 통해서 남쪽으로 퇴각했습니다. 기박산성에서 의병들이 진을 치고 기박이재를 든든히 지키는 까닭에 왜병들은 동대산 남쪽의 달령 방면으로 자주 나타나고 있다고 합니다. 나쁜 소식도 있습니다. 경주의 의병장이신 이응춘 장군께서 개운포에서 왜군들과 싸우다가 전사했다고 합니다."

천동은 자신도 여러 번 전투에 참여했다는 얘기는 하지 않았다. 홍의장군도 울산지역의 소식은 대략 들었지만 사실을 확인하고 싶어서 천동에게 물었던 것이다.

"계속해 보거라."

"서인충 장군은 산악지형을 이용해서 왜적들과 계속 전투를 하고 있다는 소문입니다. 울산지역의 많은 의병장들이 서 장군님과 뜻을 같이하여 전과를 올리고 있는 것 같습니다. 하지만 이해가 되지 않는 부분도 있습니다. 지난달에 서 장군은 삼천여 의병을 이끌고 신야전탄 전투에서 왜병 오천여 대군과 맞서서 싸웠는데, 적병을 무려 삼백여 명이나 목 베었다고 들었습니다. 그런데 전공을 알리는 장계에는 고작 삼십여 명으로 줄여서 보고한 것 같습니다. 다른 사람들은 전공을 부풀리기도 한다는데 왜 서 장군님이 그런 선택을 했는지 혹시 장군께서는 아십니까?"

"글쎄다. 나라고 그걸 어찌 알겠느냐?"

한낱 백정의 자식인 천한 자의 입에서 이런 고급 정보들이 술술 나오는데도 홍의장군은 조금도 놀라는 기색이 아니다. 그는 내심 짐작되는 바가 있는지 거기에 대해서는 전혀 묻지 않았다. 자신의 눈앞에서 양손을 사용하는 '조선세법' 을 선보인 그를 놀란 눈으로 본 적이 있었기 때문이다.

당시에 천동은 홍의장군이 왜적과 싸울 때 사용한 검법을 그대로 흉내 냈을 뿐이라고 말했었다. 조선의 검법인 조선세법은 하루아침에 익힐 수 있는 것이 아니다. 자신도 십여 년간 수련을 해서 능숙하게 사용하는 것이다. 수하에 있는 의병들에게는 근접전에서 유용하게 사용할 수 있는 간단한 사용법만 가르쳐 주고 전투에 참여시켰는데도 그 효과는 놀라웠다. 관군과는 달리 자신의 의병들이 적병들과의 실전에서 승승장구하는 요인이기도 했다.

왜검술과 조선세법은 똑같이 양손을 이용한 합격의 자세를 사용하였으나 의병들이 승리를 하는 것은 바로 힘의 차이였다. 체격이 왜병보다 더 큰 조선의 의병들이 비슷한 병기와 비슷한 사용법을 가지고 싸우는 전투에서 이기는 것은 당연한 것이었다. 거기다가 조선의 의병들은 지형지세를 잘 알고 있었고, 의병장들이 그런 점을 이용하여 주로 유격전을 한 것이 승리의 결정적 요인이라고 할 수 있다.

"오늘 네 검술을 다시 한 번 보고 싶구나. 보여줄 수 있겠느냐?"

"보잘 것 없는 재주이오나 장군께서 봐주신다면 기꺼이 명을 따르겠습니다."

천동을 홍의장군 앞에서 자신의 검술을 시연해 보였다. 그는 조선세법의 장점과 왜검술의 장점을 혼합한 새로운 검술을 펼쳐 보였다. 흥미롭게 지켜보던 장군의 얼굴색이 차츰 변하기 시작했다. 놀라는 기색이 역력했다.

"네 자질이 이 정도였더냐? 세법만은 아닌 듯싶다만, 무엇이냐?"

"조선세법과 왜검술을 혼용한 것입니다. 아직 성취가 미미합니다."

"성취가 미미하다? 네가 지금 나를 희롱하려 드는 것이더냐?"

"절대로 그런 것이 아니옵니다. 장군, 소인은 그저 혼자서 틈틈이 연마를 한 것이고 기간도 얼마 되지 않았기에 있는 그대로 말씀드린 것뿐입니다."

"과연 기재로다. 정말이지 안타깝구나. 너 정도의 자질이라면 장차 조선의 병권을 지휘하는 병판의 자리도 넘치지 않거늘……. 하늘이 어찌 이런 인재를 천한 태생으로 보냈을까?"

말을 마친 장군은 수심이 가득한 얼굴로 천동을 다시 바라보았다. 천동과 같은 기재는 정승판서가 되어서 나라의 큰일을 하거나 아니면 반란의 수괴가 되는 운명을 겪게 될 것이다. 그런데 천출이라면 전자는 불가능할 것이고, 후자가 될 운명인데 그러기에는 너무나 아까운 인재다. 자신의 휘하에 두고 다스릴 수만 있다면 그나마 다행이겠지만 천동은 그럴 마음이 전혀 없어 보였다.

"울산의 백정 장오석을 아느냐?"

"예, 그 사람은 소인도 잘 아는 자입니다."

"경상좌병사 박진이 장계를 올리자 주상께서도 천한 자이지만 관직을 내리라 하셨다. 그를 사람들은 더 이상 백정이라고 안 하고 장 장군이라고 부른다. 그것도 알고 있느냐?"

"알고 있습니다."

"알고 있다? 그런데 너처럼 무술이 뛰어난 자가 어찌하여 아직도 정상적인 의병활동을 안 하고 남들 눈에 안 띄는 싸움만 하는 것이냐? 정식으로 의병군에 합류해서 공을 세우면 면천법에 의해서 네 후손들은 천인 소리를 안 들을 수도 있을 터인데, 왜 고집을 부리는 것이냐?"

"군대란 조직 안에 들어가면 명대로 움직일 수밖에 없기 때문에 저의 계획대로 싸우는 것이 어려울 것입니다."

"그런 이유로 아직도 내 휘하에 들어올 생각이 없다는 것이냐?"

"말씀은 감사하오나 저같이 천한 자가 장군의 진영에 들어가서 싸운들 무슨 일을 하겠습니까?"

"그게 무슨 말이냐?"

"전장에서의 싸움은 시간과 장소, 상황에 따라서 거기에 맞게 변화무쌍하게 전개해야 하는데, 제가 그리한다면 장군 휘하의 부장들 눈 밖에 나서 내쳐지거나 죽는 게 고작이 아닐까 생각되옵니다."

"네가 병서를 읽었더냐?"

"『육도삼략』과 『오자병서』를 조금 읽었을 뿐입니다."

"『육도삼략』에 『오자병서』까지?"

"아직 깊은 뜻은 헤아리지 못하고 그저 몇 번 반복해서 읽은 수준입니다. 저는 대왕이신 세종께서 '노비는 비록 천인이나 하늘이 낸 백성이다'라고 하신 말씀을 기억하며 열심히 살 것입니다."

"네 지혜가 조정을 위해서 크게 쓰임 받을 날이 올 것이다. 그러려면 너는 정식으로 군대편제에 들어와서 활동을 해야 한다. 그래야 너에게도 길이 열린다."

"양반인 의병장 김덕령 장군과 남해의 조선 수군을 이끌고 계시는 이순신 장군까지도 주상전하와 권신들의 눈 밖에 나서 어렵다고 들었습니다. 조선의 장수들은 맹장(猛將)은 많으나 지장(智將)은 별로 없는 걸로 알고 있습니다. 소인의 앞에 계시는 장군님과 통제사 이순신 장군이나 김덕령 장군 정도가 지략을 갖춘 장군들이고, 나머지는 병법에 무지한 맹장들이라서 왜적들에게 제대로 대항 한 번 못한 것이라고 들었습니다. 지장(智將)인 김여울 장군께서 문경새재를 이용한 방어전을 건의했지만 맹장(猛將)이기는 하나 안하무인에 고집불통인 신립 장군이 받아들이지 않아서 조선의 주력이라고 할 수 있는 육군부대가 탄금대 전투에서 궤멸 수준의 참패를 당했고, 주상전하는 한성을 버리고 야밤에 의주로 몽진을 간 것을 장군께서도 아시잖습니까? 주상이나 조정 대신들이 맹장은 좋아하고 지장은 싫어하는데, 저 같은 사람이 출사를 한들 나라를 위해서 무슨 일을 할 수 있겠습니까?"

홍의장군 곽재우는 천동의 말을 듣고 하늘을 우러러 탄식했다. 상놈의 입에서 감히 권신이라는 소리가 나왔으니 즉석에서 목을 베는 것이 마땅하나 녀석의 말이 틀린 것이 아니고, 자신이 진정 하고 싶었던 말을 밖으로 내뱉은 것이기에 참을 수밖에 없었다.

나라가 전란의 한가운데 있는데도 불구하고 임금과 신하와 백성들이 한마음으로 뜻을 모으지 못하는 작금의 현실이 그는 너무도 싫었다. 신반현의 창고곡식사건은 정말이지 죽을 때까지 기억하고 싶지 않았다. 학봉 김성일이나 박재사 등의 적극적인 구명활동이 없었다면 큰 곤욕을 치렀을 것이다. 어쩌면 심문과정에서의 매질을 이기지 못하고 벌써 불귀의 객이 되었을지도 모른다. 그렇지만 무고로 자신을 치려 했던 간신배 합천군수 전현룡보다 경상감사 김수가 더 죽어야 할 자라는 생각에는 변함이 없었다.

왜군들과 한 번 싸워보지도 않고 가야산으로 달아난 김수의 목을 치기는커녕 오히려 조정에서 그를 중용한다는 사실이 홍의장군을 화나게 했다. 사심 없이 충성을 바치는 충신들에 대한 선조의 의심과 질투가 도를 넘어서고 있었다. 정말이지 마음 같아서는 강원도 깊은 산골짜기에 숨어들어가서 세상을 등지고 여생을 보내고 싶지만, 남명 선생님 문하에서 유학을 배운 이 땅의 선비로서 후손이 살아가야 할 삶의 터전은 지켜야 하겠기에 차마 떠나지 못하고 그가 오늘 여기에 있는 것이다. 그런 그의 생각이 더 천동의 목을 베지 못하게 만들었다. 장군의 옆에 있던 부장이 소리쳤다.

"장군! 제가 저놈의 목을 베겠습니다. 저놈의 말은 역당들이나 하는 말입니다. 지금 조정에 붙은 간신배들이 장군을 모함하기 위해서 혈안이 되어 있는 걸 모르십니까? 주상전하께서 장군을 오해하시고 장군을 모른다고 했다지 않습니까?"

그랬다. 선조는 의병장들을 매우 의심하여 그들이 큰 공을 세워도 외면했으며, 심지어 조선 사람이라면 모르는 자가 없는 홍의장군 곽재우까지도 이름을 알지 못한다고 대신들에게 말했다.

"나서지 말거라. 내 일이다. 전란이 끝나면 공이 크고 백성들의 신망이 두터운 사람들은……."

홍의장군 곽재우가 더 이상 말을 하지 않자 부장이 말을 이었다.

"조정에서 큰 상을 내릴 것입니다."

장군은 다시 한숨을 쉬었다. 그가 하려던 말은 그게 아니었기 때문이다. 그렇지만 끝내 장군은 자신이 하려던 얘기를 하지 못했다. 그러고는 천동을 향해서 다시 말을 이어갔다.

"어디로 갈 것이냐? 올해부터 각 지역마다 속오군이 편성되었다. 생각이 바뀌면 거기라도 들어가 보거라."

천동은 아직까지 구체적으로 면천법에 대해서 생각해 본 적이 없기에 홍의장군의 얘기를 귀담아 듣지 않았다.

"아닙니다. 저는 그냥 발길 닿는 대로 여기저기 가 보고 싶습니다. 지리산과 가야산 자락을 다녀올까 합니다. 장군의 뜻을 받들지 못함을 용서하여 주시옵소서."

"네 마음의 번뇌를 모르는 바는 아니나 너 또한 이 땅의 백성임을 잊지 말거라. 서애대감에 의해서 면천법이 시행되었으니 네가 정상적인 방법으로 공을 세워서 면천도 하고 관직도 제수 받는 모습을 보고 싶구나."

"깊이 생각해 보겠습니다, 장군."

홍의장군은 병졸을 시켜서 술을 가져오게 했다. 이별주가 필요하다는 생각이 들어서였다.

"술 한잔하고 가거라. 이별주나 들자구나."

연거푸 석 잔의 술을 따라주고는 장군은 천동에게 담담하게 말했다.

"오늘이 너와의 마지막이 될 것이다. 이후로는 내 눈에 띄지 말거라. 그때는 너를 엄히 다스릴 것이다."

"장군님! 감사합니다. 내내 강녕하십시오."

천동은 자리에서 일어나서 장군께 큰절을 올리고는 이내 종종걸음으로 석문산성을 벗어났다.

보부상 서신 3호

1년 전인 1593년 10월(음력) 영의정이 된 류성룡은 조정으로부터 멀어진 민심을 잡기 위해서 전시 개혁입법을 발표하였는데 면천법과 작미법, 속오군의 편성 등이 그것이었다.

속오군은 기존의 군편제와는 달리 양반 외에도 천민 즉, 종들과 백정의 신분을 가진 자들도 관군에 들어갈 수 있게 한 것이다. 천민들의 지원을 끌어내기 위해서 취해진 조치가 면천법이다. 천민의 신분을 가진 백성도 왜군 수급 한 개를 바치면 면천을 시켜주고 세 개를 바치면 관직을 준다는 것이 면천법의 핵심이다. 면천법과 속오군 덕분에 많은 천민들이 관군에 지원하여 속오군의 수효가 급격히 늘어났다. 이와 함께 실시한 작미법은 기존에 호(가구) 단위로 부과하던 세금을 토지의 면적에 따라서 부과함에 따라서 양반들의 부담은 대폭 커지고, 양민들의 부담은 파격적으로 줄어들었다.

이 전시개혁법의 전격적인 실시로 양반 사대부들은 류성룡에게 등을 돌리게 되었다. 그렇지만 이들 법안의 발표는 흩어졌던 민심이 다시 뭉치는 계기를 만들어 주었다. 의병과 속오군에 자발적으로 참여하는 백성들이 늘어나면서 조선은 왜군과의 전투에서 더 이상 일방적으로 밀리지 않게 되었고, 전쟁에서 승리할 수 있는 결정적인 요인을 만들어 주었다.

늦가을 바람이 찢어진 의복들 사이로 아프게 부딪혀 왔다. 홍의장군도 양반인데 감히 그 앞에서 가슴속에 있는 말을 끄집어내는 게 아니었다. 앞으로는 누구를 만나든지 흉중의 말을 할 때는 정말 목숨을 내놓고 해야 할 것이다.

천동은 서둘러 근처에 쉴 만한 장소를 찾아보았다. 도토리가 무성하게 달려있는 덮가나무(상수리나무) 아래에 잠시 몸을 뉘었다. 도토리를 흔들어서 주워 모으면 하루 치의 식량은 해결될 것이다. 햇살에 반짝이는 나뭇잎이 너무나 눈부시게 아름답다. 지리산 깊숙이 들어가서 세상을 등지고 살고 싶었다. 그런 생각을 하다가 그는 검불잠이 들었다.

어지러운 꿈속에서 헤매고 있던 천동은 누군가 자신을 툭툭 치는 느낌이 들어 잠에서 깨어났다. 그의 눈에 들어온 것은 무룡산에서 만났던 삿갓을 쓴 사내인 세평 바로 그 사람이었다. 천동은 놀라서 후다닥 일어났다. 세평이 먼저 입을 열었다.

"여기서 뭐하는 것이냐?"

"비렁뱅이가 갈 곳을 정해 놓고 가는 것 봤습니까? 그저 발길 닿는 대로 가는 것이지요. 아무 곳이나 누우면 거기가 내 집이니까요."

"제법 말이 늘었구나. 나를 따라오거라. 갈 곳이 있다."

천동은 어디로 가는지 묻지도 않았다. 그저 묵묵히 그의 뒤를 따라갔다. 앞장서서 가고 있는 세평 또한 말 한 마디 없이 부지런히 걷기만 하였다. 그렇게 꽤 오랜 시간을 걷던 천동은 궁금증을 이기지 못하고 입을 열었다.

"정말 어디로 가는 겁니까? 이제는 말해줄 때도 되지 않았나요?"

"그놈 참 말 많네. 따라오라고 하면 그냥 따라올 일이지 뭔 사내놈이 그렇게 말이 많아?"

"저기, 그게 아니라 목적지는 가르쳐 주고 가자고 하는 게 당연한 거 아닌가요?"

"죽으러 가는 거 아니니까 그냥 따라와. 맞기 전에."

한 마디만 더 하면 정말로 맞을 거 같아서 천동은 입을 다물고 묵묵히 그를 따라갔다. 가야산의 용기산성과 지리산의 구성산성을 구경하려던 계획은 세평으로 인해서 틀어져 버렸다.

천동은 굳이 그를 따라가야 할 이유가 없었지만, 그의 말을 거역하기도 그래서 일단 부딪혀 보자는 심정으로 그의 뒤를 따랐다. 걸어가는 도중에 무슨 말이든지 대화를 할 법도 한데 두 사람은 소 죽은 귀신처럼 말이 없었다. 그들은 그렇게 말없이 꼬박 사흘을 걸어서 세평이 가자고 한 목적지에 당도했다. 그곳에 설치된 군막에는 어림잡아도 만 명이 넘어 보이는 병사들이 있었다.

고니시 유키나가 장군이 이끌고 있는 왜군의 주둔지였다. 남의 나라에 쳐들어와서 마치 자기들 땅인 것처럼 수많은 병사를 주둔시키고 있는 적군의 진영을 들어가는 느낌은 뭐라고 표현하기가 어려울 만큼 묘했다.

천동은 '이게 뭐지?' 하는 생각을 떨쳐버리지 못했다.

주둔지 안쪽의 깊숙한 곳에는 붉은색 바탕의 천에 흰색으로 십자 모양의 문형이 있는 깃발이 펄럭이고 있었다. 생전 처음 보는 깃발의 느낌은 상당히 강렬하게 그의 머릿속에 각인되었다. 보통의 경우는 동물이나 글자를 쓴 깃발을 사용하는데, 이제까지 보았던 깃발과는 달리 열십자의 숫자문양을 한 대장기라서 그의 호기심을 자극했다.

"저런 군기는 처음 보지?"

"네."

"그럴 것이다. 다들 저 깃발을 보면 무엇을 의미하는 문양인지 궁금해하지. 조금 있으면 자연히 알게 될 것이다. 궁금해도 기다려라."

"네."

붉은색 바탕이 주는 느낌은 강렬했다. 왜 붉은색일까? 쳐다보면서 계속 천동은 그 생각을 했다. 보통 붉은색은 잡귀를 쫓아낸다는 벽사의 의미를 지니는데 저 깃발도 그런 의미를 지니는 것일까? 흰색이 주는 의미는 또 무엇인가?

천동은 너무나 강렬한 고니시 군영의 깃발을 계속해서 힐끔힐끔 쳐다보면서 세평을 따라서 영내로 깊숙이 들어갔다.

9년 전인 1585년, 포르투갈의 중심부에 있는 스테인드글라스 창문이 아름다운 포르투갈의 상징 바탈랴 수도원에 가스파르 코엘류를 비롯해 프로에스, 파체코, 세르페데스, 고메스 신부가 비밀리에 모였다. 이들 5인은 초기 예수회의 5인회를 흉내 낸 그들만의 조직으로 주군인 세바스티앙의 복위를 꿈꾸는 사람들이다. 이들은 세바스티앙이 모로코의 알카

사르키비르 전투에서 패하여 사망했다는 것을 인정하지 않고 있었다. 이 슬람과의 성전에서 십자군을 이끈 그들의 주군을 하느님이 결코 그대로 데려가시진 않았다고 확신하고 있었던 것이다. 그래서 그들은 주군인 세바스티앙께서 돌아오실 때까지 지금의 혼란스러운 포르투갈 조정의 권력자인 스페인국왕 펠리페 2세와 공작부인 카타리나의 눈을 피해서 오늘 이곳에서 모인 것이다.

"이제 조금만 더 고생하시면 됩니다. 일본국과의 교역은 물론 포교도 비교적 잘 진행되고 있습니다. 자비에르 신부님이 처음 일본국에 발을 디딘 이후 지난 40여 년간 우리는 일본국의 권력자들을 우리 편으로 끌어들이기 위해서 많은 노력을 했고 이제 그 결실을 눈앞에 두고 있습니다. 그들은 상인 주앙 멘데스를 통해서 우리가 전해준 화승총을 개량해서 조총이라는 것을 만들었고, 그 총은 일본국의 권력지도까지 바꾸어 놓았습니다.

그러나 일본국은 동방삼국 중에서 가장 경제규모가 작은 나라로 우리가 그들과의 교역을 통해서 얻을 수 있는 이익은 한계에 도달했습니다. 이제 우리의 목표는 명과 일본의 사이에 있는 조선이라는 나라입니다. 조선국은 땅덩어리가 삼국 중에서 제일 작지만, 그 나라 사람들은 머리가 좋고 기술 또한 뛰어난 자들입니다. 조선의 도자기는 모든 국가 중에서 으뜸이라는 게 우리 상단의 공통된 견해입니다. 그런데 지금 조선은 쇄국정책을 쓰고 있어서 우리가 조선의 조정과 직접적인 통상을 하는 것은 불가능합니다.

그래서 앞으로 우리가 해야 할 일은 일본국으로 하여금 조선을 정벌하게 하는 것입니다. 우리가 물심양면으로 그들을 도와서 조선이 그들의 속국이 되게 한 후에 조선에서의 모든 교역에 대한 독점권을 보장받아야 합니다. 조선의 도자기공들을 우리가 직접 고용하고 그들이 생산한 도자기들을 다른 국가에 가져다 팔면 우리는 막대한 이익을 얻을 수 있습니다. 그렇게 된다면 우리의 주군 세바스티앙께서는 다시 이 나라의 국왕으로 복귀하실 수 있을 것입니다."

"주군께서 지금 어디에 계신지 코엘류 신부님은 알고 있습니까?"

"지금 이곳 포르투갈에는 안 계십니다. 명과 조선, 일본국과 가까운 곳에서 안전하게 계시며, 우리 상단은 그분의 실질적인 지시하에 움직이고 있습니다. 현 조정의 지시는 형식적으로 따르는 것일 뿐입니다."

"조선에서 포교를 할 선교사는 누가 좋겠습니까?"

"조선의 문물에 대해서 많은 지식을 가지고 계시는 세르페데스 신부께서 나서 주셔야지요. 그렇게 해 주시겠습니까?"

"네, 저는 조선에 대해서 상당한 흥미를 가지고 있습니다. 맡겨 주신다면 해 보겠습니다. 저를 보좌할 수 있는 신부 다섯 명을 지원해 주실 것을 요청합니다."

"그렇게 하세요."

"저는 조일전쟁을 바라지 않습니다. 전쟁은 수많은 인명을 살상하게 되는데, 영문도 모르고 죽어갈 그 나라 사람들이 마음에 걸립니다."

"프로에스 신부님의 마음은 이해합니다. 그러나 방법이 없습니다. 어차피 그 나라 백성들은 하느님을 모르는 사람들입니다. 전쟁에서 살아남은 사람들이라도 포교를 해서 천국백성이 되게 하는 게 우리가 해야 할 일입니다."

"지금 우리는 감상적인 것을 논하고자 이곳에 모인 것이 아닙니다. 일본국 권력자들을 좀 더 확실하게 포섭해서 조선과의 전쟁에 반드시 나서도록 해야 합니다. 그것을 할 적임자로 일본국의 상인출신 무장 고니시 유키나가가 있습니다. 또한 가톨릭신앙을 적대시하는 권력자라도 조선을 일본의 속국으로 만드는 일에는 반대하지 않을 것입니다. 그들에게는 조선의 앞선 도자기기술과 인쇄술을 들먹이면 마음이 동할 것입니다."

"일본의 권력자들 중에는 조선의 발달한 문물을 숭상하는 자들도 있습니다. 그들은 조선과의 전면전을 원하지 않을 것입니다."

"물론 전원이 다 찬성하지는 않을 것입니다. 그러나 대세의 흐름은 막지 못합니다. 다수가 조일전쟁을 찬성하게 만들면 되는 것입니다."

"일본이 혹할 수 있을 만큼의 전쟁물자를 지원하려면 우리의 출혈도 클 것입니다. 준비를 철저히 해야 합니다. 일본이 조선과의 전쟁에서 승리를 하더라도 우리가 조선도공들을 고용해서 도자기를 생산할 시설과 그들에게 지불할 충분한 자금을 확보하지 않으면 죽 쑤어서 개를 주는 꼴이 될 것입니다."

"맞는 말입니다. 향후 몇 년간은 더욱 허리띠를 졸라매고 자금을 확보하는 데 다 함께 힘을 보태야 합니다."

"일차적인 목표가 달성되면 다시 이차적인 목표를 설정할 것입니다. 우리의 최종목표는 조선에서 일본의 세력을 몰아내고 조선국을 우리의 식민지로 만드는 것입니다. 지금은 일본이 우리의 우방이지만 적으로 맞서서 싸워야 할 날이 올 수도 있으니 일본국에 대한 세세한 부분까지 밀정을 파견해서 파악해 두어야 합니다."

이들 오 인의 신부들은 예수회 소속의 가톨릭 신부이기도 하지만 세바스티앙을 추종하는 세바스티앙 주의자들이기도 한 사람들이다. 이들은 전쟁을 마치 소꿉놀이하듯이 얘기하고 있다.

잠시 후에 화려한 의상을 입고 값비싼 보석 목걸이를 한 복면의 부인이 등장했다.

"저는 여러분들을 믿습니다. 지금은 우리가 에스파냐의 섭정을 받고 있지만, 그들로부터 독립해서 과거의 영광을 되찾을 수 있는 날이 올 것입니다. 여러분들의 노고를 조국은 결코 잊지 않을 것입니다. 이후로는 영원토록 후손들이 여러분들을 기억할 것입니다. 부디 힘내시고 조금만 더 열성적으로 헌신해 주시기를 부탁드립니다."

귀부인 옷차림을 한 여인은 이 한마디를 하고 조용히 사라졌다. 오 인의 신부는 일어서서 목례로 그녀의 퇴장을 배웅했다.

이들의 모임이 있은 뒤 8개월이 지난 1586년 3월에 히데요시는 선교사 가스파르 코엘류에게 조선 침공계획을 알리고 지원을 요청했다. 도요토미 히데요시가 요청한 것은 최고 성능의 병력수송용 선박 2척과 수백 명의 승조원이었다. 결국 히데요시는 예수회 신부들이 공작한 대로 조선침공을 구체화하기 시작했고 포르투갈의 힘을 빌리려고 손을 내민 것이다. 코엘류는 즉각 화답했다. 히데요시가 요구한 것 외에도 식량과 화약 등을 추가로 제공하는 대신 조선에서의 포교와 무역독점권에 대한 것을 서류로 보장해 달라고 요청하였다.

고니시 유키나가의 십자가 군기

고니시 유키나가의 십자가 군기

보부상 서신 4호

지금 백성들 사이에서 흉흉한 소문이 돌고 있다. 도성인 한양에서
는 백성들이 굶주림에 지쳐서 죽은 시체의 살을 남김없이 발라먹는
바람에 시체들이 뼈만 앙상한 백골로 남아있고, 이웃은 물론이거니
와 부모형제들까지도 서로 잡아먹는 일이 일어나고 있는데, 그것이
너무 흔한 일이라서 포졸들도 그저 방관만 하고 있다고 한다. 또한
양주 등에서는 굶주린 사람들이 도적 떼로 몰려다니면서 사람을 사
냥해서 먹는데도 고을수령들은 이런 상황에서도 가렴주구를 일삼고
있다. 설상가상으로 조선의 요청으로 왜군을 몰아내기 위해 이 땅에
들어온 명군이 저지르는 약탈과 부녀자 겁탈, 살인 행위로 인해 백성
들은 생지옥을 경험하고 있다.

4만 명이 넘는 명군에게 필요한 군량은 일 년에 48만 석이었으나 계속되는 전쟁과 가뭄으로 인해 조선의 조세수입은 30만 석도 채 되지 않아서 명군이 요구하는 군량에 비해 턱없이 모자라는 식량을 지원하였다. 명군은 모자라는 군량을 보충하기 위해서 조선 백성들을 살해하고 식량을 약탈하는 행위를 반복하고 있었지만, 주상과 조정은 이를 소상히 알고도 수수방관하고 있다. 이러한 명군의 패악은 왜군에 협력하는 부역자를 늘리는 데 일조하고 있다. 또한 조선의 아리따운 처자들 중에는 살기 위해서 스스로 치마끈을 풀고 명군의 첩이 된 자가 있는데, 그 수효가 적지 않다. 나라를 지키는 일에 다른 나라의 힘을 빌리면 거기에 상응하는 혹독한 대가를 치러야 한다는 것을 지금 조선의 백성들은 경험하고 있는 것이다.

무룡산의 동굴집은 박달나무로 출입구를 견고하게 만들어서 사람의 완력으로는 밀고 들어갈 수 없다. 따라서 동굴 내부에 있는 한 호랑이 같은 짐승으로부터도 안전했다. 게다가 밖에서는 동굴이라고 생각할 수 없을 정도로 완벽하게 위장까지 해 놓았기 때문에 국화는 천둥이 없어도 그다지 불안하지는 않았다.

동굴 바닥에는 커다란 옹기항아리가 일곱 개 묻혀 있었는데 각각의 항아리에는 쌀과 소금, 물, 장아찌(더덕, 도라지, 곰취, 산마늘 등)가 들어 있었다. 쌀과 물 항아리에 참나무 숯이 몇 개 들어있는 것 외에는 특이한 것은 없었다.

그가 떠난 지 며칠이 지나자 국화는 이내 무료해졌다. 같이 있을 때는 어색해서 다소 불편하기까지 했는데, 막상 그가 떠나자 왠지 허전했다.

두 사람 다 말수가 적어서 같이 있어도 적막하기는 매한가지였지만, 그래도 둘이 있으면 무료하지는 않았다. 혼자 나흘을 보내자 그녀는 속이 답답해서 그대로 있을 수가 없었다.

국화는 우선 누더기가 된 이불과 세 벌밖에 없는 누더기 옷부터 계곡으로 가져가서 빨았다. 11월의 계곡물은 얼음장처럼 차가웠지만 그녀는 개의치 않았다. 손이 시린 것보다는 사람들의 눈에 띄는 것이 더 신경 쓰였다. 게다가 대낮이지만 짐승들도 두렵기는 마찬가지였다.

서둘러 빨래를 하고는 잰걸음으로 그녀는 동굴로 돌아왔다. 나뭇가지를 꺾어서 위장을 하고는 동굴 앞에 빨래를 널었다. 훈제된 늑대고기로만 연명할 수 없다고 생각한 그녀는 동굴 주위를 샅샅이 살펴보았다. 다행스럽게도 칡뿌리, 더덕, 산도라지, 산마늘, 맥문동, 각종 버섯, 산마, 야생부추 등 다양한 먹을거리가 동굴이 있는 무룡산에 서식하고 있었다. 게다가 올가미를 잘 이용하면 사시사철 꿩이나 노루, 토끼 등의 야생동물을 잡을 수 있을 것 같았다.

이틀 동안 정신없이 야생식물을 채취했더니 그사이에 빨래가 말라있었다. 이불 한 채를 뜯어서 나머지 이불에 덧대고 바느질을 했더니 이불은 그런대로 멀끔해졌다. 의복도 한 벌을 희생하여 나머지를 살리는 방식으로 꿰매어서 비록 누더기지만 바람은 막을 수 있게 해 놓았다. 그런 연후에 동굴 안의 이곳저곳을 손보아서 제법 사람이 거주하는 집처럼 해놓았다. 국화는 천동이 좋아할 것을 생각하며 소리 없이 웃었다. 면경에 비춰진 자신의 얼굴을 들여다보니 정말 자신이 웃고 있는 모습을 볼 수 있었다. 이렇게 활짝 웃어본 것이 몇 년 만인지 모른다. 그리고 보니 남편이 죽고 나서는 한 번도 마음껏 웃어본 기억이 없었다. 며칠을 정신없이 일해서인지 그녀는 금방 깊은 잠에 빠져들었다.

다음 날부터 그녀는 본격적으로 먹을 것을 구하러 무룡산 중턱까지 내려갔다. 조심스럽게 주위를 살펴보니 오늘도 사람은 보이지 않았다. 다행이다 싶어서 열심히 더덕을 캐는데 그녀의 앞을 턱 하니 가로막는 그림자가 있었다. 사람이었다. 그녀는 너무 놀라서 비명조차 지르지 못하고 땅바닥에 털썩 주저앉았다.

"뭘 그리 놀라서 오줌까지 지리고 지랄이야? 설마 내가 잡아먹기라도 할까 봐 그래?"

"……."

"혹시 벙어리?"

"저한테 왜 이러는 거예요?"

"이년 봐라. 벙어리는 아니네. 아, 난리 중에 마누라는 죽고 너무 적적해서 죽는 줄 알았는데 무룡산 신령님이 너를 보내준 거네. 이 깊은 산중에서 혼자서 뭐하고 있었을까?"

"조선은 유학의 나라입니다. 아무리 전란 중이라고 해도 아녀자를 함부로 하는 건 옳지 못한 일입니다. 나리는 가던 길을 가세요."

국화는 죽을힘을 다해서 사내에게 또박또박 말했다.

"유학의 나라? 임금이 백성을 버리고 도망가는 나라에서 유학은 무슨 얼어 죽을 유학. 양식이 없어서 사람이 서로 잡아먹는 세상에서 그놈의 공맹이 다 뭐하는 개뼈다귀야. 내가 널 잡아먹지 않는 것만 해도 감사해야 돼. 이년아."

사내는 말을 하면서 그녀의 해질 대로 해진 윗저고리를 홱 낚아챘다. 낡은 옷은 쉽게 뜯어져 나가고 그녀의 젖가슴이 햇빛에 노출됐다.

"그년 속살 한번 죽이네."

사내가 입맛을 다시면서 다가서자 국화는 체념을 하고 눈을 감았다. 치욕을 감내하려고 그녀가 이를 악물고 있는데, 사내가 더 이상 다가오는 기색이 없었다. 그때 또 다른 사내의 목소리가 들렸다.

"부인 큰일 날뻔했습니다. 산중에 있으면 무슨 일을 당할지 모르니 서둘러서 민가로 내려가세요."

국화가 눈을 떠 보니 자신을 어찌해 보려던 사내는 죽은 듯이 널브러져 있고 그녀에게 말을 하던 사내는 눈짓으로 어서 떠나라고 재촉했다.

"은혜가 큽니다. 감사합니다."

옷깃을 여미며 인사를 한 그녀는 허둥지둥 그곳을 벗어났다. 어쩌면 이런 일을 당할 수도 있겠구나 생각은 했었지만 막상 정말로 험한 꼴을 당하고 보니 마을로 내려가서 사람들 속에 섞여서 산다는 것에 대해서 점점 자신감을 잃어가고 있었다. 그렇지만 죽을 때까지 천동이 만들어 놓은 동굴집에 살 수는 없을 것이다. 일단 이 전란이 끝나고 백성들이 제정신을 차려서 다시 옛날처럼 아녀자들이 마음 놓고 밤길이나 산길을 다닐 수 있을 때까지는 이곳에 머무를 수밖에 없을 것이다. 그게 언제인지도 예상할 수 없는 상황에서 천동에게 기대어 살아야 하기에 그녀는 답답하고 미안한 마음이 들었다.

양반인 자신이 천한 신분의 백정에게 의지하여 목숨을 구걸하는 모습이 구차하다는 생각도 들었다. 지금의 상황은 분명히 자신이 스스로 목숨을 끊는 게 맞는데, 그럴 용기도 없고 무엇보다 죽는다는 것이 두려웠다. 지아비가 죽으면 자진을 해서 따라죽는 여인들이 새삼스레 대단하게 생각되었다. 친정에서 모친에게 아녀자의 도리에 대해서 많은 교육을 받앗고, 그런 상황이 되면 자신도 명예롭게 그 길을 택하리라 다짐했었다. 그런데도 목숨 하나 끊지 못하고 이렇게 살기 위해서 발버둥치는 모습을 남들에게 보이게 될 줄은 몰랐다.

'사는 게 치욕스러운데도 죽기는 정말 두렵다.'

한편 고니시의 군영 내로 점점 깊숙이 들어가는 천동의 마음은 그리 밝지 못했다. 그렇지만 두렵다는 생각은 전혀 들지 않았다. 안내하는 군졸을 따라서 한참을 걷고서야 대장 깃발이 휘날리는 군막 앞에 멈추었다. 세평이 말하던 목적지에 도착한 것이다.

"잠시 기다리고 있어."

"네."

천동은 언제나처럼 짧게 대답했다. 잠시 기다리니 세평이 다시 나와서 그를 데리고 들어갔다. 고니시의 군막 안에 부장과 시녀 등 십여 명이 고니시의 주위에서 도열해 있었다. 부장들의 모습은 언제든지 발검이 가능한 자세였다. 이들이 한꺼번에 자신을 공격한다면 순식간에 자신의 육체는 갈기갈기 찢길 것이 자명했다. 홍의장군의 군막에서보다 수십 배 더 긴장이 되었다. 손에서는 땀이 배어나오고 있었다.

"인사드리거라. 저분이 고니시 장군님이시다."

"천한 백성이 인사드리옵니다. 양가 천동이라고 합니다."

고니시는 천동을 매서운 눈으로 쏘아보며 살폈다. 그의 눈에 비쳐진 천동은 세평이 말한 그대로였다. 그의 눈앞에 서있는 아이는 기골이 장대하여 왜국에서도 좀처럼 만나기 힘든 기재였기 때문이다.

고니시는 천동이 왜국 말을 모른다는 것을 알고 통역 없이 본인이 직접 조선말로 그에게 말을 건넸다. 천동은 적잖이 놀라면서도 당황하지 않고 차분히 말했다.

"장군을 뵙게 돼서 영광입니다."

"나이답지 않게 담력도 있어 보이는구나. 나는 점점 네가 마음에 든다. 너는 아니 그러하냐?"

"······."

"말이 없는 걸 보니 너는 아닌 모양이구나."

"그런 게 아니오라 뭐라고 답변해야 할지 몰라서 잠시 머뭇거렸습니다. 용서하여주십시오."

"첫술에 배부를 수야 없겠지. 오늘은 그만 쉬는 게 낫겠어. 쇼헤이는 이 아이를 거처로 안내하여라."

미리 지시를 받아서인지 세평(쇼헤이)의 시종은 기다렸다는 듯이 날렵하게 움직였다. 맨 처음 안내된 곳은 욕실이었다. 왜국인의 옷차림을 한 여인이 그의 옷을 하나둘 벗기더니 알몸으로 만들고 그를 목욕통 속으로 들어가게 했다. 알맞게 데워진 물에 몸을 담그자 온몸이 나른해지기 시작했다. 두 명의 여인이 양옆에서 그의 몸을 씻겨주었다. 얼마 동안 목욕을 안 했는지 통 안의 물이 금세 더러워졌다.

천동은 여인들에게 알몸을 보일 때보다 더 부끄러웠다. 그런 것을 예상이라도 한 듯이 통 옆에는 목욕물이 채워진 또 다른 통이 준비되어 있었다. 목욕하는 데 무려 두 식경의 시간이 소요되었다. 그런 연후에 그는 미리 준비된 새 옷으로 갈아입고 숙소로 갔다. 숙소에는 음식과 술이 준비되어 있었고 기모노를 입은 여인이 공손히 그를 맞이했다. 음식을 먹고 술을 마시는 동안 그의 손은 거의 쓸모가 없었다. 여인의 모든 행동하나하나가 많은 교육과 훈련을 받은 것처럼 능숙했다.

따뜻한 목욕과 포식 후의 술은 그를 취하게 만들었다. 나이답지 않게 건장한 그였지만 취기로 정신이 몽롱해지기 시작했다. 여인은 술상을 구석으로 치우고 잠자리를 준비했다. 시중을 들던 여인에게 이끌려서 생전 보지도 못한 깨끗한 보료 위에 그의 몸이 눕혀졌다. 여인은 그의 몸에 걸쳤던 옷을 전부 벗겼다. 건장한 몸만큼이나 튼실한 그의 하체가 여인 앞에 적나라하게 드러났다. 여인도 자신의 옷을 하나둘 벗더니 알몸이 되어서 그의 몸 위에 엎드렸다.

술에 취한 탓도 있었지만 한 번도 여인을 취한 적이 없는 천동은 그저 그녀가 하는 행동을 바라보고 있었다. 여인은 그의 온몸 구석구석을 훑어 나갔다. 그럴 때마다 처음 겪는 강렬한 느낌에 자신도 모르게 몸을 꿈틀댔다. 온몸의 피가 한군데로 몰린 듯이 그의 중심은 뜨겁고 강하게 일어섰다. 여인은 그런 그를 몸속 깊숙이 받아들여서 어르고 달랬다. 화산과도 같은 폭발이 있은 연후에 여인은 그의 가슴에 얼굴을 묻고 한 손으로 이불을 끌어다가 덮고는 잠을 청했다.

천동의 동정을 취한 탓인지 그녀의 표정은 평안해 보였다. 취기가 가시지 않은 천동 또한 피곤이 더해지자 여인이 그의 몸 위에 엎드려서 자고 있는데도 불구하고 그대로 잠이 들었다.

조금 늦게 잠이 깬 그를 향해 여인은 미소를 지으며 아침 인사를 건넸다.

"잘 주무셨습니까?"

"네. 그쪽도?"

여인은 대답 대신 그에게 옷을 내밀었다. 천동이 옷을 다 입자 세평이 기다린다는 말을 전했다. 그가 숙소를 나서자마자 세평이 보낸 왜병이

다가와 안내했다. 조선말을 모르는지 표정과 손짓으로 대충 의사표시를 하고는 앞장을 섰다. 세평의 군막은 그가 묵었던 곳과 지근거리라서 얼마 걷지 않는데 금방 도착했다.

"지난밤에는 잘 지냈나? 이제 너도 어엿한 장부가 된 게야. 그렇지 않은가?"

천동은 질문의 내용을 알아듣고는 머리를 긁적이며 겸연쩍은 듯 겨우 대답했다.

"네, 덕분에 잘 잤습니다."

"여기에 머무르는 동안은 그 여인의 시중을 계속 받게 될 것이다. 잘 대해주거라."

"네."

"또한 여기에 머무르는 동안 하루에 네 식경씩 나에게 검술을 배우게 될 것이다. 혼자서 배운 네 검술은 허점이 많아서 보완해야 할 것이 많다. 그렇다고 너의 실력이 형편없다는 것은 아니다. 그만 하면 혼자서 익힌 실력치고는 상당한 수준이라고 할 수 있다. 정통 일본 무사들과 견주어 보면 중간 정도는 된다고 본다. 지금 현재 너 정도의 검술을 지닌 자는 이 영내에서만도 오십 명은 족히 될 것이다. 그러니 열심히 배워라."

"감사합니다."

"네 입에서 끝내 사부라는 소리는 안 나오는구나. 그렇지만 강요하지는 않으마. 형님이라고 불러도 좋은데 너는 앞으로 나를 뭐라고 부를 생각이냐?"

"감히 제자가 된다는 것은 생각해 본 적도 없습니다. 허락하신다면 그냥 형님이라고 부르고 싶습니다."

"그래라. 그럼 너는 오늘 이후로 내 아우니라. 알겠느냐?"

"네, 형님."

천동은 잠시 생각에 잠겼다가 조심스럽게 물었다.

"혹시 군영 내에 조선 여인이 있습니까?"

"그걸 왜 묻는 것이냐?"

"제가 아는 달래라는 아이가 일본군에게 붙잡혀 갔습니다. 그 애의 소식이 궁금한데 알 수가 없습니다."

"네가 좋아했던 아이였던 게로구나. 찾기가 쉽지 않을 것이다. 그만 잊거라. 어차피 전쟁이란 그런 것이다. 전쟁포로도 생기고, 승전국을 위한 노예도 생기게 마련이다. 잡혀간 조선의 여인들이라면 아마도 상당수가 전쟁에 참여하고 있는 사무라이 계급의 잠자리 시중을 드는 몸종으로 바쳐졌을 것이다. 지금 너에게 필요한 것은 잡혀간 여자아이를 걱정하는 것이 아니라, 너 자신을 강하게 만드는 것이다. 네가 무엇을 행동으로 하고 싶으면 그만한 힘을 우선 길러야 한다. 지금은 오로지 그것만 생각해라."

"형님의 말씀은 잘 알겠습니다. 한 가지만 더 묻겠습니다. 고니시군의 흰색으로 된 열십자 표시가 무엇을 의미하는 것입니까?"

"나도 자세히는 모른다. 다만 기리시단이라는 종교의 상징이라고 알고 있다. 자세한 것을 알고 싶으면 세르페데스 신부에게 물으면 된다."

세평의 대답을 들은 후에 천동은 더 이상의 질문을 하지 않았다. 질문의 한계가 거기까지라는 것을 느꼈기 때문이다.

아침식사를 하고 다시 한 식경 정도의 휴식을 취한 후에 천동과 세평은 연병장에 마주섰다. 천동의 검술은 충분한 설명이 없는 책으로만 익힌 것이기에 세평은 기초부터 차근차근 가르쳤다. 검술의 자세를 바르게 교정하자 천동의 재능이 여지없이 드러났다. 불과 네 식경의 가르침으로 적어도 두 단계 이상의 성취를 이루었음을 직접 보게 된 것이다. 가르치는 사람의 기쁨은 배우는 제자가 뚜렷한 성취를 보일 때 크게 느끼게 되는 것이다. 천동에게 두 달을 가르치려고 했던 세평은 그 기간을 한 달로 바꾸었다.

"오늘은 여기까지다."

"네, 감사합니다."

점심을 먹은 후에 천동은 예수회 종군신부로 고니시를 따라온 포르투갈 출신의 신부 세르페데스에게 안내되었다.

예수회는 1534년 로욜라가 창립한 가톨릭 내의 결사 단체로 각국에서 몰락해가는 로마 가톨릭의 권위를 다시 세우고, 가톨릭 내에서 교황청의 권력을 옹호하며, 기독교를 핍박·견제하기 위해 세워졌다.

예수회는 각국에서 로마 교황청의 권력을 공고히 하기 위해 정치·사회·종교·사회조직 등에 침투하였고, 목적을 위해서 수단과 방법을 가리지 않고 음모·암살 등을 자행해 왔기 때문에 여러 나라에서 추방된 경험이 있었다. 예수회는 종교개혁 이후 종교재판을 주도하며 수많은 기독교인을 학살하였고, 많은 나라에서 가톨릭을 유지시키기 위해 정부와 협력해 개신교인과 그리스정교인을 고문하거나 강제 개종시켰다. 당시에 수많은 개신교도 여인들이 이들에 의해서 마녀로 지목되어 도시의 광장에서 공개적으로 화형을 당했다.

예수회는 동방선교의 일환으로 중국과 왜국에 선교사를 파견하였

다. 자비에르 외 두 명의 신부가 왜국으로 보내졌고, 그들에 의해서
전파된 가톨릭은 일본의 다신교적인 토속신앙을 수용하면서 일본화
되어서 이름도 기리시단으로 불렸다. 구교의 입장에서 보면 로욜라
와 예수회는 이단과 신교로부터 가톨릭을 지켜내고 역사상 최초로
수많은 선교사를 해외에 파견하여 가톨릭을 부흥시킨 영웅이었다.

온화한 성품인 듯 보이지만 대단히 강인한 면이 내재되어 있는 서양 신
부를 만난 그는 무슨 말을 해야 할지 몰라서 그냥 고개만 숙이고 있었다.
세르페데스의 입에서 어눌하지만 정확한 표현의 조선말이 튀어나왔다.

"만나서 반가워요. 동방의 속담에 만날 사람은 만나게 되어 있다고 하
던데, 천동과 내가 그런 사람들이 아닌가 생각됩니다."

"……"

"조선은 참 좋은 곳입니다. 사람들도 좋아 보이고, 산세는 아름답고,
너른 들과 맑은 강물이 있는 지상낙원이라는 생각이 듭니다. 나는 이곳
에 오기를 참 잘했다고 생각합니다."

"조선말도 할 줄 아십니까? 저도 만나서 반갑습니다."

"조선말로는 뭐라고 해야 할지 모르지만, 일본에서 부르는 명칭을 빌
리면 나는 기리시단 신자입니다. 저 하늘에 계신 주인을 믿는 것이니 한
자어로 굳이 표현한다면 천주님을 믿는 사람이라고 할 수도 있을 것입니
다. 천동은 오늘부터 나에게 기리시단의 교리에 대해서 배울 것입니다.
고니시 장군이 이끄는 부대의 깃발 문양이 열십자 모양인데, 기리시단교
를 상징하는 것입니다."

서양 신부는 통역까지 대동해서 열심히 천동에게 기리시단교의 교리

에 대해서 설명을 하였다. 많은 내용들이 낯설고 어색했지만 사랑과 평등, 구원, 평화 같은 단어가 자주 등장했다. 천동이 아는 한 왜국도 조선과 다름없이 소수의 귀족과 다수의 평민 또는 천민들로 구성된 나라다. 그런 나라에서 이웃나라인 조선을 침공했다. 전쟁은 필연적으로 수많은 인명에 대한 살육이 벌어지고, 약탈과 방화, 아녀자 강간 등은 전쟁의 부속품처럼 따라다니는 것이다.

왜병들에게 살육당하는 조선인들은 대부분 농민이나 노비, 백정 등의 천민들이고 양반들은 이런저런 핑계와 구실로 병역을 회피하기 때문에 전란 중에도 죽는 사람이 거의 없었다. 고니시가 흰색의 나무 십자가를 앞세우고 기리시단교를 전파하기 위해서 벌인다는 전쟁의 희생자들은 그들의 주장과는 다르게 불쌍한 조선의 농투성이들이다.

천동이 지금까지 지켜본 그들의 행동과 세르페데스가 전하고자 하는 것과는 전혀 일치하는 것이 없는 것 같았다. 그것이 내내 천동을 괴롭혔다. 기리시단의 교리라는 것이 얼핏 들으면 참 좋은 것이지만 정말로 좋을까 하는 의문이 들었다.

"저는 아직 뭐가 뭔지 모르겠습니다. 현실과 신부님의 말씀이 너무 달라서 이해가 안 됩니다."

"처음이라서 그럴 것입니다. 이제 겨우 시작한 것이니 너무 조급해하지 마세요. 삼칠 일만 교육받으면 어렴풋하게나마 아시게 됩니다. 그때쯤 영세를 받도록 합시다. 내가 조선인들에게 영세를 한 숫자가 이천 명 가까이 됩니다. 나중에 내가 기리시단교를 잘 믿는 조선인을 소개해 주겠습니다. 모자라는 것은 그분에게 설명을 들어서 이해하시면 됩니다. 잘 될 거니까 인내심을 가지고 기다리세요. 천동도 반드시 천국백성이 될 것입니다."

"저도 그렇게 되기를 바랍니다. 그런데 신부님! 영세를 받았다는 이천 명의 조선인들은 지금 어디에 있습니까?"

"그건……, 오늘은 이만 됐으니 돌아가세요."

신부가 뭔가 천동에게 숨기는 것이 있는 것 같았다. 전쟁은 목적이 아무리 선해도 방법이 너무 폭력적이다. 천동은 세상을 구원하겠다면서 구원의 대상인 사람을 죽이거나 노예로 팔아먹기 위해서 낯선 타국으로 보내는 저들의 잔혹성을 이해할 수가 없었다.

전쟁 초기에 조선의 백성들 중에서도 적지 않은 사람들이 왜병들을 봐도 무서워하지 않고 마치 해방군인 양 대했다. 노비들은 왜병들을 열렬히 환영하기까지 했다.

의병으로 나선 노비들은 그들이 원해서 왜병들과 싸운 게 아니었다. 그저 자신의 주인인 양반들이 그렇게 하라고 하니까 살기 위해서 무조건 따랐던 것이다. 그런데 시간이 지나면서 왜병들은 전쟁과는 무관한 백성들을 죽이고 양식과 재물을 약탈하기 시작했으며, 심지어 사람들을 노예로 팔아먹기 위해서 붙잡아갔는데 그 숫자가 십만 명을 넘고 있었다.

왜병들이 백성들에게 하는 짓을 보면서 일부이기는 하지만 노비와 천민들이 자발적으로 왜병들과 싸우기 시작했다. 천동도 그래서 복면을 하고 전투에 참여하여 왜병들의 목을 베기 시작한 것이다. 하지만 천동은 석문산성을 나서면서 다짐했던 말을 상기하며, 세르페데스 신부 앞에서 정말 하고 싶은 말은 하지 않았다. 그리고 그의 질문에 대해서는 예나 아니오로 일관했다. 그런데도 세르페데스는 화내지 않고 미소까지 지어보이며 시종일관 친절하게 가르쳤다.

천동은 나이는 어리지만 그간의 경험으로 알고 있었다. 정말 무서운 사람은 화를 내야 할 상황에서조차 화내지 않는 사람이라는 것을. 그래서 그는 신부와 충돌하지 않으려고 무진장 애를 썼다.

"이만 물러가겠습니다."

그날 이후 하루의 일과는 매번 똑같이 진행되었다. 칠 주야가 두 번 반복되자 천동은 조금씩 신부가 하는 기리시단교의 교리에 대해서 이해하기 시작했다. 그렇지만 그럴수록 의문은 더욱 강하게 그를 짓눌렀다. 그때 하나코가 그를 생각의 늪에서 건져냈다.

"천동님! 무슨 생각을 그렇게 골똘히 하십니까?"

"신경 쓸 거 없소. 그저 나 혼자 생각할 게 좀 있어서요."

"벌써 자시는 되었을 것입니다. 이제 그만 주무셔야지요."

"알겠소. 그대도 나한테 신경 쓰지 말고 이만 자시오."

"네."

오늘도 천동은 하나코가 잠든 모습을 보면서도 쉽게 잠들지 못했다. 검술수련은 이제 거의 마무리 단계인데, 교리적인 문제는 여전히 혼란스럽다. 세르페데스 신부는 칠 주야 후에 영세를 받아야 한다고 하는데, 그걸 받아야 하는 것인지에 판단이 아직도 서지 않는다. 그저 나쁘지 않다면 굳이 거절할 필요도 없어서 그냥 있는 것뿐이다.

답답함을 이기지 못한 천동은 막사 밖으로 나갔다. 잠시 생각에 잠기며 느릿느릿 걷고 있는데, 비명과 함께 웃통을 벗은 여인이 젖가슴을 출렁거리며 어디론가 미친 듯이 달려가고 있는 모습이 보였다. 조금 뒤에 무사인 듯이 보이는 사내가 여인을 쫓아가서 단칼에 목을 베었다. 여인의 목이 몸과 분리되는 순간 그녀의 입에서 튀어나온 마지막 말은 '엄마' 라는 단어였다.

천동은 끔찍한 광경과 '엄마' 라는 단어에 몸과 정신이 얼어붙어서 그 자리에서 꼼짝도 못하고 멍하니 서 있었다. 여인을 베어 버린 무사는 천동을 돌아보더니 칼로 그의 목을 치려는 동작을 하다가 멈추고는 뭐라고 한 마디 하더니 그냥 가버렸다. 천동은 칼을 지니고 있지 않았던 관계로 대항 한 번 못해보고 하마터면 목이 잘려질 뻔했다.

숙소로 돌아온 후에도 천동은 이런저런 생각으로 여전히 잠을 못자고 있었는데, 갑자기 총성이 들렸다. 순식간에 옷을 입은 천동은 하나코에게 작별 인사도 하지 못하고 막사 밖으로 뛰어나갔다. 왜병들이 분주하게 움직였다. 조선군이 쳐들어 온 거라는 직감에 천동은 최대한 빨리 고니시군의 진영을 빠져나갔다. 이곳에 들어올 때 봐두었던 지형들을 기억해 내며, 그는 조선군의 후미로 가는 길을 택했다. 천동은 가능한 한 험준한 곳을 택해서 앞으로 나갔다.

정신없이 한 식경을 이동한 후에 그는 마침내 조선군의 후미 근처로 갈 수 있었다. 대충 봐도 조선군은 대군이었다. 격전은 두 식경 동안 계속되다가 조선군의 퇴각으로 일단락되었다. 천동은 가능한 고니시 군영에서 멀리 벗어난 후에 그곳에서 눈을 붙였다.

동굴집으로 돌아온 천동은 잠들어 있는 누이의 얼굴을 들여다보았다. 그동안 무슨 일이 있었는지 그녀의 얼굴에는 군데군데 눈물 딱지가 있었다. 그런 그녀를 바라보는 그의 마음 한구석이 짠해져 왔다. 한참을 더 바라보던 그는 몸을 뉘었다.

다음 날부터 힘겨운 겨울나기에 나섰다. 여전히 국화 누이와 한 공간에서 생활하지만 그녀를 정말 누이로만 생각하기로 마음먹었다. 그러나 그녀의 마음은 좀 다른 것 같았다. 불과 한 달이라는 시간이 흘렀을 뿐이지만, 깨끗한 옷을 입고 나타난 그의 모습은 그녀가 알던 천동이 맞는지 의심스러울 정도였다. 내색은 하지 않았지만 국화는 자신의 가슴이 주책없이 뛰는 것을 느꼈다.

천동이 먹을 것을 구하려고 겨울 산을 헤매고 다니는 그 시간에 국화는 동굴 안에서 생각에 잠겨있었다. 지금의 이 상황을 어떻게 풀어나가야 할지 막막했다. 천동과 술이라도 한잔하면서 얘기를 하면 뭔가 돌파구를 마련할 수 있을 것 같은데, 지금은 전란 중이라서 탁주를 파는 주막도 없다.

그렇다면 방법은 한 가지밖에 없다. 잘 될지는 모르지만 직접 술을 담그는 것이다. 밥에다가 누룩을 섞어서 간단하게 만드는 탁주를 만들 참이다. 우선 누룩부터 만들고 그것으로 탁주를 만들려면 아무리 속성으로 해도 한 달은 족히 걸린다. 그래도 가능하면 천동 몰래 만들어 보기로 하고, 통밀을 이용해서 누룩 만드는 일부터 했다. 그녀는 서투른 솜씨로 한나절을 분주히 움직이고서야 누룩을 만드는 일을 끝냈다. 이제 통밀이 누룩으로 될 때까지 기다려야 한다. 그녀는 이 일에 대해서 굳이 천동에게 숨길 필요는 없지만 알리고 싶지도 않았다.

보름의 시간이 지나고 나서 다시 칠 주야가 지났다. 이제는 어색한 분위기에 익숙해질 법도 한데 둘은 여전히 데면데면했다. 천동은 먹을 것을 구하려고 오봉산으로 갔다. 한나절을 헤매고 다녔으나 소득이 신통치 않았다. 달랑 도라지 두 뿌리 캔 것이 전부였다. 허탈하기도 하고 자존심도 상했다.

'누이에게 뭐라고 변명을 하지?'

너럭바위에 앉아서 하염없이 하늘만 쳐다보고 있는데 갑자기 까투리 소리가 들렸다. 그 짧은 찰나의 순간에 본능적으로 그의 몸과 손이 움직였다. 이런 식으로 까투리를 잡는다는 건 불가능에 가까운 일이었지만 오늘은 천동의 운이 좋았고 상대적으로 까투리는 운이 없었다. 천동은 정말로 얼떨결에 꿩 한 마리를 잡고서는 의기양양하게 동굴로 돌아왔다. 국화도 까투리를 보더니 환하게 웃었다.

"오늘 동생이 한건했네. 어떻게 된 거야?"

"그냥 소 뒷걸음에 쥐 잡은 격이지 뭐. 얼떨결에 잡은 거야. 오늘은 저 까투리가 운이 없었던 겁니다."

우쭐해진 천동은 중언부언하며 말을 많이 했다. 국화는 천동의 그런 모습이 더 좋았다. 어색함이 사라지자 두 사람 모두 마음이 한결 편해졌다. 까투리는 그날 저녁 천동과 국화의 뱃속으로 사라졌다.

시간은 빠르게 흘러갔고, 천동이 모르게 탁주를 만들려고 했던 국화의 계획은 성공하는 듯이 보였다. 술이 다 익었다고 판단한 그녀는 그날 저녁 탁주와 훈제된 늑대고기를 소반에 올리고 천동과 마주했다.

"술은 어디서 났어요?"

"여기서 담은 거야. 속성으로 만들어서 맛이 제대로 나려나 모르겠어. 한잔 마시고 애기 좀 해줘."

국화 누이가 따라준 술을 마셔본 천동은 별안간 큰 소리로 웃었다.

"술맛을 잘은 모르지만 이거 술은 아닌 거 같아요."

"정말?"

"누님도 한잔 마셔 보세요."

술맛을 잘 모르는 국화였지만 천동의 말대로 그게 술이 아닌 것만은 분명했다. 서투른 솜씨지만 최선을 다했는데, 뭐가 잘못된 건지 알 수가 없었다. 그런 생각으로 우울해 하던 그녀에게 천동이 말했다.

"누님! 내가 얻어들은 귀동냥으로는 겨울에 이런 술을 만들려면 온돌이 설치된 방에서 해야 합니다. 누룩이 제대로 발효를 하려면 이마에서 땀이 날 정도로 더운 곳에 두어야 하는데, 한겨울에 그렇게 덥게 만들기가 쉽지 않아요. 이 동굴은 일 년 내내 시원해서 사람 살기에 적당하기는 하지만, 온돌을 만들지 않아서 술이 잘 익을 만큼 덥게 할 수는 없어요. 그래서 실패를 한 거 같으니까 속상해 하지 말아요."

국화의 계획은 결국 수포로 돌아갔다. 천동과의 거리는 여전히 좁혀지지 않았고, 그녀는 체념을 하기에 이르렀다.

천동은 겨울 내내 무룡산의 북쪽에 위치한 달령을 지나서 파군산까지 토끼나 노루, 멧돼지 등의 산짐승을 잡기 위해서 다녀오곤 하였다. 누이가 만들어준 들개 가죽으로 된 옷을 입은 탓에 지난해 겨울과는 달리 추운 줄 모르고 험산 준령을 쏘다녔다. 동대산 자락에 있는 저승재에서 눈길에 미끄러지는 바람에 정말로 저승으로 갈 뻔한 일도 있었지만, 명이 짧지는 않았는지 별로 다친 데도 없이 툭툭 털고 일어나서 집으로 돌아왔다.

국화와는 달리 이제 천동은 하루하루가 즐거웠다. 비록 누이였지만 혼자 살다가 둘이 사는 게 외롭지 않아서 좋았다. 처음에는 그녀와 함께 있는 게 오히려 불편했지만 익숙해지니까 그건 더 이상 문제가 되지 않았다.

천동은 두 사람 몫의 양식을 구하느라고 정신없이 보냈다. 어쩌다가 눈이 많이 내린 날, 둘이서 하루 종일 좁은 동굴집에서 보낼 때도 시간은 빨리 지나갔다. 종일 굶는 날은 없었다. 비축해둔 식량이 있었던 관계로 두 사람은 최소한 하루에 한 끼는 먹을 수 있었다. 난리 중에 이 정도 고생 안 하는 사람이 조선 천지에 몇이나 될까 생각하며 견디었다. 고을마다 아사자가 없는 곳이 없는데, 굶어 죽지 않고 겨울을 날 수 있다는 것만으로도 다행이라며 서로를 위로했다.

겨울 내내 천동은 묘시에 일어나서 산 정상의 한겨울 칼바람을 맞으며 두 식경씩 검술을 연마했다. 그는 결코 추위 때문에 게으름을 피우지는 않았다. 아무리 춥고 힘들어도 거르는 법이 없었다. 전란 속에서 자신을 지키고, 누이가 된 국화를 지켜야 하기에 결코 게으름을 피울 수가 없었다.

의병장 윤홍명과 이눌

의병장 윤홍명과 이늘

조선에서의 휴전을 놓고 조선은 배제한 채 명나라의 유격장 심유경과 왜국의 고니시 유키나가와의 강화회담이 지루하게 진행되고 있었다. 그러던 중에 1594년 4월 13일(음력) 울산의 서생포 왜성에서 사명당과 가토 기요마사가 만나서 1차 서생포 회담을 한 이후 3차 회담까지 진행되었다.

고니시 유키나가의 진영과는 달리 가토 기요마사의 진영은 불교를 믿는 불자들이 많았으며, 가토 역시 불교 신자여서 왜국진영이 신뢰할 수 있는 승려의 신분인 사명당이 조선의 강화교섭 대표로 선발되어 서생포 왜성으로 들어간 것이다. 그는 울산 웅촌에 있는 원적산(정족산)의 운흥사(신라 진평왕 때 원효대사가 창건)에 머물면서 서생포 왜

성을 오가며 회담을 하였는데, 충숙공 이예의 후손으로 언변에 능한
울산 출신의 이겸수가 늘 곁에 있었다.

　가토는 히데요시가 지시한 5개 항의 요구사항에 대한 조선의 입장
을 물었으며, 사명당은 수용할 수 없다는 입장을 전달하여 회담은 결
렬되었다. 조선을 놓고 서로 간의 이익을 포기하지 못하는 양국의 회
담은 회담 진행자들 간의 치열한 수 싸움이 계속되었지만, 여전히 결
론을 내지는 못하고 제자리걸음을 하고 있다.

산에서 칡을 캐기 좋은 이월이 되었다. 양지바른 동해바다 쪽의 산등성
이에는 냉이나 달래 등의 봄나물이 나기 시작했다. 천동은 칡 캐기에 열
중했고, 국화는 산나물을 채취했다. 계곡마다 가재는 이미 씨가 말라있
었다. 겨울잠을 자던 개구리도 남김없이 잡아가서 계곡물이 내려오는 도
랑에서는 더 이상 먹을 만한 것을 구할 수가 없었다.

　1595년 2월 18일(음력)에 동굴에서 불과 한 식경이면 갈 수 있는 가까운
거리에 있는 달령에서 의병장 윤홍명이 이끄는 의병들과 그곳을 넘어서
경주로 가려던 삼백여 명의 왜병들 간에 치열한 전투가 벌어졌다.

　자는 응시, 호는 화암으로 파평윤가인 의병장 윤홍명은 송내 출신으로
천동과는 어려서부터 잘 아는 사이였다. 천동은 그에게 직접적으로 괴롭
힘을 당한 적이 없었으며 다른 양반 자제들과는 달리 그는 천동을 은근
히 감싸주기까지 하였다. 천동도 그것을 알고 있었다.

　오늘 이곳에 출몰하는 왜군들은 서생포 왜성에 있는 자들이었다. 이들
은 수시로 병선을 타고 기습적으로 공격하여 왔었는데, 군량미 조달과
해로를 거쳐서 경주로 직행하는 교통로 확보가 목적이었다. 달령고개는

원지에서 양남과 양북으로 북상하는 관로가 있던 곳으로 경주와 울산의 동쪽바다를 잇는 중요한 교통 요지였기 때문이다.

달령이 교통의 요지가 된 이유는 바로 무룡산에서 관문산까지 동대산 맥을 이루는 지세의 험난함에 있었다. 비록 그다지 높은 산은 아니지만, 산등성이를 타고 이동하면서 보면 좌우 산비탈의 경사가 심해서 보통 사람들은 싸움은커녕 산을 오르기도 쉽지가 않은 곳이다. 따라서 무룡산에서 관문산에 이르는 동대산맥 자체가 하나의 거대한 자연산성 역할을 해주고 있다. 그런데 관문산 쪽은 기박산성과 건흥사가 있는 곳이라서 왜적들은 그곳을 기피했다. 그러다 보니 유일하게 넘어지지 않고 산을 오를 수 있는 곳이 달령으로 이어지는 길이기 때문에 왜적들은 배를 타고 동해안으로 이동하여 대방천을 거슬러 올라서 그곳으로 자주 쳐들어온 것이다.

달령에는 고개를 넘는 사람들이 산짐승을 쫓기 위해서 돌을 모아 놓은 곳이 있는데, 사람들은 언제부터인가 그곳을 신당이라고 불렀고, 이 신당의 돌들은 왜적과의 싸움에서 요긴하게 사용되었다.

군사의 수에서 윤홍명 장군의 의병군은 절대적인 열세였다. 우연히 무룡산 중턱에서 전투를 지켜보게 된 천동은 해 질 무렵 대방천에서 달령으로 오르는 왼쪽 능선의 중턱쯤에서 조심스럽게 적의 후미가 지나가기를 기다렸다. 그는 이제 더 이상 복면을 하지 않았다. 의병진영에서 도움을 요청하지 않았는데도 천동은 그들을 돕기 위해서 나섰다. 윤 장군의 의병진영에서는 천동의 존재조차 모르고 있는 상태에서, 항상 그래왔듯이 그는 혼자서 적의 후미를 따라붙었다. 다행히 후미 쪽의 왜병들은 조총이 없었다. 천동은 상황파악을 마친 후에 본격적으로 적을 베기 시작했다. 갑자기 후미에서 병사들이 쓰러지자 왜병들은 당황해서 우왕좌왕했다.

수적으로 열세였던 의병진영은 전투에 유리한 지형을 확보하고 한동안 수비에 치중하고 있었는데, 적의 낌새가 이상한 것을 눈치 챈 윤홍명 장군이 강궁을 쓰는 궁수들을 동원해서 적극적인 공세를 펼쳤다. 능선을 따라서 몸을 숨길 참호를 파고 매복해 있던 의병의 매복조들도 화살과 돌멩이를 이용하여 맹렬하게 공격하자, 전열이 흐트러진 왜병들은 허겁지겁 동해안 쪽으로 도망쳤다. 매의 눈을 가진 윤홍명 장군은 왜적의 무리 속에서 무명옷을 입고 동에 번쩍 서에 번쩍 조선검으로 왜군들을 베고 있는 사람을 보았다. 그러나 전투를 지휘해야 할 장수가 구경꾼마냥 적의 후미에서 일어나는 일만 주시할 수는 없었다. 한참을 적병과의 전투에 신경 쓰다가 다시 살펴보니 그자는 사라지고 없었다.

"내가 귀신에 홀렸나?"

"장군! 무슨 말씀이신지?"

"아니다. 그냥 혼잣말을 한 거야."

윤 장군을 모시는 부관은 고개를 갸웃거렸다. 잠시 후에 천동은 윤홍명 장군 앞에 모습을 드러냈다. 장군은 그가 누구인지 한눈에 알아봤다.

"장군, 소인 양가 천동이라고 하옵니다. 인사드리옵니다."

"너였구나. 혹시나 했는데 역시 너였어."

"도련님 오랜만이옵니다."

"그래, 벌써 그렇게 됐구나. 너는 그동안 무얼 하면서 지냈느냐? 거지 움막에서 사라진 이후로는 통 안 보이더군."

"저 같은 천것이야 아무 곳이나 누우면 내 집이니 딱히 어디라고 할 것도 없이 떠돌며 지냈습니다."

"내가 보기에 그동안 너무도 많이 변한 거 같구나. 검술도 보통이 아니고, 눈에는 총기가 넘쳐서 모르는 사람들은 네가 백정의 자식인지 알아보기가 힘들겠어."

"과찬의 말씀이옵니다."

"그래, 검술은 언제 누구에게 배웠느냐?"

"저 혼자서 배우기는 했는데, 가르쳐 주는 스승이 없어서 마구잡이로 휘두르는 수준입니다."

"마구잡이로 휘두르는 수준이라고? 말솜씨도 제법이구나."

"부탁이 있습니다. 도련님."

"이 녀석아 내 나이가 몇인데 아직도 도련님이야? 그냥 장군이라고 불러라."

"네, 장군님. 조정에 장계를 올리실 때, 울산땅에 사는 천민 양가 천동의 이름도 올려주셨으면 합니다."

"당연한 일 아닌가? 네가 아니었으면 이기기 힘든 싸움이었네. 내 기꺼이 네 이름을 올려주지. 면천법이 발표되었으니 도움이 될 게야."

"감사합니다. 윤 장군님. 은혜는 잊지 않겠습니다."

"은혜라니? 당치 않은 말이지. 너 혹시 내 밑에서 있을 생각은 없나?"

"송구합니다. 저는 여기저기 돌아다니는 게 습관이 돼서 장군의 말씀을 받들지는 못할 것 같습니다."

"아쉽지만 어쩔 수가 없지. 이제 나이도 있으니 가능하면 어디든지 정착하거라. 다음에 또 보자구나."

"네, 장군님. 저는 이만 물러가겠습니다. 부디 무탈하시기 바랍니다."

1592년의 1차 전투에서 이언춘, 유정, 박인국, 류백춘 장군의 의병군이 승리한 이래 불패의 달령 전투는 윤홍명 장군 진영의 대승으로 끝났다. 전투가 끝난 후에 윤 장군은 조정에 올리는 장계를 썼고, 약속대로 천동의 공적도 세세히 적어 넣었다. 그런 연후에 윤 장군은 진영을 무룡산의 남쪽에 있는 백련암으로 옮겼다. 달령과 무룡산은 다시 정적에 휩싸였고, 국화는 두려움에서 벗어났다.

1595년 2월 27일(음력)에 다시 이눌 장군이 보낸 전서구가 왔다. 경주 토함산 자락에 있는 영지 아랫마을에 왜병들이 있으니, 그곳에서 일천 보 동남쪽으로 오라는 전갈이었다. 천동은 늘 그랬듯이 행선지는 말하지 않고 다녀오겠노라는 말만 하고 서둘러 동굴집을 나섰다. 영지 아래에는 왜병 300여 명이 조총으로 무장을 한 채 진을 치고 있었다. 혹시 있을지도 모를 의병이나 조선관군의 습격에 대비하는 듯 사방 수백 보 내에 초병도 여러 명 세우고 있었기에 공격이 쉽지 않아 보였다.
"양 장군! 어서 오시오."
"그간 강녕하셨습니까? 대장군!"
양반 출신의 의병장이 백정 출신의 천동에게 공대를 하며 그를 맞이했다. 몇 번의 전투에서 혁혁한 공을 세운 그를 이눌 장군은 성심을 다해 장군으로 예우했다. 그렇지만 군기의 혼란을 생각해서 둘만의 은밀한 만남에서만 그리하였다. 지금 이 자리도 수하가 전혀 배석하지 않은 둘만의 자리이기에 천사장 이눌 장군은 천민인 그에게 거리낌 없이 공대를 한 것이다. 간단한 수인사를 나눈 후에 이눌 장군은 은밀히 천동에게 작전지시를 했다. 작전지시를 다 숙지한 천동은 아직 시간이 많이 남아있는 것을 기회 삼아 그동안 장군에게 물어보고 싶었던 얘기를 시작했다.

"장군! 그동안 여쭈어보고 싶었던 것이 있었는데, 지금 해도 되겠습니까?"

"아직 작전을 시작할 때까지는 시간이 좀 있으니 말해 보게나."

"장군께서 이견대 전투에 참여하신 걸로 아는데, 말씀해 주셨으면 합니다."

"그게 그리 궁금했던가?"

"네, 동해안에서 벌어진 전투 중에서 가장 규모가 큰 전투였던 걸로 알고 있습니다. 제가 잘못 알고 있는 건가요?"

"아닐세. 1593년 4월에 있었던 이견대 전투는 규모도 제법 크고 치열한 전투였었지. 피아간에 희생이 많았어. 왜군들이 동해안으로 쳐들어와서 감은사가 있는 뒷산의 중턱에 위치한 이견대 밑에 진을 치고 있었는데, 의병군이 그곳으로 진군하여 적들을 해안가 쪽으로 밀어붙였었어. 비록 많은 희생자를 냈지만 결국 산에서 밀려나 해안가로 쫓겨난 왜군들은 경주성으로의 진격을 포기하고 서생포로 도망쳐 버렸지. 하서나 대본 쪽의 바닷가로 자주 쳐들어오던 왜적들의 출몰이 이 전투 이후에 뜸해진 건 이견대 전투의 영향이 아닌가 싶다. 그 후로는 동해안 쪽으로 대규모 적들이 쳐들어오지 않았어. 이견대 전투는 그만큼 의병군이나 왜군에게 중요한 전투였지."

"그날의 느낌을 장군께서 시로 지으셨다 들었습니다.

"「이견대 이수(利見臺 二首)」라는 시를 말하는 것인가?"

"네. 장군께서 시를 지으셨다고 하니, 꼭 듣고 싶습니다."

이눌 장군은 잠시 생각에 잠기는 듯이 눈을 지그시 감고 있다가, 「이견대 이수」에 대해서 천동에게 쉽게 풀이를 해 주었다.

창을 베고 누웠으나 밤잠은 아니 오고

검붉은 피 흘러 검포 자락 적시네

온 나라가 전쟁이라 쉴 날이 없어

비바람 치는 산중에 앉아 한 해를 보내려니

병사들의 보국서사가 참으로 애석쿠나

숙질의 위기 임박 또 뉘와 애련해 할꼬

일편병서의 신술을 살펴보며

이견대 새벽공기에 또 하늘에 빌었다오

오랜 전쟁에 대궐소식 격조쿠나

하늘 밖에 아득하고 마음도 단단하여

한 곡조 채금가 부르며 날마다 수심이라

하늘 끝 저 어느 곳엔 오색구름 짙겠네

천동은 이눌 장군의 「이견대 이수」를 들으며 마음이 숙연해졌다. 시를 쓸 당시의 장군이 마음이 전달되었기 때문이다.

날이 어두워지자 의병들은 영지둑을 삽으로 끊는 수공을 준비하였고, 준비가 끝난 것을 확인한 천동은 사경 무렵에 초병들을 소리 없이 제거하기 시작했으며, 불과 한 식경의 시간이 흐르자 왜병들이 세운 초병들은 불귀의 객이 되었다.

영지 전투는 격의장에 이여양, 분격장은 이언춘이 맡아서 김득복 군과 합세하여 적을 섬멸하기로 되어있었다. 천동이 초병들을 전부 제거하였다는 소식을 전하자 김득복 장군은 40여 명의 의병군을 지휘하여 꼭두새벽인 오경 무렵에 삽으로 영지못을 끊었다. 이것을 신호로 황희안 장군은 궁수 62명을 이끌고 영지못 아래 양쪽으로 매복하고 있다가 화살을 비 오듯이 쏟아 부었다. 궁수들의 1차 공격이 끝나자 이눌 장군과 이언춘 장군의 의병군이 살아서 도망가는 나머지 적들을 섬멸하였다.

삼백여 명의 왜적들이 영지 전투에서 전멸하였다. 의병군은 단 한 명의 희생자도 없는 완벽한 승리를 하였다. 이 싸움에 대한 소문은 눈덩이처럼 부풀려져서 항간에는 영지에서 죽은 왜적의 수가 일만이 넘는다고 알려지기도 했지만, 그것은 너무 과장된 것이다.

천사장 이눌 장군은 나아곡 전투 때와 마찬가지로 이번 전투도 자신의 공적서를 조정에 올리지 않았다. 장군의 속내는 알 수 없으나 그가 겉으로 표명한 이유는 이 땅의 백성으로서 당연히 할 일을 했을 뿐이며, 중앙의 벼슬자리는 부모님을 모셔야 하는 자신에게 맞지 않기 때문이라는 것이다.

천동은 의병의 승리를 확인한 후에 그곳을 벗어났다. 익숙한 지형을 이용해서 어둠 속을 달렸다. 동이 터 오를 무렵에 그는 무룡산 정상에 도착했다. 동해바다에서는 붉은 해가 떠오르고 있었다. 그동안 셀 수 없을 만큼 여러 날 새벽녘에 무룡산에서 검술을 연마했는데도 불구하고 정작 해가 뜨는 모습은 제대로 본 기억이 거의 없었다.

그는 가슴 가득히 해를 품고 가슴이 뜨거워지는 것을 느꼈다. 천동은 두 팔을 벌려서 심호흡을 한 후에 천천히 동굴로 갔다. 등잔에 불을 붙여서 동굴을 밝혔다. 국화 누이의 자는 모습이 눈에 들어왔다. 누이의 얼굴이 참 곱다고 생각했다.

이마의 머리카락을 쓸어 올리려고 손을 뻗다가 슬그머니 거두었다. 천동은 그녀의 얼굴을 다시 본 후에 이마에 살짝 입술을 찍었다.

'미쳤어. 곤히 자고 있는데 깨면 어떻게 하려고.'

천동은 자신을 나무라며 조용히 자리로 가서 몸을 눕혔다. 노곤한 몸은 그의 눈꺼풀을 짓누르고 그를 깊은 잠 속으로 이끌었다. 얼마를 잤을까? 맛있는 냄새에 눈이 저절로 떠졌다.

"올가미에 걸린 토끼를 주워왔어. 오늘은 운수대통이야."

"토끼는 언제 손질했어요? 전에 손질은 해 봤어요?"

"아니, 오늘 처음 한 거야. 처음에는 두렵고 징그럽게 생각됐는데 두 눈 질끈 감고 하니까 되는 거 있지? 내가 이쪽에 소질이 있나 봐."

국화가 변하고 있는 게 조금씩 눈에 보였다. 천동은 그런 누이를 보며 귀엽다는 생각을 했다. 그러자 자신도 모르게 입가에 미소가 번졌다. 그 모습을 보고 국화가 한마디 했다.

"동생! 그거 알아? 동생의 미소는 너무 멋있어. 여자를 설레게 하는 마력이 있는 거 같아. 아무 여자한테나 그런 미소 지으면 안 돼. 여자들이 상사병 걸릴 거야."

"누이, 이거 칭찬 맞죠?"

"아니, 욕이야."

"뭐라고요?"

천동은 그냥 있을 수가 없어서 그녀를 꼭 안아주었다. 잠시 그의 품 안에 안겨있던 그녀가 그의 포옹을 풀며 말했다.

"토끼고기나 먹자."

"네."

천동은 식사 후에 그녀와 놀아줄까 하다가 그냥 책을 읽었다. 그가 읽는 것은 『육도삼략(六韜三略)』이다. 육도삼략은 중국 주나라 무왕을 도와서 천하를 통일한 태공여망(본명 강여상)이 지은 『육도』와 황석공이 지어서 장량에게 바쳤다는 『삼략』을 한데 묶은 것이다. 중국 고대병학의 최고봉인 『무경칠서(武經七書)』 중의 이서(二書)다. 조선시대 무과에 응시하려는 사람들은 너 나 할 것 없이 육도삼략을 읽고 그 뜻을 강론해야 했다. 바로 그 책을 지금 천동이 읽고 있는 것이다. 국화도 그 책을 알고 있었다. 그녀의 친정 오라비가 늘 곁에 두고 읽었었기 때문이다.

양반도 아닌 천동이 글을 읽는다는 것이 그녀에게는 놀랍고 이해 불가능한 일이었지만, 응시 자격이 없는 그가 육도삼략을 읽는 건 더 이해가 되지 않았다. 그렇지만 늘 그랬듯이 국화는 아무런 질문도 하지 않았다. 그가 먼저 말해주지 않는 한 묻지 않을 작정이다. 그렇게 며칠을 무서만 보던 그가 그녀에게 송내마을에 다녀오겠노라고 말하고 동굴을 나섰다.

"이번에는 며칠 걸리는 거야?"

"글쎄, 한 사흘 안에는 돌아올게요."

"알았어, 잘 다녀와요."

국화 누이가 전에 없이 동생인 자신에게 존대를 하는데도 천동은 그것을 알아듣지 못했다.

산 아래로 내려가면서 봄이 오고 있다는 것을 실감할 수 있었다. 여기저기 푸른 새싹들이며, 나뭇가지에 돋아나기 시작한 새순은 그의 마음을 들뜨게 했다. 멀리 남쪽에서 불어오는 바람의 냄새도 향기롭게 느껴졌다. 달령에 진달래가 지천으로 피어있었다. 저 꽃을 한 바구니 따다가 국화 누이와 화전을 부쳐 먹으면 좋겠다는 생각이 들었다. 진달래 꽃밭에서 한숨 자고 가려다가 천동은 이내 생각을 바꾸고 그냥 걸었다.

마을 뒤편에 다다르자 죽은 줄만 알았던 동무들의 모습이 몇 명 보였다. 천동은 너무나 기쁜 나머지 나는 듯이 달려갔다.

"야, 부지깽이, 먹쇠, 죽지 않고 살아있었네."

"천동아, 너도 살아있었구나."

동무들은 서로 반가워서 어찌할 줄 모르며 부둥켜안고 땅바닥에 뒹굴었다. 그들은 그간의 얘기들을 풀어놓느라고 시간 가는 줄 모르고 떠들어댔다.

"아직 왜놈들이 다 물러간 것은 아니지만 이제 농사도 지어야 하는데 농사지을 사람이 없어서 지주들이 힘들어 하나 봐. 경작을 못하게 된 일부 지주들은 땅을 헐값에 내놨다는 소문도 있어."

"우리와 상관없는 얘기를 뭐 하러 해?"

"천동이 너, 전에 모아놓은 재산이 있잖아?"

"야, 내가 재산이 어디 있어."

천동이 극구 부인했지만 동무들은 다 알고 있는 듯이 그 말을 믿지 않았다.

"상당량의 웅담과 호피도 몇 장 있잖아. 니가 곰도 잡고 호랑이와 표범도 잡았다는 거 나는 알지. 가지산에서 백 년 된 산삼도 캤잖아."

"맞네, 그거면 저수지 밑에 있는 논도 몇 두락 살 수 있어. 더군다나 지금은 농사지을 일손이 없어서 헐값에라도 처분하려고 하는 거니까, 네가 가진 약재와 호피를 전부 처분하면 열 두락도 살 수 있겠는데?"

"양반들이 굶어죽어도 나 같은 천것에게 그런 논을 팔 것 같아? 말도 안 되는 소리 하지 마라."

"그렇게만 생각할 건 아니지. 지금은 식량이 없어서 굶어죽는 사람이 속출하는 때라서 전쟁이 일어나기 전과는 달라. 안 될 때 안 되더라도 한 번 부딪혀는 봐야지."

"맞아, 천동이 네가 땅을 사면 우리가 농사는 그냥 지어줄게."

"세상에 공짜가 어디 있어. 땅을 살 수만 있으면 품삯은 당연히 줘야지. 나보고 악질 지주가 되라고?"

"넌 그 말을 믿니? 먹쇠가 그냥 해 본 소리야."

"그게 아닌데, 나는 진심이란 말이야. 동무인 천동이가 토지를 가지는 것만으로도 나는 배가 부를 것 같아."

"그거야……, 나도 같은 생각이긴 해."

"천동아, 당장 알아보자."

"그래, 그러자."

천동은 일단 그의 전 재산을 숨겨 놓은 장소에 가서 물건들을 하나하나 확인했다. 물건들의 품질도 그대로였고, 없어진 것도 없었다. 땅속에 토굴을 파고 왕겨와 숯과 볏짚으로 보호한 것이 효과가 있었던 모양이다. 천동과 친구들은 그길로 마을을 돌아다니면서 소문의 진위를 알아봤다. 그러고는 마침내 건너 마을인 지당에 사는 김 초시가 땅을 팔려 한다는 것을 확인했다.

입성이 깨끗한 것으로 갈아입은 천동은 친구들을 두고 혼자 지당마을로 갔다. 지당마을 역시 전란의 화를 면하기 어려워서 성한 집은 단 한 채도 없었다. 마을을 한참 헤매다가 대문이며 사랑채가 크게 훼손되었지만 집의 규모는 동리에서 제일 큰 김 초시의 집을 발견하고는 안으로 들어갔다. 하인은 단 한 명도 보이지 않았다. 커다란 집은 군데군데 망가진 상태였고, 마당에는 잡초가 무성해서 금방이라도 귀신이 나올 것 같은 괴기스러운 분위기였다. 한마디로 해서 말만 집이지 거의 폐가 수준이었다. 천동은 심호흡을 한 번 하고 외쳤다.

"계십니까?"

잠시 기다려도 대답이 없었다. 아무도 없는 줄 알고 돌아서려는데 안에서 사람이 나왔다.

"뉘신지요?"

꾀죄한 얼굴에 남루한 옷을 입은 김 초시를 본 천동은 터져 나오는 웃음을 꾹꾹 눌러서 참으며 마당에서 넙죽 엎드리고 큰절을 올렸다.

"소인은 송내마을에 사는 백정 양가의 자식 천동이라고 합니다. 초시 어른을 뵙고 드릴 말씀이 있어서 이렇게 인사드리옵니다."

백정의 자식이라는 말을 들은 김 초시는 이내 목소리가 변했다. 갓이며 의복 등은 남루했지만 목소리에 힘을 주어 말했다.

"너 같은 천한 것이 내게 무슨 할 말이 있느냐? 말해 보거라."

"말씀드리기는 송구하오나 소인이 듣기로 초시 어른이 송내 저수지 밑에 있는 땅을 팔려고 내놓은 걸로 아는데 사실인지요?"

"네가 어떻게 그것을 알았는지 모르지만 사실이기는 하다. 그게 너와 무슨 상관이 있느냐?"

"초시 어른, 제게 재산이 될 만한 물건이 조금 있습니다. 무게가 제법 나가는 실한 웅담과 백 년 된 삼산 한 뿌리, 호피 두 장, 표범 가죽이 석 장 있습니다. 그거면 되지 않겠습니까?"

물건을 봐야 하지만 이 난리 통에 그 정도면 논 열 두락 값으로 부족하지 않을 거라는 걸 알면서도 김 초시는 다른 말을 했다.

"그 논은 소출이 많은 문전옥답이니라. 그 정도의 물건으로는 다섯 두락밖에 줄 수 없다."

"그렇습니까? 죄송합니다. 소인이 물정을 모르고 초시 어른께 무례를 범했습니다. 거래는 없던 것으로 하고 소인은 이만 물러가겠습니다."

말을 마친 천동은 조금의 망설임도 없이 몸을 돌려서 걸어 나갔다. 김 초시는 당황한 듯 황급히 그를 불러 세웠다.

"잠깐, 게 섰거라."

김 초시의 부름에 못 이기는 척 천동은 천천히 몸을 돌려서 김 초시 앞에 다시 넙죽 무릎을 꿇었다.

"천것은 역시 어쩔 수가 없구나. 내가 아직 말을 끝내지 않았거늘 버르장머리 없이 곧장 일어서느냐? 내가 그 논을 정말 팔기 싫지만 왠지 네놈에게는 팔아야겠다는 생각이 든다. 내가 특별히 너에게는 싼 값으로 논을 팔 것이니 네가 가지고 있다는 물건이나 가져오너라. 그렇지만 내가 봐서 물건의 질이 떨어진다면 열 두락은 어림도 없는 줄 알아라. 알겠느냐?"

"감사합니다, 초시 어른."

"그래, 얼른 가서 네가 가진 것들을 다 가져오너라."

"네, 소인 바람같이 다녀오겠습니다."

대문을 나서는 천동을 바라보며 김 초시는 묘한 미소를 지어보였다. 천동은 나는 듯이 송내마을에 당도하여 기다리고 있던 동무들과 함께 그가 보관하고 있던 물건들을 챙겼다. 모두가 값비싼 것들이라서 각별히 조심을 시켰다. 지당마을의 자택에서 김 초시는 다소 조바심을 내며 천동을 기다렸다. 그러면서도 김 초시는 무엇이 좋은지 입이 귀에 걸린 듯이 싱글거렸다. 그는 도저히 기름진 문전옥답을 파는 사람 같아 보이지 않았다. 이윽고 천동 일행이 다 쓰러져가는 김 초시 집에 도착했다.

"물건은 잘 챙겨왔느냐?"

"여부가 있겠습니까?"

천동은 마루에 물건들을 풀어 놓았다. 김 초시가 자세히 살펴보니 호피를 비롯한 모든 물건들의 제품상태가 최상급이었다. 김 초시는 방으로 가서 땅문서를 가지고 나와서 천동이가 보는 앞에서 송내마을의 양가 천동에게 논을 넘긴다고 쓰고 수결을 놓았다.

"확인해 보거라."

"네."

천동은 글자를 한 자 한 자 확인했다.

"맞는 거 같습니다. 다만, 여기 이거 네 글자만 고쳐 주시면 됩니다. 매도(賣渡)와 매수(買收)가 바뀐 것 같습니다."

천동의 지적을 받은 김 초시는 낯빛이 변했다. 그러면서 말까지 더듬거렸다.

"그게 왜 그렇게 되었지? 네가 글을 읽을 줄 아느냐?"

"네, 잘은 모르지만 어깨너머로 조금 배웠습니다. 아비가 어디 가서라도 글을 알면 덜 손해 볼 것이라며 배우게 했습니다. 초시 어른, 얼른 고쳐주십시오."

"알았다."

김 초시는 어쩔 수 없이 글자를 고치고 고친 부분에 다시 표시를 한 후 천동에게 논문서를 넘겨주었다.

"초시 어른, 감사합니다. 초시 어른에게 누가 되지 않도록 잘 부치겠습니다."

천동은 문서를 확실하게 챙긴 후에 초시에게 큰절을 하고 마루를 내려가면서 왕방귀를 뀌었다. 천동의 방귀 소리는 우레와 같았고 구린내는 코가 썩을 지경이었다.

"이놈이 지금 뉘 앞에서 감히 방귀질이냐?"

"초시 어른 죄송합니다. 요즘은 난중이라서 먹는 것이 부실합니다. 그래서 소인도 어쩔 수 없는 사이에 나온 것이니 하해와 같은 아량으로 용서를 바랍니다."

천동의 조리 있는 말에 김 초시도 더 이상 뭐라고 할 수가 없었다. 그렇지만 모욕을 당한 거 같아서 심기가 몹시 불편해졌다. 기름진 열 두락의 논도 다시 찾을 수 있도록 써 놓았다가 천동에게 들켜서 실패를 한 터라서 더욱 그랬다. 조금 전까지 싱글거리던 모습이 똥 씹은 얼굴로 변해 있었다. 잠시 후에 김 초시 집의 시야를 벗어난 천동과 동무들은 배가 아플 정도로 크게 웃어 재꼈다.

"천동아, 김 초시의 똥 먹은 표정 봤지? 속이 다 후련하다."

"그런데 뭐라고 쓴 걸 니가 다시 써달라고 한 거니?"

"별거 아니야. 그냥 쉬운 글자인데 잘못 쓴 거 같아서 다시 써달라고 한 거뿐이야. 그 얘기는 그만하자. 원하는 논을 샀으면 됐잖아. 안 그래?"

"그거야 그렇지만……, 그래 잊어버리자. 오늘은 좋은 날이잖아."

토지문서를 잘 갈무리해 놓은 후에 천동과 동무들은 마동마을에서 파군산 골짜기 쪽으로 올라가며 사냥을 시작했다. 사람들이 마구잡이로 잡아먹어서인지 동물들이 거의 보이지 않았다. 산 중턱을 지나고 칠 부 능선 쯤에서 겨우 토끼 한 마리를 잡을 수 있었다. 더 이상의 사냥은 불가능할 것 같았고, 욕심 부리지 않으려고 계곡에서 토끼를 손질해 통구이를 만든 후에 그것을 뜯으며 놀이를 마무리했다.

돌아오는 길에 마동마을에 들러서 어르신들께 인사를 드리고 얼마간의 볍씨를 구해서 송내로 돌아갔다. 나중에 논을 사게 되면 꼭 벼농사를 지을 요량으로 조금씩 모아놓은 볍씨와 오늘 얻어온 볍씨를 합하니 다소 부족하기는 하지만 올해 당장 모내기를 할 수 있을 거 같았다.

그는 비록 백정의 자식이었지만 굶어죽을 상황에서도 종자로 사용할 씨는 반드시 남겨두는 농군들의 모습을 어려서부터 보고 자랐기 때문에, 이 힘든 난리 중에도 파종이 가능했던 것이다. 왜군이 아니어도 파종할 씨앗이 남아있지 않아서 휴경지가 되어버린 전답이 태반인 지금의 상황에서 파종을 하고 농사를 지을 수 있다는 것은 정말로 큰 행운이었다. 아마도 김 초시가 논을 판 이유도 농사지을 하인들이 죽고 없는 데다가, 종자로 쓸 볍씨도 한 톨 남아있지 않아서였을 것이다.

천동은 꼭꼭 숨겨놓았던 농기구들도 꺼내서 본격적인 농사준비를 했다. 비록 다 쓰러져가는 초막이었지만 동무들을 불러모아서 손질하고 쓸고 닦으니, 그래도 거지 움막보다는 나은 것 같아서 기분이 좋았다. 국화에게 말했던 사흘이 지나고 나흘이 돼서야 천동은 무룡산의 동굴로 돌아갔다.

가기 전에 천동은 동무들에게 아무리 배가 고파도 가을을 생각하며 참고 견디라고 말했다. 산에 나는 것들이나 송내의 개울, 쇠내 등지로 가서 뭐든지 잡아먹고 파종 때까지 버티라고 단단히 일렀다. 올 가을에 첫 수확을 하면 나라에 바칠 세금을 뺀 나머지 중에서 절반은 동무들에게 주겠다는 약속도 했다. 동무들도 아무리 배가 고프더라도 종자는 손대지 않겠다고 다짐했다. 그런 연후에 천동은 다시 동굴집이 있는 산을 오른 것이다.

이 무렵 울산은 물론 경주지역의 의병들도 대부분 해산되어서 농사일에 전념하게 되었다. 그러나 농지에 비해서 농사를 지을 노동력이 턱없이 부족하고, 농사지을 종자가 없어서 휴경지는 여전히 많았다. 게다가 오랫동안 농사를 짓지 못했던 휴경지는 대부분 황무지나 마찬가지로 되어버려서 농지라고 보기가 어려웠다.

노비들이 전쟁에 동원되어서 다 죽어버린 양반의 경우는 땅은 있되 농사지을 일꾼이 없어서 발을 동동 굴렀다. 소작을 부치던 양민들은 지주들의 부탁에도 불구하고 종자 부족으로 농사를 포기하고 초근목피로 연명하였으며, 일부는 강이나 바다로 나가서 고기잡이로 목숨을 부지하였다.

동굴집으로 간 천동은 국화를 설득해서 마을로 내려가자고 했다. 천동의 초막 옆에 거처를 마련하겠다고 했지만 그녀는 썩 내키지 않는 모습이다.

"이제 마을로 내려가서 같이 사는 게 당연합니다. 언제까지 여기서 혼자 살 수는 없잖아요. 물론 위험은 따르겠지만 어차피 각오한 일이잖아요?"

그러나 그녀의 생각은 달랐다. 안전한 곳에서 둘만의 시간에 익숙해진 그녀이기에 앞으로의 일이 어떻게 될지 두려웠다. 마을로 내려가는 순간 사람들의 이목 때문이라도 지금처럼 가까운 공간에서 그와 함께 지낼 수가 없을 것이다. 자신은 엄연한 반가의 과수이고, 천동은 천출인 백정의

116

자식이기에 조선의 국법이 둘의 관계를 결코 인정하지 않을 것이기 때문이다.

천동은 그녀를 계속해서 설득했다. 이제 논까지 마련한 마당에 그들이 언제까지 이 동굴집에서 세상과 단절하며 살 수는 없는 것이다.

"누님, 내키지 않겠지만 같이 내려가세요. 마을에 내려가더라도 제가 누님을 지켜드리겠습니다."

"동생의 마음은 알지만 동생도 모르는 게 있어. 양반들이 나를 탐한다면 동생이 무슨 수로 나를 지켜줄 거야? 동생의 검술이라는 것도 같은 신분의 사람들에게는 유용하게 쓰이겠지만, 지금의 조선땅에서 양반들로부터 칼로 나를 지키는 것은 불가능한 일이야."

말을 하면서도 국화는 서럽게 울었다. 그래도 이 동굴에서 마음 편히 지낼 수 있었는데, 앞으로 다가올 자신의 운명이 너무도 두려웠던 것이다.

누이의 말이 틀리지 않다는 것을 알기에 천동은 그녀를 설득할 마땅한 구실을 찾지 못했다. 그녀의 말대로 세상과 단절하면 칼만으로도 그녀를 지킬 수 있겠지만 세상 속으로 나가면 얘기가 다르다는 것을 그도 알고 있었다. 혼자서 아무리 칼을 잘 쓴들 세상 전체를 상대로 싸운다는 것은 계란으로 바위를 치는 것보다 더 무모한 짓이다. 비록 아녀자지만 그런 것을 아는 국화이기에 산을 내려가고 싶지가 않다고 버티고 있는 것이다.

"동생만 내려가. 나는 어차피 지금 상황에서 저 아래 세상에 내려가서 살 자신이 없어. 여기서야 동생만 있으면 무서울 게 없어. 죽더라도 여기서 죽을래. 제발 동생 혼자 내려가."

국화 누이의 마음이 예상 외로 강경해서 당장 설득하기가 불가능하다고 느낀 천동은 일보 후퇴했다.

"알았어요. 그 문제는 천천히 생각하기로 해요. 나 배고픈데 먹을 것은 있어요?"

"요즘 산나물도 지천이고, 또 운 좋게 꿩알도 몇 개 주워왔어. 산마늘 국에 넣어서 끓여 먹으면 맛있을 거야."

식사 후에 천동은 다시 한 번 다짐하듯이 말했다.

"누님, 나 믿지요? 무조건 믿어요. 내가 반드시 지켜줄게요."

국화는 더 이상 아무 말도 하지 않았다. 이튿날 천동은 다시 혼자 마을로 내려갔다. 당분간은 그렇게 혼자서 마을을 오갈 생각이었다.

동무들은 그의 믿음대로 종자에는 손을 대지 않았다. 마을 이곳저곳에 농사를 준비하는 사람들이 보였다. 천동과 동무들은 돌아다니면서 일일이 인사를 하고 자신들도 올해는 논농사를 지을 것이라고 하였다. 모내기는 품앗이가 필요한 농사라서 미리 얼굴을 알리면서 필요할 때 도움을 청할 요량인 것이다. 사실 열 두락 정도면 세 명이서 모내기를 해도 되기는 하지만, 서로 협력해야 물대기 할 때 다툼이 일어나지 않기에 그렇게 한 것이다.

천동이 산 논은 저수지 밑에 위치한 수리안전답이어서 이앙법으로 벼 농사를 할 수 있는 일등급의 귀한 땅이다. 그래서 모판도 열심히 만들고 세 명이서 번을 서면서 물대기도 하여 잘 키운 모를 옮겨 심었다. 천동과 친구들은 모내기를 한 후에 열흘 동안 벼가 자라는 것을 지켜보았는데, 이대로만 잘 자라준다면 가을에는 풍년을 바라볼 수 있을 것이라고 확신했다.

국화는 동굴집에 남아서 혼자 살게 되었다. 처음에는 사람이 두려웠지만 차츰 동굴집에서 혼자 있는 것이 두렵기 시작했다. 그러더니 나중에는 천동이 없는 하루하루가 두렵고 무서웠다. 그래서 두 달 만에 마침내 국화는 고집을 꺾고 천동이 거주하는 초가의 사랑채에 살게 되었다. 사랑채라고는 하지만 바로 옆에 덧대어 지은 집이고, 문을 열면 바로 들어갈 수 있는 건넌방이었다. 그래도 안심할 수 없다고 생각한 천동은 새끼줄을 잡아당겨서 위험을 알릴 수 있는 장치까지 마련했다.

　천동은 부족한 식량을 대신해 줄 물고기를 잡기 위해 지난 3월부터 저녁 무렵이면 먹쇠와 부지깽이를 대동하고 쇠내로 갔다. 쇠내는 경주에서 태화강 쪽으로 흐르는 개울로, 천오백 년 전에는 서나벌국이나 왜국, 한나라의 낙랑과 대방으로 가는 달천철장의 철을 실어 나르던 곳으로 유명했다. 쇠내라는 이름도 철을 나르던 곳이라는 데서 유래되었다.

　천동은 모화 근처의 중산 속심이 마을에서부터 삼십 리 물길을 따라가며 시간이 허락하는 한 쇠내에서 맨손으로 물고기를 잡았다. 거의 매번 대나무로 만든 구덕 가득히 고기를 잡곤 하였다. 아무런 장비도 없이 맨손으로 물속에서 고기를 잡아내는 모습은 신기 그 자체였다. 바다와 연하여 있는 쇠내는 장어가 많았다. 그런데 장어만큼은 아무리 노력해도 맨손으로 잡을 수가 없었다. 그래서 천동은 손바닥을 다쳤을 때처럼 천으로 싸맨 후에 장어잡기에 다시 도전했다. 그렇게 해서 천동은 마침내 맨손으로 장어도 잡을 수 있는 경지에 이르렀다.

　힘이 좋은 장어 한 마리면 하루를 굶어도 버틸 수 있을 정도로 장어는 몸의 기력을 회복하는 데는 더없이 좋은 음식이다. 천동의 맨손 고기잡이는 수년간 검술을 수련한 덕도 많이 본 거 같았다. 동네 사람들치고 천동이 준 물고기를 안 먹어본 사람이 없었다. 그 덕에 천동은 마을 사람들의 인심을 많이 얻었다. 천동은 동리의 유명인사가 되어 있었다.

돌쇠 어멈이 영양실조로 쓰러졌을 때는 근 사십 리나 떨어져 있는, 송현마을의 태화강 상류까지 원정 가서 어른 팔뚝만 한 잉어를 잡아다가 고아드려 자리를 털고 일어나게 했다. 그 일은 마을 사람들이 천동을 다시 보게 되는 결정적인 계기가 되었다. 검술을 익히면서 생긴 자신감으로 인해서 천동은 마을 사람들과 잘 소통하게 된 것이다. 이렇게 인심을 얻은 천동은 마을 뒷산의 주인을 설득해서 다른 산에서 캔 더덕과 도라지를 그곳에 제법 많이 심어 놓았다. 번식력이 좋은 정구지나 취나물, 산마늘 등의 산나물도 심었다. 굶어죽을 걱정은 안 해도 될 것 같은 생각이 들자 천동의 마음은 부자가 된 것같이 넉넉해졌다. 그렇지만 국화는 양반 댁에서 생활하던 사람이었기에 천동은 그녀가 늘 신경 쓰였다.

"누님, 여러 가지로 많이 불편하시죠?"

"자왈(子曰) 반소사(飯疏食)하고 음수(飮水)하고 곡굉이침지(曲肱而枕之)라도 낙역재기중의(樂亦在其中矣)라. 공자께서 말씀하시기를 거친 밥을 먹고 물 마시며 팔을 굽혀 베고 눕더라도 즐거움이 그 안에 있다고 했다. 난 그 어느 때보다도 지금이 좋아. 그러니 신경 쓰지 마."

"양반 댁 마님들도 『사서』를 읽은 사람은 거의 없다고 들었는데, 누님은 언제 그걸 읽으셨어요? 대단하네요."

"어려서 오빠가 공부하는 거 보고 떼를 써서 배웠어. 나보다 내 말을 알아듣는 동생이 더 대단한 거 아닌가?"

"그런가요? 하긴, 다들 그렇게 생각하는 게 당연하죠. 나 같은 천민이 『사서』를 배워서 무엇에 쓰겠다고……."

"미안, 나는 그런 뜻으로 말한 게 아니었는데 정말 미안해. 그리고 동생, 정말 난 지금이 좋아. 여기 와서 알았어. 사람이 사는 데 좋은 옷과 풍족한 음식이 전부가 아니라는 거. 동생 덕분에 그걸 알게 되어서 기뻐."

그녀의 표정을 보니 그 말에 진심이 담겨있는 것 같았다. 그래도 혼자 살 때와는 달리 여러 가지로 신경을 많이 썼다. 굶는 데 이력이 난 그와는 달리 양반 댁 마님이었던 그녀에게는 분명히 가난이 견디기 힘든 고통일 것이기 때문이다. 그래서 지난 삼월에 보부상단에 있는 대산이 형에게 도움을 청했었다. 그렇게 구한 오이씨는 담장 따라서 빼곡하게 심어 놓았고, 참외는 텃밭에 넉넉하게 심었다.

보부상 서신 6호

1595년 5월(음력), 조선의 백성들은 모처럼 찾아온 평화로운 시간에도 불구하고, 전쟁으로 피폐해진 살림살이에 목숨을 연명할 식량이 될 만한 것을 찾느라고 산과 강을 헤집고 다녔다. 몇 년째 지속되고 있는 흉년으로 농사를 짓기 위해서 고향으로 돌아간 사람들이 정작 농사지을 종자가 없어서 태반은 농사를 포기했기 때문이다. 삼천리 방방곡곡 백성들의 배고픔은 여전했지만 그래도 얼굴은 다소 편안해졌다. 백성들의 배고픔과는 달리 한양의 주상 이연의 비자금 창고인 내탕고에는 기름진 곡물들이 넘쳐났다. 경기지역의 옥토는 대부분 왕실의 소유였기 때문에 전쟁 중에도 양식이 썩어나갈 정도로 차고 넘쳤다. 그렇지만 조선왕 이연은 백성들의 죽음 앞에서도 결코 내탕고를 열지 않았다. 심지어 왜군과 싸우는 병졸들조차 군량미 부족으로 쓰러져 죽어갔지만, 끝내 임금은 그것을 외면했다.

그가 생각하기에는 자신이 곧 조선이고, 조선이 곧 자신이었기 때문에 설사 백성의 절반이 죽는다고 해도 자신과 왕실만 유지된다면 문제될 게 없는 것이다. 조선의 사대부들은 그것을 알면서도 자신들의 기득권 유지를 위해서 조선왕조의 붕괴를 막는 데 목숨을 걸었고, 백성들에게는 훈육을 통해 왕실을 위해서 싸우다 죽는 것을 자랑스럽게 여겨야 하며 그것이 백성 된 자의 도리라고 가르쳤다.

맹자는 '구체(拘彘) 식인식이부지검(食人食而不知檢)하며 도유아표이부지발(塗有餓莩而不知發)하고 인사즉왈(人死則曰), 비아야(非我也)라 하나니 시하이어자인이살지왈(是何異於刺人而殺之曰), 비아야(非我也)라 병야(兵也)리오. 개와 돼지가 사람이 먹어야 할 음식을 먹는데도 이를 막지 못하고, 길거리에 굶어 죽은 시체가 있는데도 창고를 열어 구제할 줄 모르고, 백성들이 굶어 죽어도 내 탓이 아니라 흉년 때문이라고 한다면 사람을 찔러 죽이고도 내가 죽인 것이 아니라 칼이 죽인 것이라고 하는 것과 무엇이 다르겠는가' 라고 말했다.

민심이 임금을 외면하는 것은 어찌 보면 너무나 당연한 것이다. 그럼에도 불구하고 백성들이 왜군에 대항해서 목숨을 걸고 싸우는 것은 왜군들이 한 술 더 뜨는 인면수심의 잔인한 자들이었기 때문이다.

전쟁 초기에 왜군들은 양민들을 해치지 않았으나 시간이 지나면서 악귀로 변하기 시작했다. 눈에 띄는 백성들은 무조건 죽이고, 무수히 많은 도공과 기술자들은 산 채로 왜국으로 끌고 갔다. 그런가 하면 민가를 약탈하기도 하고, 아녀자들은 겁탈한 후에 아이들과 함께 노예로 팔아먹기 위해서 끌고 갔다. 또한 그들은 전쟁과 관계가 없는 조선의 백성들을 끌고 가서 조선군과의 전투에서 화살 받이로 사용하기도 했다. 조선의 노비나 천민들 중 일부는 처음에 왜군들을 환영하기까지 했지만, 그들의 행태를 보고 조선의 양반들보다도 더한 놈들이라는 생각에서 자발적으로 의병에 가담하고, 없는 살림살이에 곡식까지 바쳐가며 왜군들로부터 이 땅을 지키는 관군들의 큰 힘이 돼 주었다.

그해 여름은 온몸에 땀띠를 만들어 낼 만큼 무더웠다. 천동과 국화도 땀띠를 달고 살았는데, 미리 심어놓은 오이를 따서 자른 후에 땀띠가 난 곳에 바르면 효과가 있었다. 그렇지만 여름 한철을 목욕도 하지 않고 보낸다는 것은 불가능한 일이었다. 국화에게는 그것이 가장 큰 문제였다. 반가의 안방마님이었던 신분 때문에 마을 아낙들과 어울리지도 못해서 그들이 멱을 감을 때 따라갈 수가 없었다.

보름 동안 고민하다가 그녀는 마침내 천동에게 모든 걸 털어놓고 협조를 부탁했다. 그녀가 집 근처에 있는 계곡물에서 멱을 감을 때 망을 봐달라고 했다. 천동은 그러겠노라고 약속하고 둘은 밤이 되기를 기다렸다. 매봉산과 동화산 사이에 북쪽으로 트여있는 골짜기의 날개배이가 국화가 말한 목적지다.

"정말 같이 가주는 거지?"

국화는 다짐을 받을 요량으로 재차 물었다.

"알았으니 채비나 하세요."

그날 늦은 저녁을 먹고서 둘은 산 아래에 있는 계곡으로 갔다. 계곡물은 더위를 한 방에 날려줄 만큼 시원했다. 국화는 멱을 감기 위해서 천동에게 좀 떨어진 곳에 있으라고 했다. 천동은 누이를 골려줄 심산으로 아예 그녀가 안 보이는 곳에 숨어버렸다. 잠시 멱을 감던 국화는 산속에서 들리는 이상한 짐승 소리에 두려워서 동생을 찾았다. 갈가지(범의 새끼)가 내는 소리 같기도 하고, 살쾡이가 내는 소리 같기도 한 짐승의 소리가 계속 들리자, 그녀는 천동의 이름을 애타게 불렀다. 그러나 어찌된 영문인지 천동은 기척도 없었고 어디에 있는지 도무지 알 길이 없었다.

"동생!"

"천동아!"

갑자기 깊은 산중에 혼자 버려진 것 같은 느낌에 두려워서 머리카락이 곤두섰다.

"천동아!"

울먹이는 목소리로 재차 불러도 천동은 여전히 대답이 없었다. 마침내 그녀는 울음보를 터트렸다. 천동은 더 이상 누이를 골려먹을 수가 없어서 그녀가 있는 곳으로 달려갔다. 누이가 알몸이라는 생각에 잠시 머뭇거렸지만 울고 있는 그녀를 그대로 둘 수는 없었다. 그녀는 알몸이라는 것도 잊어버리고 그대로 천동의 품에 안겨버렸다. 그녀는 여전히 울먹이면서 그에게 말했다.

"어디 갔었어? 무서워 죽는 줄 알았어."

"미안해요. 잠시 소피를 본다는 것이 그만……."

얼떨결에 알몸인 누이를 안기는 했지만, 자신의 의지와는 상관없이 몸의 일부가 반응을 하자 천동은 그녀를 힘주어 안았다.

"잠시만 이대로 있고 싶어요."

더 이상의 대화는 필요가 없었다. 한여름 밤 야외에서 느끼는 감정은 남달랐다. 감정이 생각보다 많이 들뜨게 되고, 청춘의 밤은 주위의 공기마저 뜨겁게 데웠다. 그렇게 둘은 밤이 깊도록 서로를 확인하다가 새벽이슬이 내리는 동틀 무렵에서야 도둑고양이처럼 살금살금 집으로 돌아왔다.

1595년은 일 년 내내 전란의 와중에서 모처럼 찾아온 평화로운 시간이었다. 농사는 정직한 것이어서 땀 흘린 만큼의 수확을 가져다준다. 천동과 동무들이 지은 열 두락의 논에서는 다른 논보다 훨씬 알차게 벼 이삭이 영글어 있었다.

자신이 팔아버린 논의 상황이 궁금한 김 초시는 송내마을에 있는 논으로 구경을 나왔다가 누렇게 고개 숙인 벼들을 보고 다시금 심기가 불편해졌다.

'어떻게 해서든지 반드시 저 논을 다시 찾아야 한다.'

김 초시는 어금니를 꽉 물며 속으로 다시 다짐을 했다. 논을 넘긴 대가로 받은 물건들은 팔아서 집을 보수하고, 노비도 한 명 사고 먹을 양식도 장만하여 정말 요긴하게 잘 썼지만, 먹고 살만하니 다시금 탐욕이 살아나서 그를 괴롭혔다. 기름진 땅을 내준 아쉬움이 워낙 커서 그대로 있을 수가 없었다. 마을을 어슬렁거리며 생각에 몰두하다가 젊은 아낙을 발견하고는 호기심에 마당 안을 기웃거렸다. 기대와는 달리 관심을 가질만한 점이 없자 발길을 돌리려고 하는데 방 안에서 천동이와 패거리들이 몰려나오며 젊은 아낙에게 말했다.

"누님, 밖에 계시지 말고 들어가세요. 요새 이상한 놈들이 많아요."

"설마, 알았어. 들어갈게."

여인은 방 안으로 들어갔다.

김 초시는 곰곰이 생각해 보았다. 분명히 저 천한 백정 놈이 젊은 아낙을 보고 누님이라고 했다. 그런데 아무리 생각을 해 봐도 그 아낙은 기품이 있어 보였다. 절대로 백정 놈들과 어울릴 여자가 아니다. 그렇다면 필시 무슨 곡절이 있을 것이다.

'잘하면 꿩 먹고 알 먹고 일거양득이 될 거야.'

김 초시는 다시 기분이 좋아져서 싱글벙글거리며 집으로 돌아갔다.

"주인님, 다녀오셨습니까?"

"야 이놈아, 대감마님이라고 부르라 하지 않았더냐?"

"알겠습니다. 대감마님!"

"아, 그리고 힘깨나 쓰는 한량 두 명 정도 알아봐."

"대감마님! 이 난리 통에 한량을 어디 가서 구합니까?"

"이놈이, 알아보라면 알아보지 말이 많아. 냉큼 움직여."

김 초시의 지시를 받은 하인은 투덜거리며 대문을 나섰다. 주인의 지시를 거역할 수 없어서 나서기는 했지만 어디로 가야 할지 막막했다. 근동의 힘깨나 쓰는 패거리라면 송내의 천동이 패거리만한 자들도 없을 것 같았다. 송내로 간 꺽쇠는 천동이 패거리를 만나서 자초지종을 말했다. 천동은 김 초시가 왜 그런 명령을 내렸는지 짐작이 갔다. 장정 두 명 정도라면 할 짓이라고는 아녀자 보쌈밖에 없었다. 천동은 어제 잡은 장어를 꺼내서 그가 보는 앞에서 솥에다 넣고 푹 고았다. 그것을 몽땅 김 초시의 하인인 꺽쇠에게 주며 앞으로도 김 초시 어른의 하시는 일에 대해서는 자신에게 알려달라고 부탁했다. 꺽쇠는 인근 동리에서 그를 모르는 사람이 없고 울산이나 경주의 웬만한 왈짜패들도 천동에게 안 된다는 것

126

을 알기에 그러마 하고 약속했다.

"꺽쇠 형님을 위해서는 언제든지 장어를 대령하겠습니다. 필요하시면 항시 주저하지 마시고 들르세요. 친형님 같은 생각이 들어서 그럽니다."

천동의 혓바닥이 참기름을 바른 양 잘도 굴러갔다. 이제 그는 예전의 어리숙하고 어눌하기만 했던 백정의 자식이 아니었다. 세상과 소통하고 때로는 적의 목숨을 끊는 냉정함을 익히면서 절제와 융통성을 배웠다.

천동은 꺽쇠를 통해서 초시 김응석을 감시하기 시작했다. 김 초시의 일거수일투족을 들여다보며 그가 꾸미는 음모에 대응해 나갔다. 그로부터 사흘째 되던 날, 국화가 기거하던 방에서 축시에 약간의 기척이 들렸다. 그러나 천동은 잠시 귀를 세우다가 이내 다시 잠을 잤다.

다음 날 김 초시는 자신의 계획이 사전에 천동이에게 새어나간 것을 눈치 챘다. 하인인 꺽쇠를 앉혀놓고 몽둥이로 위협하며 바른말을 대라고 했지만, 산전수전 다 겪은 꺽쇠는 한사코 부인했다. 심증은 있지만 물증이 없는 관계로 김 초시도 더는 어쩔 수가 없었다. 더군다나 그러다가 자신의 주요한 재산목록 중 하나인 꺽쇠가 다치거나 죽으면 자신만 손해였고, 자신의 시중을 드는 유일한 종놈이기에 스스로 화를 삭이면서 좀 더 확실한 방법을 찾으려고 몇 날 며칠을 방구석에 처박혀 있었다. 그러고는 며칠 뒤에 꺽쇠에게 잠시 다녀오겠노라고 일러두고 혼자서 집을 나섰다.

선조, 의병장 김덕령을 친국하다

선조, 의병장 김덕령을 친국하다

울산 관아를 찾아간 김 초시는 형방으로 있는 이형우를 만났다. 그는 김 초시의 죽마고우였다. 비교적 강직한 성품으로 부패와는 거리가 먼 그였지만 벗의 간곡한 부탁에 어쩔 수 없이 천동을 잡아들였다. 양심에 거리낌이 있었지만, 그는 천동을 옥사에 가둔 후에 양반 댁 규수인 국화를 그 집에서 내보내라고 달랬다. 그렇지만 천동은 오갈 데 없는 그녀를 내칠 수는 없었다.

"그리할 수는 없습니다. 친정은 난리 통에 변을 당해서 없어졌고, 청상 과부인 그분의 시댁도 뿔뿔이 흩어져서 정말로 갈 데가 없는 분이십니다."

"그런 걱정은 안 해도 된다. 그녀를 거두어 줄 적당한 사람이 있다."

"혹시 김 초시 어른을 말씀하시는 겁니까?"

"솔직히 말하면 네 말이 맞다."

"다른 사람은 몰라도 그 어른에게는 누이를 보낼 수 없습니다."

"김 초시는 괜찮은 사람이다. 네가 오해를 하는 것이야."

"소인 비록 천것이지만 사람 볼 줄은 압니다. 그동안 제가 겪은 것도 있고……."

"쓸데없는 고집 피우지 마라. 그러면 너만 다친다. 미천한 신분인 네가 향리의 토호인 김 초시를 이길 것 같으냐? 그러지 말고 내 말을 듣거라. 나도 너에 대한 소문은 들은 것이 있어서 좋게 마무리하려고 하는 것이다."

"죽어도 그리할 수는 없습니다."

"너의 고집이 너를 고단하게 할 것이다. 밤새 생각을 해 보거라."

이튿날 울산 동헌에서는 양가 천동에 대한 치죄가 시작되었다. 양반 댁 규수를 범한 죄를 토설하라며 장을 치기 시작했다. 서른 대의 장을 맞고도 천동은 끝내 죄를 부인했다. 천동은 다시 옥사에 갇혔다. 천동이 옥사에 갇히자 부지깽이와 먹쇠는 동네 사람들을 데리고 동헌으로 몰려갔다. 마을에는 국화 혼자 남아있었다. 노심초사하는 그녀 앞에 김 초시가 장정 둘을 대동하고 나타났다.

"천동이 걱정되면 나를 따라 내 집으로 가자. 지금 천동을 살릴 사람은 나밖에 없느니라. 천한 백정 놈이 반가의 여인을 범한 죄 죽음으로 다스린다는 걸 너도 모르지는 않겠지?"

"너라니요? 반가의 여인에게 이게 무슨 막말입니까?"

국화는 서슬 퍼렇게 김 초시에게 반격을 가했다. 김 초시는 당황했다. 그녀가 자신에게 그렇게 나오리라고는 예상하지 못했기 때문이다. 잠시 머뭇거리던 그는 할 수 없다는 듯이 말투를 고쳐서 공손하게 말했다.

"미안하오. 내가 잠시 흥분해서 말이 헛나온 것이오."

"제가 초시 어른을 따라가면 정말 천동은 무사히 풀려날 수 있나요?"

"그건 걱정하지 마시오. 내가 약조를 하겠소. 내일쯤에는 풀려나도록 해 주리다."

"초시 어른을 믿겠습니다."

국화는 아무리 생각해도 방법이 생각나지 않았다. 천동을 살릴 방법은 자신이 김 초시의 후처가 되는 것밖에 달리 뾰족한 수가 없어 보였다. 어차피 자신은 천동이 아니었으면 진즉에 늑대들에게 갈기갈기 찢기어서 그들의 먹이가 되었을 것이다. 천동을 위해서 자신이 무엇이든지 해야 된다는 생각을 하며 그녀는 입술을 질근 깨물었다. 찢어진 입술에서 나는 피가 입속으로 밀려들어갔지만 아픈 감각조차 느끼지 못했다. 모든 것을 체념한 국화는 그를 따라가겠다고 말했다. 내키지 않았지만 그녀로서는 그것이 최선의 방법이었기에 김 초시가 준비해 온 가마에 올랐다. 가마 문이 굳게 닫히고, 지당마을을 향해서 움직였다.

짧은 시간이지만 정들었던 초가를 떠나는 국화의 마음은 찢어들 듯이 아프고 또 아팠다. 생명의 은인이자 낭군인 천동에게 작별 인사도 못하고 떠나는 자신의 모습이 너무 서러웠다. 그렇지만 그녀가 선택할 수 있는 유일한 방법이 그를 떠나는 것이기에 아니 갈 수는 없는 노릇이었다. 그러면서도 그녀는 천동의 무사한 모습을 확인할 때까지는 절대 울지 않겠다고 다짐하며 조용히 눈을 감고 그의 무사함을 빌었다. 불과 한 식경의 시간이 지나자 가마는 김 초시의 집에 도착했다.

"마님, 내리시지요."

가마꾼의 소리에 그녀는 천천히 가마에서 내렸다. 김 초시의 집은 전란의 흔적을 찾아볼 수 없을 정도로 깨끗이 수리되어 있었다. 이웃집에서 삯을 주고 빌려온 여종이 큰 목간통에 따뜻한 물을 준비해 놓고 기다리고 있었다.

그녀가 몸단장을 하고 있는 그 시간, 김 초시는 초조하게 국화를 기다렸다. 그는 조바심을 내며 방 안을 정신없이 왔다 갔다 하다가 더는 참지 못하고 문밖으로 소리를 질렀다.

"왜 이리 늦는 게냐?"

"초시 어른, 조금만 더 기다리시지요? 거의 다 끝난 것 같습니다."

두 식경이 지나서야 국화는 나타났다. 목욕재계하고 깨끗한 치마와 저고리를 입은 그녀의 모습에 김 초시는 벌어진 입을 다물지 못했다.

"역시, 내가 사람 보는 눈이 있다니까. 이렇게 아름다운 반가의 여인이 천것들 틈바구니에서 산다는 게 가당키나 한 일인가? 나한테 고마워해야 할 거요. 그렇지 않소, 부인?"

김 초시는 정말 꿈인지 생시인지 분간이 안 갔다. 이렇게 어여쁜 여인을 후처로 맞이한 그는 앞으로 모든 일이 다 잘될 거 같다는 생각이 들었다. 그렇게 국화는 김 초시와의 초야를 치르고 그의 후처가 되었다. 이튿날 그녀는 밥상을 차려서 올리면서 김 초시에게 물었다.

"천동이는 이제 그만 풀어주시지요?"

그의 처가 된 마당에 아직도 천동이 놈에게 신경을 쓰는 그녀가 몹시 거슬렸지만 오늘만큼은 내색하지 않았다. 지금 김 초시의 기분이 그것을 능가하고 있었기 때문이었다.

"아, 그 백정 놈! 내 약조를 했으니 풀어주겠소. 걱정 마시오."

"고맙습니다. 나리."

한편 천동은 김 초시가 형방에게 보낸 서찰과 동리 사람들의 집단적인 탄원으로 방면되었다. 이틀 동안 무려 장 사십 대를 맞은 천동은 강골임에도 몸이 말이 아니었다. 동무들의 부축을 받고서야 힘겹게 걸을 수 있었다. 천동은 먼저 국화의 안부를 물었다.

"누이, 누이는 어떻게 되었어?"

"어, 집에 가만히 계시라고 하고 왔는데⋯⋯."

"이 새끼들이⋯⋯, 저리 비켜."

부지깽이와 먹쇠는 천동이 그렇게 화를 내는 것을 지금껏 본 적이 없었다. 그런데 천동은 지금 불같이 화를 내며 자신들에게 욕까지 하고 있었다.

"왜 그래, 천동아!"

천동은 대답 대신 아픈 다리를 절면서도 아주 빠르게 송내에 있는 그의 초가집으로 달려갔다.

"누이가 위험해."

정신없이 송내의 집으로 돌아온 천동은 급한 마음에 허둥대며 누이를 찾았다.

"국화 누이! 누이! 어디 있어요?"

이 방 저 방 다 열어보았지만 국화는 없었다. 그런데 그녀가 기거하던 방에 서찰이 있었다.

동생, 나 찾지 마. 내 갈 길을 가는 거니까. 동생에게는 동생의 길이 있는 것이고 나에게는 나의 길이 있어. 반가의 여인이 언제까지 여기서 천민인 동생과 같이 지낼 수는 없잖아. 동생이 나를 지금까지 지켜준 거 정말 고마워. 내 목숨을 구해준 것은 더 고맙고. 이제는 동생도 나 같은 거 잊고, 잘 지내.

서찰을 다 읽은 천동은 국화를 부르며 서럽게 울었다. 덩치가 산만 한 그가 소리 내어 우는 모습은 숙연하기도 했지만 한편으로는 우스꽝스러웠다. 그녀가 없는 집에서 그는 열흘을 꼼짝도 하지 않고 방구석에 틀어박혀 있었다.

"천동아, 추수를 더 미루면 벼 이삭이 논에 다 떨어질지도 몰라. 이제 그만 정신 차려. 제발."

"그래, 알았어."

다음 날 거짓말같이 천동은 자리를 털고 일어났다. 그러고는 동무들과 함께 그동안 미뤄왔던 추수부터 했다. 수확한 벼의 절반은 약속대로 동무들에게 주고, 다섯 섬은 이른 새벽에 무룡산의 동굴집으로 옮겼다.

부지깽이와 먹쇠는 벼를 팔아서 저수지 위에 있는 삼 년 묵은 천수답을 헐값에 샀다. 천동은 장날에 남은 물고기와 약재, 야생동물을 팔아서 악착같이 모은 돈으로 그동안 빌려서 사용했던 야산을 샀다. 쌀 일곱 섬을 주고 임진년 이후 농사를 짓지 않은 황무지 묵밭 세 두락도 샀다. 이듬해에 파종하기 위해서 그곳의 잡초를 제거하고 밭을 갈아엎었다.

얼추 보름은 땀 흘려 일한 것 같았다. 힘이 들었지만 내 땅을 일군다는 생각에 다들 뼈가 부서져라 열심히 일했다. 천수답을 산 동무들은 내년에 벼농사를 성공하겠다는 각오로 논의 일부를 파서 물을 가두어 두는 둔벙(웅덩이)으로 만들고 그곳에 미꾸라지와 붕어 등의 물고기도 잡아다가 넣었다. 둔벙은 내년에 그들만의 양어장이 되어줄 것이다. 그런 생각으로 그들은 국화가 떠나버린 슬픔을 잊은 채 하루하루를 보냈다.

천동은 더 이상 국화를 입에 올리지 않았다. 새벽에 무룡산에 올라가서 검술을 수련하는 일은 옥에 갇혀있었던 며칠을 빼곤 거르지 않았다. 검술만큼 천동의 마음도 나날이 단단해져 갔다.

1595년, 그해 겨울은 따뜻했다. 날씨가 따뜻해서가 아니라 토지도 사들이고, 내년 농사도 준비하는 등 바쁘고 고된 일상이 천동과 동무들을 따뜻하고 행복하게 한 것이다.

후처인 국화에게 빠져서 꽤 오랫동안 문밖출입을 하지 않고 지내던 김초시가 드디어 바깥나들이를 했다. 그는 마을 한 바퀴를 돌고는 송내마을로 향했다. 정월(음력)이 지난 탓인지 파란 새싹들이 돋아나고, 노루귀, 복수초, 제비꽃, 애기현호색 등의 야생화들이 여기저기 피어 있었다. 내친김에 자신이 팔았던 저수지 밑의 논은 물론 천동이 친구들이 산 천수답이며, 천동의 밭까지 두루두루 살펴보았다. 황무지나 풀숲으로 보이던 그곳이 천지가 개벽하듯이 바뀌어 있었다. 마치 마술이라도 부린 듯 묵밭들이 옥토로 변해 있었던 것이다. 김 초시는 그 땅에 흘린 누군가의 땀방울은 생각하지 않고 헐값에 사들였다는 사실만을 생각하며 배 아파했다.

"어차피 거저 주운 땅이나 마찬가지니까 돈 몇 푼 쥐어주고 강제로라도 빼앗아야지. 천한 것들이 땅을 너무 쉽게 차지하는 건 국법이 잘못된 탓이야. 이놈의 난리가 끝나면 조정에 강력하게 주청을 해서라도 상놈들의 토지소유를 금지시켜야 해."

김 초시는 듣는 사람도 없는데 누군가는 자신의 말을 들어주기라도 하듯이 큰소리로 떠들고 있었다.

"햐, 볼수록 탐이 나네. 그놈들의 대가리로 어떻게 이런 둔벙을 만들어서 벼농사를 할 생각을 했을까? 그놈들의 머리에서 나온 것은 아닐 거야.

오지랖 넓은 서자 놈들 중에서 누군가 가르쳐 주었겠지."

그의 사고로는 상놈들 중에 자신보다 머리가 좋은 자들이 있을 수 있다는 것을 절대로 인정하지 못했다.

"천동이란 놈은 어떻게 글을 익혔을까?"

땅문서에 적힌 글자를 제대로 아는 걸로 봐서는 이미 오래전에 배운 것 같은데, 백정의 자식이 글을 익혔다는 게 그로서는 도무지 이해가 되지 않았다.

"그놈이 글만 배우지 않았더라면 좀 더 쉽게 그 논을 다시 찾을 수 있었는데 말이야."

그 생각만 하면 김 초시는 분통이 터지려고 했다. 그러다가 그는 느닷없이 히죽거렸다. 자신의 후처가 된 국화만 생각하면 좋아서 죽을 지경이었다.

"어쩌다가 그렇게 이쁜 여인이 내 마누라가 되었을까? 내가 운수 대통한 거야. 그러니 앞으로 모든 일이 술술 잘 풀리겠지."

계속 미친놈처럼 혼자서 주거니 받거니 하면서 양반 체통은 개한테 준 사람처럼 종종걸음으로 마누라가 기다리는 집으로 갔다. 집에서 기다리고 있던 국화는 그의 부인이 된 후로는 자신의 도리를 다하기 위해서 최선을 다하고 있었다. 비록 본인의 뜻과는 다르게 겁박에 의해서 부부가 된 사이지만, 여느 반가의 부인들처럼 삼종지도(三從之道)로 지아비를 받들어 섬겼다.

"다녀오셨어요?"

"나를 기다린 것이오? 나는 당신이 보고 싶어서 한걸음에 달려왔소."

방으로 들어간 김 초시는 이것저것 다 생략하고 다짜고짜 그녀에게 달려들어 옷을 벗겼다. 아직까지 해도 안 졌는데 이러는 남편의 태도에 당황하며 그녀는 그의 행동을 제지했다.

"아직 저녁도 안 먹은 이른 시간에 이건 아닙니다. 제발 좀 참으세요."

그녀는 옷깃을 여미며 그에게서 벗어나려고 했다. 그러나 김 초시의 고집은 완강했다. 반가의 법도를 아는 그녀도 그의 의도대로 순순히 따라주지 않았다. 자신이 하고 싶은 것을 못하게 되자 그의 본성이 드러났다. 험악한 얼굴로 부인인 국화에게 욕설이 섞인 거친 말을 해대기 시작했다.

"아니, 이년이 가만히 못 있어?"

"이러시면 아니 됩니다. 나리, 체통을 지키세요."

"체통? 지금 내가 체통이나 챙기려고 네년에게 달려온 줄 알아? 지아비가 안아주겠다고 하면 감사하게 생각해야지, 왜 앙탈을 하고 지랄이야?"

말을 마치자마자 그는 부인의 뺨까지 때리며 다시 달려들어서 옷을 남김없이 벗겨버렸다. 남편의 완력 앞에 무너지며 그녀는 눈물을 흘렸다. 자신이 잠시 착각하고 있었던 것이라는 생각이 들었다. 끝없이 자신을 안고 탐하는 그의 행동을 사랑이라고 착각했던 것이다. 자신의 요구에 순순히 따르지 않는다고 쌍욕에 폭력까지 쓰는 김 초시가 두렵고 역겨워지기 시작했다. 그녀는 나무토막이 되어 버렸다. 그런 그녀의 태도에도 아랑곳하지 않고, 자신의 욕심을 한껏 채운 김 초시는 겁에 질려있는 국화에게 갑자기 버럭 소리를 질렀다.

"야, 뭐해. 배고프니 빨리 밥 차려와."

혹시나 하면서 행복한 생각에 젖었던 국화는 넉 달 만에 착각에서 깨어났다. 그날 이후로 그녀 앞에 펼쳐진 시간들은 하루하루가 지옥이었다.

마음이 망가지기 시작하면서 몸도 따라서 망가졌다.

불과 며칠 만에 그녀는 족히 십 년은 더 나이가 들어보였다. 그녀는 갑자기 찾아온 우울증으로 감정의 기복이 심해지고 정신도 흐려졌다. 다음날도 그 다음 날도 김 초시의 폭언과 변태적인 요구에 시달린 국화는 그가 곤히 잠든 꼭두새벽에 미리 준비해둔 광목을 들고 마루로 나갔다. 의자를 놓고 대들보에 광목을 단단히 묶은 후에 목에 걸었다. 이제 의자만 조금 움직이면 그녀 스스로 생을 마감하게 되는 것이다.

젊은 나이임에도 참 오래 살았다는 느낌이 들었다. 그만큼 남편의 죽음 후에 홀로 남겨진 그녀의 삶은 고단했었다. 친정은 출가외인이라는 이유로 그녀의 고단한 삶을 외면했고, 시댁은 청상과부인 그녀에게 은근히 죽음을 요구했다. 며느리의 죽음을 통해서 가문의 명예를 지키기 위함이었다. 그때 죽었어야 했는지도 모른다는 생각이 들었다.

부모의 품을 떠나서 여자로서의 삶을 살기 시작한 이후로는 남편이 죽기 전까지 한 달과 천동을 만나고 나서 열 달 정도 함께한 시간이 가장 행복한 시간이었다. 특히 천동과 함께한 시간은 그녀가 죽으면서도 이 세상에 태어났음을 후회하지 않게 하는 유일한 이유가 되어 주었다. 그래서 그녀는 이 수치스러운 김 초시와의 생활을 청산하고 미련 없이 생을 마감할 수 있게 된 것이다.

마음속의 정리를 마치자 가슴으로 연모했었던 그의 이름을 부르며 그녀는 조용히 이승의 끈을 놓았다. 아침에 주인인 김 초시에게 문안을 드리던 꺽쇠에 의해서 그녀의 주검이 발견되었다. 그는 꽃다운 나이에 스스로 생을 마감한 마님이 불쌍해서 목놓아 울었다.

"마님! 이게 무슨 일이데요. 어쩌자고 이리 황망히 떠나신 겁니까?"

그의 울음을 들은 김 초시는 부스스 일어나서 마루로 나서다가 흠칫 놀랐다. 부인인 국화의 시신이 대들보에 매달려 있었던 것이다. 시신을 본 그는 이내 화가 치밀어 올랐다. 하인을 시켜서 시신을 끌어내린 후 그는 마루에 눕혀진 시신을 발로 툭툭 차면서 한마디 악담을 잊지 않았다.

"썩을 년. 감히 뉘 집에서 자진이야."

죽음이 그녀에게 평안을 가져다 준 것일까? 그녀의 얼굴은 평시보다 더 고와보였다. 분노를 가라앉히고 죽은 마누라의 얼굴을 찬찬히 살펴보니 생시보다 더 예뻐 보였다. 김 초시는 생각할수록 그녀가 너무 아까웠지만 시신과 살 수는 없는 노릇이고, 그렇다고 돈을 들여서 장례를 치러 줄 생각은 눈곱만큼도 없었다. 그래서 부인의 시신을 장사지내지 않고 꺽쇠를 시켜서 뒷산에 몰래 내다버렸다. 감히 자신의 집에서 재수 없게 자살한 년을 도저히 용서할 수 없었다. 거지 움막 같은 집에서 상놈들과 지내던 것을 데려와서 번듯한 집에서 등 따시고 배부르게 해 주었는데, 복에 겨워 요강을 깬 년이라는 생각에 울화통이 터져서 산짐승에게 시체가 갈기갈기 찢기도록 하였다. 명색이 사대부의 후손이라는 자가 시정잡배보다도 못한 행동을 한 것이다. 김 초시는 잡놈 중에서도 개잡놈이었다.

서방님이 일찍 죽어서 청상과부가 된 국화는 그동안 수없이 많은 죽을 고비를 넘기면서도 악착같이 살아왔었는데, 결국은 스스로 목숨을 끊어서 한 많은 인생을 마감한 것이다. 김 초시의 행동은 그가 정말로 그녀의 지아비였는지 의심스러운 것이었다. 양반이라는 허울을 쓴 작자의 행실이 도성의 주상 이연과 똑 닮아 있었다.

천동은 좀 더 힘을 기르기 위해서 동무들을 훈련시키기 시작했다. 두 사람은 천동의 제의를 기꺼이 받아들였다. 굳이 난리 중이 아니어도 남에게 당하지 않으려면 강해져야 한다는 것을 뼈저리게 느끼고 있는 그들이었다.

하루에 두 식경씩 무룡산 중턱에서 강도 높은 훈련에 돌입했다. 천동은 동무가 아닌 스승의 입장에서 강하게 그들을 다루었다.

"내가 지금 너희들을 가르치는 것은 동무로서가 아니라 스승으로서 하는 것이니까 꾀를 부리는 것은 용납하지 않을 것이다. 내가 가르치는 방식이 마음에 들지 않으면 언제든지 그만두어도 좋다. 그렇지만 진정 강해지고 싶으면 참고 견디기 바란다. 천한 신분으로 태어난 우리가 이 험난한 세상에서 살아남으려면 누구보다도 강해져야 한다. 알겠는가?"

"네, 알겠습니다."

훈련하는 시간만큼은 천동이 그들의 스승이기에 깍듯이 존대를 하며 그의 가르침을 착실하게 배웠다. 그러한 그들의 자세는 곧 일취월장하는 실력으로 나타났다. 넉 달이 지나자 부지깽이와 꺽쇠의 검술실력은 초급 무관들 수준이 되었다. 천동이 그들을 강하게 단련시킨 것이 결실을 본 것이다.

보부상 서신 7호

1596년 5월, 충청도 금산에 사는 서출 동무 강영의 연락을 받고 그곳을 다녀왔다. 나는 동무에게서 모속관 한현이라는 사람을 소개받고 그와 주막에서 만났다. 한현은 그 자리에서 정여립 난의 조작과 억울함을 토로했다. 그의 말에 의하면 당시 정여립의 난을 빙자하여 주상과 권신들은 호남지방의 인재란 인재는 다 죽였다고 했다.

주상도 상당히 많은 사람들이 억울하게 죽음을 당한다는 사실을 알고 있었다고 했다. 그렇지만 왕권을 위협하는 자들을 전부 제거하고 싶었던 주상은 송강 정철과 서인 일당들의 거짓조서를 묵인하고 일천여 명의 신하들에 대한 주살을 방조하였다. 정여립의 '천하는 공물(公物)이다'라는 사상은 조선왕조의 입장에서 보면 분명히 모반이고 반역인 것이다. 천하는 오로지 주상의 것이기 때문이다. 정여립의 생가 터는 숯불로 지진 후에 파헤쳐서 소(沼)를 만들어 버렸다. 한현은 정여립의 난에 대해서 말하면서 눈물까지 뚝뚝 흘렸다. 호남을 반역의 지역으로 낙인찍은 주상과 권신들을 반드시 응징할 것이라고 했다.

정여립의 난에 대한 추국장에서, 서인의 영수이자 가사문학의 대가이기도 한 정철은 송익필이 치밀하게 짜놓은 각본에 의해서 옥사를 확대하여 정적이 될 만한 인물들은 죄다 정여립과 엮어서 처형했다. 사건과 전혀 관계가 없었던 좌의정 정언신 등 동인의 거두들이 정철에 의해서 하나둘 목이 달아났다. 동인 중에서 목숨을 부지한 사람은 주상 벗으로 의지했던 류성룡이 유일했다. 이 사건을 계기로 그동안 득세하던 동인은 몰락했고 권력은 서인들이 장악했다. 유난히 권력욕이 강했던 송강의 광기가 남도의 산하를 피로 물들였다.

정철은 몇 차례 유배를 갔었는데 그는 그때마다 주상의 환심을 사기 위해서 「사미인곡」에 이어 「속미인곡」까지 지어 바치며 자신의 충성스러운 마음을 전했다. 그가 지어 올린 가사의 영향으로 그는 번번이 유배지에서 풀려났었고, 마침내 기회가 되자 정적들을 모조리 제

거하여 자신의 권력을 공고히 하려고 두 손에 엄청난 피를 묻혔던 것
이다.

동해가 보이는 무릉산 정상 부근의 평평한 바위에 앉아서 혼자 외롭게
술을 마시던 천동은 문득 1593년 겨울에 유배지인 강화도에서 술을 마시
다 죽은 송강 정철이 생각났다. 명나라에까지 문장이 알려진 조선의 대
문호 정철이 왜 악귀가 되어 수많은 사람들을 죽음으로 몰고 간 것일까?
그의 「장진주사」는 당송대의 이백에 견주어도 뒤지지 않는 명시(名詩)인
데, 눈물이 나도록 아름다운 시를 지은 그가 어떤 마음이었기에 수십 명
도 아니고 수백 명도 아닌 일천여 명의 목숨을 빼앗은 것인가?
　정여립이 서인을 배신하고 동인이 되었다는 것이 그리도 그를 화나게
한 것일까? 그는 왜 오래된 벗 서애 류성룡까지 죽이려고 한 것일까? 서
애 류성룡은 왜 자신까지 정치적 희생물로 삼으려고 한 정철의 목숨을
구명한 것일까? 천동은 거푸 술 석 잔을 들이키고는 넋이 나간 사람처럼
송강의 「장진주사(將進酒辭)」를 나직이 읊조렸다.

　　혼 잔 먹새 그려

　　또 혼 잔 먹새 그려

　　곳 것거 산 노코

　　무진무진(無盡無盡) 먹새 그려

　　이 몸 죽은 후면

　　지게 우헤 거적 더퍼

　　주리혀 매여 가나

유소보장(流蘇寶帳)의 만인이

우레 너나

어욱새 속새 덥가나무

백양(白楊) 수페

가기곳 가면

누른 해 흰둘 ㄱ는 비 굴근 눈

쇼쇼리ㅂ람 불제 뉘 한 잔 먹자 할고

하믈며 무덤 우해

잔나비ㅍ람 불 제

뉘우춘둘 엇더리

한 잔 먹세 그려, 또 한 잔 먹세 그려. 꽃을 꺾어 술잔 수를 세면서 한없이 먹세 그려.

이 몸이 죽은 후에는 지게 위에 거적을 덮어 졸라매 실려 가거나,

곱게 꾸민 상여를 타고 수많은 사람들이 울며 가거나,

억새풀, 속새풀, 떡갈나무, 버드나무가 우거진 숲에 한 번 가기만 하면 누런 해와 흰 달이 뜨고, 가랑비와 함박눈이 내리며, 회오리바람 이 불 때 그 누가 한잔 먹자고 하겠는가?

하물며 무덤 위에 원숭이가 놀러와 휘파람을 불 때 뉘우친들 무슨 소용이 있겠는가?

눈물을 흘리며 장진주사를 읊어대던 천동은 취기로 인한 눈꺼풀의 무 게를 이기지 못하고 바위 위에 널브러져 잠이 들었다. 그는 꿈속에서라

144

도 송강을 만나고 싶었을 것이다. 그리고 물었을 것이다.

'대감, 어찌하여 그리하셨습니까?'

지난 삼월에 천동은 이눌 장군을 찾아가서 그간 그가 올린 전공에 대해서 조정에 장계를 올려줄 것을 부탁했다. 윤홍명 장군의 장계에서도 공적이 있었고, 이눌 장군마저 그의 공적서를 올리자 그는 면천법에 의해서 면천되는 것에 그치지 않고 관직까지 제수 받게 되었다. 그가 제수 받은 관직은 종팔품 수위부위 봉사였다. 실로 파격이었다.

그는 유월에 관직을 제수 받고 한양의 도성 밖에 위치한 훈련도감에 배속되었다. 그의 밑에는 처음부터 양반이었던 자들이 초급 무관으로 임명이 되어서 일하고 있었는데, 천동의 출신이 알려지면서 그의 지시를 무시하는 일이 무시로 일어났다. 가재는 게 편이라고 천동의 상관은 그것을 천동의 무능력으로 몰아세웠고 그를 경멸하기까지 했다.

아무도 그에게 말 걸어주는 사람이 없었다. 천동은 답답한 마음에 술이나 한잔하고 싶은 생각이 들어서 해 질 무렵 도성인 한양의 외곽에 위치한 저잣거리를 걸었다. 그러다가 그는 사람의 해골들이 널브러져 있는 것을 보고 다소 놀랐다. 그렇지만 전장에서 사람의 시체를 본 것이 한둘이 아닌 그이기에 계속해서 주막을 찾아서 여기저기 돌아다녔으나 쉽게 찾지 못했다. 구불구불 미로처럼 이어진 사대문 밖의 한양은 오가는 사람들이 드물어서 적막하기까지 했다. 그러다가 그는 이상한 소리가 나는 곳이 있어서 발걸음을 멈추었다. 한 남자가 아직 채 숨이 끊어지지 않은 여인의 살점을 베어서 씹고 있었다. 천동은 너무도 끔찍한 광경에 토악질을 했다.

"우웩, 우-웩."

사내는 천동의 토악질에 흠칫 놀라는 듯했지만, 이내 주위에 사람이 있는 것도 아랑곳하지 않고 다시 여인의 살점을 베어서 질겅질겅 씹어 먹었다. 더 이상 봐줄 수가 없다고 생각한 천동은 일 검에 사내의 숨통을 끊었다. 천동이 다시 여인에게 다가갔을 때는 이미 숨이 끊어진 상태였다. 그는 여인의 시체를 어찌할 수가 없어서 다시 가던 길을 한 시진쯤 계속해서 갔으나 끝내 주막은 찾을 수가 없었다.

천동은 하는 수 없이 갔던 길을 되돌아가기 시작했다. 혹시나 하는 불안한 마음에 여인의 시체가 있던 곳을 가 보았으나 여인의 시체는 없고 해골만 앙상하게 남아있었다. 뼈의 굵기로 봐서는 두 시진 전에 보았던 그 여인의 것이 틀림없다고 생각했다. 그 짧은 시간에 여인의 시체를 사람들이 뼈만 남기고 먹어치운 것 같았다. 그는 갑자기 머리가 어지럽고 다리가 휘청거려서 걸을 수가 없었다. 그가 비틀거리며 쓰러지자 누군가 그런 그를 지켜보고 있는 것 같은 느낌을 받았다. 정신을 차리지 않으면 자신도 눈앞의 그 여인처럼 뼈만 남을 것이라는 생각이 들자 그는 기운을 차리고 다시 일어났다. 그때서야 천동은 자신이 죽인 남자가 생각이 나서 주위를 둘러보았지만 그의 것으로 보이는 시신은 물론 인골도 보이지 않았다.

어둠 속에서 그를 지켜보는 눈들을 검으로 죄다 파버리고 죽여 버리고 싶은 살기가 그의 몸에서 강하게 일어났으나 가까스로 억제하고 자신의 숙소로 돌아갔다. 천동은 다음 날도 그 다음 날도 물 한 방울 입에 넣지 못했다. 먹은 것이 없음에도 불구하고 계속해서 토악질을 해댔다. 그러다 보니 그의 몰골은 말이 아니었다.

꿈속에서조차 채 죽지도 않은 여인의 생살을 베어 먹는 장면이 보여서 그는 잠도 제대로 잘 수가 없었다. 천동은 풍문으로 알고 있던 식인이 사실이 아니기를 간절히 바랐다. 그런데 직접 식인 광경을 목격하고 나니, 부자가 서로 잡아먹고 부부가 서로 잡아먹는 부자부부상식(父子夫婦相食)도 어쩌면 사실일지 모른다는 생각이 들었다. 그는 모든 게 싫어졌다. 고향인 울산과 무룡산이 사무치게 그리웠다.

며칠 뒤에 마침내 종오품 창신교위 이청국이 그를 불러서 조용하면서도 단호하게 말했다.

"천출이 어쩌다가 속량이 되고 양반이 되었다고 해서 다 같은 양반인 줄 알면 오산이다. 지금은 전란 중이라서 어쩔 수 없이 조정에서 너 같은 놈들을 면천시켜서 관직까지 주었지만 네놈의 위치를 제대로 알고 처신해라. 너 하나 의금부로 보내서 세상 하직하게 만드는 거 그리 어려운 일이 아니니까 가능하면 사직하고 네 고향으로 내려가거라. 그도 아니면 속오군으로 가거라. 내가 해줄 수 있는 최대한의 아량이니라. 알아들었으면 가봐."

부친이 당상관을 지낸 양반 사대부 출신의 직속상관은 그에게 노골적으로 사직을 종용했다. 아무 말도 듣지 않았다면 스스로 가겠다고 말했을 터인데, 그도 사람인지라 막상 가라고 하니까 반발심이 생겼다. 그러나 사흘을 꼼짝도 하지 않고 숙소에 있던 천동은 마침내 속오군으로 전출에 동의하고 대구로 내려갔다.

양반과 천민이 모두 군사로 편제되어 있는 속오군도 문제가 있기는 마찬가지였다. 양반 댁의 종으로 있다가 온 자들은 양반의 자제들처럼 천동을 은근히 무시하며 그의 영을 듣지 않았다. 이곳에서도 초급 군관들은 물론 종들까지 통솔이 제대로 되지 않자 그는 교위에게 불려가서 강제로 사직서에 수결하고 그곳을 떠나게 되었다.

그가 관직을 제수 받고 부임한 지 불과 한 달 보름만의 일이었다. 그의 과거가 발목을 단단히 잡고 있었던 것이다. 결국 그는 면천된 것에 만족해야 했다. 그는 양반이었으나 그를 양반으로 인정해 주는 사람들이 없기에 지역에 내려와서도 지역 토호들에게 외면당하고 아무런 힘을 행사할 수 없었다. 이것이 그가 부딪힌 현실의 벽이었다. 그것은 실로 높고 견고했다. 그가 이 땅에서 살아가는 한 깨트릴 수 없는 거대한 성벽이었다.

보부상 서신 8호

늦더위가 기승을 부리던 1596년 7월 6일(음력)에 이몽학의 난이 일어났다. 주상이 즉위하고 일어난 민란 중에서 가장 큰 난이다. 모사재인이요 성사재천이라 했던가? 불같이 일어난 반란군은 바람같이 허무하게 사라졌다. 부족한 조직력과 반란군 지도자의 우유부단한 결단력 때문에 거사는 실패하고 말았다. 아직까지 조선의 하늘은 주상의 편이었다. 난의 주모자와 연루자들이 대거 연행되었다. 또다시 권신들에 의한 피의 숙청이 시작되었다.

정여립의 난이 일어났을 때 정철의 광기가 일천여 명의 인명을 구천으로 보냈었는데 죽은 그의 망령이 되살아난 것일까? 윤두수와 충청병사 이시언, 경상우병사 김응서 등은 충청도 관찰사의 종사관인 신경행의 거짓밀고를 기회로 익호장군 김덕령을 죽이려고 상소를 올렸다. 경상우감사 김수가 호시탐탐 죽일 기회를 노렸던 홍의장군 곽재우를 이몽학의 난과 관련된 자로 엮어서 장계를 올리니 곽재우, 최담년, 홍계남 등이 차례로 의금부로 잡혀 들어갔다. 이때에 역적으로 참수당한 양반가의 아녀자들 중에 곱상하게 생긴 여인들은 명나라 장수의 객고를 풀어주는 색노나 비변사를 장악한 권신들의 사노비가 되었다.

본관은 광산, 자는 경수(景樹)인 김덕령은 도원수 권율에게 잡혀서 진주 감영에 감금되었다가 도성인 한양으로 압송되었다. 남도를 호령하던 익호장군 의병장 김덕령은 끝까지 자신의 무죄를 주장하였으나, 선조가 지켜보는 가운데 무지막지한 고문이 계속되었다. 5천 명의 의병을 거느린 김덕령에 대한 두려움이 컸었던 조선의 국왕은 죄 없는 그를 친국하며 죽음으로 내몰고 있었다.

주상은 서애 류성룡의 독대 요청을 단칼에 거절했다. 그러나 류성룡은 그대로 포기할 수가 없어서 주상이 혼자서 술을 마시고 있던 강녕전으로 향했다. 상선인 김새신이 강하게 류성룡의 발길을 막았으나 끝내 길을 열고야 말았다. 혼자서 술을 마시던 이연은 취한 눈으로 그런 류성룡을 바라봤다.

"내가 분명히 아무도 들지 말라고 일렀거늘 경은 내 말이 그렇게 우스운가?"

류성룡은 인사부터 올렸다.

"전하, 소인 류성룡이옵니다."

"그래, 자네가 류성룡이지. 천하의 모든 놈들이 나를 무시해도 그대까지 나를 이리 대하면 안 되는 거 아닌가?"

"전하, 그런 것이 아니옵니다. 주상전하께 긴히 주청드릴 게 있어서 이렇게 왔습니다. 노여움을 거두시옵소서."

"주청! 그래 무엇인가? 말해보게. 혹여 김덕령이 얘기는 아니겠지. 그 얘기라면 듣고 싶지 않네."

"전하 김덕령은 충신이옵니다. 그는 왜적들과의 싸움에서 전공이 많은 공신이기도 합니다. 왜병들은 그의 이름 석 자만 들어도 벌벌 떤다고 하옵니다. 왜적으로부터 조선의 강토를 지키려면 의병장 김덕령 같은 인재가 꼭 필요합니다. 전하의 하해와 같은 성심으로 그의 죄를 사하여 주시옵소서."

"왜병들이 벌벌 떤다고? 김덕령이 정말 그렇게 대단한 자라면 그까짓 국문쯤은 견딜 것이오. 암, 그렇게 대단한 자가 며칠 국문을 당한다고 어찌되지는 않겠지. 죄가 없으면 끝내 죄를 토설치 않을 터, 그리되면 방면될 텐데 도대체 서애 그대가 걱정하는 것이 무엇이오?"

"전하, 의금부의 국문은 형벌이 가혹하여 견디기 힘들 것입니다. 부디 노여움을 거두시옵소서."

"형벌이 가혹하다? 역적의 죄상을 밝히는 국문인데 그 정도는 당연한 것 아닌가? 그리고 솔직히 말해서 관병도 아니고 사병인 의병들을 그렇게 많이 거느린 자들은 철저히 조사하고 감시해야 하는 것이네. 태종대왕께서 왜 자신을 지켜주었던 사병을 혁파한 줄 아시오? 사병의 칼날이 어디로 향할지는 아무도 모르는 것이기 때문이오. 전란 중이라는 이유로 이놈 저놈 다 사병인 의병을 거느리고 있소. 그래서 내가 의병들을 해산하고 관군에 편입시키라고 지시를 했는데도 불구하고 아직도 개별적으로 의병을 거느리는 놈들은 다 의심스러운 놈들이오. 내 말이 틀렸소? 말

150

해 보시오. 서애대감."

주상은 이몽학의 난이 있기 전에도 의병군대에 대해서 불안한 눈으로 바라보았는데 이몽학의 난을 겪은 후에는 그 정도가 심해졌다. 그런 임금의 불안한 심리를 권신들은 철저히 이용했다. 그 결과 전공이 크고 백성들의 지지도가 높은 장수들은 죄다 의심의 눈초리로 보고 있었으며, 그들은 주상의 근심거리를 제거하여 신임을 얻는 일에만 몰두하게 되니 조정의 피비린내는 가실 날이 없었다.

"주상전하, 이 류성룡이가 다시 한 번 간곡히 주청 드리옵니다. 김덕령 장군의 죄를 사하여 주시옵소서."

"내 듣기 싫다 하지 않았소. 그대도 이제 권력이 생겼다는 건가? 내 말을 이렇게 무시하다가는 아무리 서애대감이라고 해도 그 목이 온전하지 않을 터. 조심하시오."

주상은 말과 함께 술병을 내던졌다. 청자 주병이 깨지는 소리가 강녕전에 울려 퍼졌다. 주상의 눈이 점점 붉은색으로 변하고 있었다. 분노가 치밀어 오르고 있다는 것을 알 수 있었다. 류성룡은 모골이 송연해짐을 느꼈다. 머리털이 쭈뼛거렸다. 온몸의 털이란 털은 다 곤두서고 있었다. 등에서는 식은땀이 흐르고 몸 전체가 부들부들 떨리기 시작했다.

"전하, 죽여주시옵소서."

"죽여달라? 그 말 진심인가? 그대가 보기에는 내가 무능해서 임금 자리에 앉아있을 자격도 없다고 생각하지. 그러나 그건 그대의 판단일 뿐, 이 나라 조선은 누가 뭐래도 나 이연의 것이오. 그대들이 아무리 힘이 있고 잘났다고 해도 결국은 나의 신하들일 뿐, 조선의 왕은 나 이연이라는 걸 명심해야 할 것이오."

"전하. 듣기가 참으로 민망하옵니다. 거두어 주시옵소서."

"알아들었으면 이만 물러가시오."

류성룡은 아찔한 현기증을 느끼며 비틀거렸다. 보위에 오를 때의 총명함은 다 어디로 가고, 이제는 권신들에게 둘러싸인 주상이 그들의 달콤한 아부에 취해서 충직한 신하들을 죄다 역적 보듯이 하고 있는 것이다. 한때는 군신관계를 떠나서 사석에서 형제처럼 지낸 사이였지만 그것도 이젠 옛날일이 되어버렸다. 조금 전에 주상이 내뱉은 말처럼 언젠가는 자신도 역적으로 몰려서 참형을 당할지도 모른다는 생각이 들었다.

그 시간 고민에 고민을 거듭하던 천동이 마침내 움직였다. 한밤중에 의금부 옥사에 잠입한 것이다. 옥사로 가는 도중에 그곳을 지키는 나졸들에게 발각되었지만 간단히 제압하고 김덕령 장군이 갇혀있는 곳으로 갔다. 그는 익호장군 앞에서 복면을 벗고 인사를 여쭈었다.

"장군님! 소인은 울산에 사는 양가 천동이라고 하옵니다. 몸은 좀 어떠하신지요?"

"너의 이름은 홍의장군에게서 들은 적이 있다. 그런데 어떻게 이곳에 들어왔더냐? 경계가 삼엄한 곳인데."

"소인에게 조그만 재주가 있습니다. 이 정도는 아무것도 아니옵니다. 그보다 장군! 소인이 장군을 모시겠습니다. 따르시지요?"

"나보고 탈옥을 하라는 것이냐? 탈옥은 죄를 인정하는 것이다. 나 스스로 역적이라고 인정하는 것이란 말이다."

"장군의 죄 없음은 하늘이 알고 땅이 압니다. 잠시 이곳을 피하신다면 반드시 장군의 무고함은 밝혀질 것입니다. 서인의 우두머리인 윤두수와 이시언, 김응서 등이 장군을 죽이려고 혈안이 되어 있어서 이곳에 있는 한 장군이 아무리 죄를 부인해도 결코 살아서는 나가지 못할 것이옵니다. 부디 소인의 말을 들어주시옵소서."

"옥졸들에게 들키면 너도 무사하지 못할 것이니 내 걱정은 말고 돌아가거라."

"장군, 왜 앉아서 죽임을 당하려고 하십니까? 위나라의 현자인 자화자는 목숨이 천하보다 귀하다고 말했습니다."

"네 뜻은 고맙고 가상하나 나는 절대로 이곳에서 도망치지 않을 것이다. 죽음이 두려웠다면 의병을 모집하여 왜적들과 싸우지도 않았을 것이다. 죽고 사는 거에 연연하는 건 대장부가 할 짓이 아니지. 그렇지 아니하냐? 백정인 너는 왜 목숨을 걸고 왜적들과 싸운 것이냐? 양반이 되고 싶어서냐? 너 또한 목숨 부지하는 데 연연한 사람이었다면 그리하지 않았을 것이라고 생각한다. 내가 잘못 본 것이냐?"

"아니옵니다."

"면천은 되었느냐?"

"네. 관직도 제수 받았지만 그만두었습니다. 몸에 맞지 않는 옷을 잠시 입었던 거 같습니다."

"혼자라서 그런 것이다. 너처럼 신분의 벽을 뛰어넘은 사람은 조직에서 살아남기가 더 힘들 것이다. 너를 인정하고 보호해줄 사람을 찾아가거라. 그리하면 다시 관직에 오를 수 있을 것이다. 홍의장군도 그중의 하나가 아닐까 한다."

"말씀은 감사합니다. 그렇지만 지금은 제 문제로 장군을 찾아뵌 것이 아닙니다."

"당연히 그렇겠지."

"장군, 정여립의 모반사건이 조작되었다는 거 아시지 않습니까? 서인들이 전라도의 인재란 인재는 죄다 모반죄로 엮어서 죽이고, 반역지향(叛逆之鄕)으로 낙인 찍어버렸는데 장군은 그곳 출신입니다. 장군처럼 뛰어난 인재를 조정 대신들과 주상이 그냥 두겠습니까?"

"알고 있다. 그들은 내가 탈옥하기를 바랄지도 모른다. 아직 전란이 끝나지 않은 상황에서 주상과 조정을 친다는 것은 왜적들에게 나라를 들어바치는 꼴이 될지도 모른다. 그래서 이몽학의 울분은 알면서도 지금은 때가 아니기에 나는 이몽학 군을 진압하려고 의병군을 움직였다. 지금은 그 무엇보다도 왜적으로부터 이 강토를 지키는 게 우선이다. 설사 내가 이곳에서 앉아서 죽임을 당하더라도 어쩔 수가 없구나. 그것이 나 김덕령의 운명인 거야."

"장군! 백성들에게 있어서 군주는 어떤 존재라고 생각하십니까?"

"북극성과 같은 존재가 아니겠느냐?"

"맞는 말씀이옵니다. 그런데 지금 조선의 임금이 백성들에게 북극성과 같은 역할을 하고 있다고 보십니까?"

김덕령은 잠시 멈칫하더니 느리게 답을 하였다.

"지금은 전시니라."

"전시가 맞기는 하지요. 하지만 지금 조선의 군주는 백성을 감정이 있고 생각이 있는 사람으로 보지 않습니다. 그저 필요하면 취하고 쓸모가 없다고 생각되면 버리는, 도포 자락에 달고 다니는 호박 같은 존재에 불과할 뿐입니다."

"지금의 그 말은 일개 천민에게서 나올 수 있는 것이 아니다. 너에게 그런 것을 가르친 스승이 누구더냐?"

"소인 같은 천민에게 가르침을 줄 스승이 조선 천지에 어디 있겠습니까? 그저 운이 좋아서 사서삼경을 좀 읽었을 뿐입니다."

천동은 익호장군에게 지지 않으려는 듯이 그의 눈을 똑바로 쳐다보며 다시 말을 이어갔다.

"장군! 지금의 주상은 인심을 너무 많이 잃었습니다. 맹자께서 탕왕이나 무왕이 그들이 천자로 섬기던 걸임금과 주임금을 내쫓은 것은 신하의 도리를 저버린 행동이 아니라고 하였습니다. 제발 임금 같지 않은 임금을 위해서 죽지는 마시옵소서. 차라리 탈옥해서 주상의 목을 치시옵소서."

익호장군 김덕령의 호안(虎眼)에서 다시 불꽃이 튀었다.

"이놈이 나보고 정말 역적이 되라는 것이냐?"

천동도 지지 않으려는 듯 안광을 번득이며 말을 이었다.

"역적이 아니라고 아무리 주장하셔도 장군은 역적이 될 수밖에 없습니다. 주상이 장군을 두려워하고 의심하는 한 장군의 충심을 그가 결코 믿지 않을 것입니다."

"그렇다고 조선의 백성인 내가 이몽학과 같은 길을 갈 수는 없다."

김덕령의 목소리가 힘을 잃고 있었다.

"이몽학은 생각했던 것보다 훨씬 소인배입니다. 조선의 힘을 약화시키고자 목숨 걸고 이 땅을 지키려고 한 의병장들을 물귀신처럼 끌고 들어간 그자가 원망스럽습니다. 그자가 괜히 애꿎은 백성들만 죽음으로 몰아넣었습니다."

"그건 그렇지."

"장군, 지금 이 나라는 군불군(君不君)이요, 신불신(臣不臣)인데 차라리 장군의 힘으로 엎어버리시지요?"

천동의 말에 잠시 웃음을 지어보인 그는 단호한 어조로 말을 이어갔다.

"탕왕과 무왕이 그리했다고 나조차 그리할 수는 없느니라. 주상과 권신들이 내 목을 원한다면 줄 수밖에 도리가 없지 않느냐. 그것이 나 김덕령이니라. 혹여 명태조 주원장이 청주한씨 가문의 사노비 출신이라는 것 따위에 희망을 가져서는 아니 될 것이다. 한 나라의 옥좌는 천운이 닿아야 주인이 되느니라. 지금의 주상이 무능력하고 민심을 잃었어도 아직 그 자리를 보존하는 것 역시 어찌 보면 하늘의 뜻인지도 모른다. 내 걱정은 하지 말고 네 앞날이나 걱정해라. 옥졸들이 깨어나는 것 같은데, 어서 가거라."

김덕령 장군은 죽음을 각오한 듯 담담한 어조로 말했다.

"장군!"

"너는 너 자신을 믿느냐?"

"소인은 아무것도 믿을 수 없습니다. 제 자신까지도 믿지 않습니다."

"믿어라. 네가 너를 못 믿는데 누가 너를 믿겠느냐?"

"그리하도록 노력해 보겠습니다."

"내가 보기에는 네 목숨도 그리 길지는 않아 보이는구나. 세종조의 장영실도 있느니라. 부디 행동을 함에 있어 자중하고 또 자중하거라."

"그리하겠습니다. 장군 같은 분을 이리 보내는 주상이 원망스럽습니다."

천동은 갑자기 목이 메어왔다. 혹독한 고문과 죽음 앞에서도 이렇게 초연한 충용장 익호장군 김덕령을 죽기 전에 뵌 것에 대해서 영광스럽게 생각되었다. 그래서 더 이상 탈옥을 권하지 못하고 큰절을 올린 후에 그곳을 나왔다.

며칠 후에 김덕령 장군은 결국 고문을 이기지 못하고 옥에서 사망했다. 향년 29세의 꽃다운 나이에 그는 그렇게 정적들과 그를 두려워하는 임금의 손에 죽임을 당했다. 충용장 익호장군 김덕령이 죽음을 피할 수 없었던 것은 그가 반역지향으로 낙인찍힌 호남을 기반으로 하는 의병장이었고, 또 그를 구명할 호남 유생들의 세력이 약화되어서 조정에 힘을 행사할 수 없었기 때문이다.

선조는 전공이 크고 세력이 있는 장수들은 죄다 죽여야 한다고 생각하는 것 같았다. 홍의장군 곽재우도 그중의 한 명이었다.

남명 조식의 문하생인 곽재우를 구명하기 위해서 이산해가 수장으로 있는 북인들이 적극적으로 나섰고 영남의 유생들이 벌떼처럼 상소를 올렸다. 조선왕조의 근간인 유생들, 그것도 세력이 가장 막강한 영남 유생들이 움직이자 조정에서는 곽재우를 무죄 방면하였다. 이몽학의 난에 연루된 죄로 하옥되었다가 살아난 홍의장군은 그길로 낙향하였다. 남도를 호령하던 의병장 익호장군 김덕령의 죽음에 많은 의병장들이 의병들을 해산하고 숨어버렸고, 의병활동은 현저히 위축되었다.

보부상 서신 9호

의병장 김덕령의 옥중사망 사건으로 더욱 흉흉해진 민심을 반영하듯이 백성들 사이에서 임금을 대놓고 욕하는 노래가 남도지방을 중심으로 떠돌아 다녔다. 권력중독증에 걸린 임금의 백성불감증은 이미 치료불가능 상태가 되어있었다. 그러나 주상은 천운을 타고난 군주였다. 이 아비규환의 혼란 속에서도 그가 권력을 유지할 수 있는 것은 그를 능가하는 히데요시와 왜장들의 악랄함 때문이다. 관백 히데요시와 그의 주구들이 조선 백성들에게 조금만 더 관대했더라면 왜군들은 조선팔도에 그들의 깃발을 확실하게 꽂을 수 있었을 것이다.

임금은 배신자
백성은 지키겠다 목숨을 바치는데
용상의 못난 왕은 저 혼자 살겠다고
꿈꾸는 게 요동 땅 망명을 노래하네
충신은 목을 치고 역적은 중용하는
임금은 배신자

울분에 찬 백성들의 마음이 만들어낸 노래였다. 발 없는 말이 천리를 가듯이 노래는 순식간에 하삼도를 휩쓸었다. 그러고는 결국 엉뚱한 곳에서 죽음을 불러왔다. 아무 뜻도 모르는 채 노래를 부르던 아이들이 관헌들에게 목이 잘리고, 그 애들의 부모까지도 죽임을 당했던 것이다. 조선팔도에 한바탕 피바람이 불었다.

불패의 달령 전투

불패의 달령 전투

　의병장 김덕령 장군의 죽음으로 의병들의 사기가 극도로 저하된 시기에도 울산과 경주의 몇몇 의병장들은 의병을 해산하지 않고 끝까지 왜병들과 싸웠다. 천사장 이눌도 그중의 한 명이었다.

　한양을 다녀온 후로 천동은 말수가 더 적어졌다. 동무들이 그를 대신해서 열심히 농사일을 한 덕분에 가을걷이는 제대로 할 수 있었다. 다른 사람들의 토지보다 유난히 풍성한 결실을 맺은 것을 두고 이웃들은 시샘 반 부러움 반의 눈길을 보냈다. 그러나 이웃들은 세 사람이 힘을 합쳐서 남들보다 두세 배 땀을 흘린 결과라는 것을 인정하고 있었다.

　그들은 일 년 동안 먹을 식량과 종자를 제외한 나머지는 비싼 가격에 처분해서, 몇 년째 농사를 짓지 못해서 풀뿌리 나무뿌리가 무성한 황무지 같은 밭과 천수답을 집중적으로 사들였다. 이런 식으로 싼 땅만 사들이니 그 넓이가 무려 서른다섯 두렁은 되었다. 하지만 농사가 늘어남에 따라서 그들의 걱정도 커졌다.

이번에 사들인 황무지를 농사지을 수 있는 농지로 만들려면 또 엄청난 땀을 흘려야 한다. 그렇지만 그 황무지만 무사히 농지로 만들 수 있다면 부자 소리를 들으며 더 이상 양반들로부터 천출이라고 손가락질 안 당해도 될 것이다.

이웃마을에 사는 초시 김응석은 이번에도 직접 그들이 사들인 황무지를 돌아보고, 그것들이 값비싼 농지로 바뀌는 것을 흐뭇한 마음으로 지켜보았다. 저것까지 합해서 쉰 두락의 농지를 한꺼번에 빼앗으면 자신은 다시 근동에서 남부럽지 않은 부자로 행세할 수 있을 것이라고 생각하니 즐겁지 않을 수가 없었다.

'천동이 속량되고 관직도 제수 받은 이력이 있는 것이 걸리기는 하지만, 경상우병사로 있는 당숙의 힘을 빌리면 저런 놈들의 땅을 빼앗는 것쯤은 식은 죽 먹기지. 예전에 무과공부를 좀 한 것이 이럴 때 쓰일 줄은 몰랐네. 이놈들이 내게는 복덩어리들인 게야. 원래 재주는 곰이 부리고 돈은 왕 서방이 버는 거지. 좀 더 지켜보다가 황무지를 완전한 옥토로 만든 후에 빼앗는다면 다시 예전의 김 대감댁 명성을 되찾을 수 있어.'

김 초시는 혼잣말로 중얼거리다가 이내 이마를 찌푸렸다. 앞으로 천동을 만나면 그가 먼저 인사를 해야 할 판이었다. 천출이기는 하지만 그는 정식으로 속량되었고, 관직도 초시인 자신과는 비교가 안 되는 봉사 나리였기 때문이다.

1596년 12월 9일(음력) 이눌 장군은 진을 석읍에서 달령고개로 옮겼다. 연통을 받은 천동은 황무지 개간으로 흘린 땀을 식힌 후에 그날 밤 장군을 뵈러 달령으로 올라갔다. 가는 도중 두 곳에서 보초의 검문을 받았으나 이눌 장군의 서신을 보여주고 통과했다. 천동은 한 식경을 걸어서 천사장 이눌의 진영에 도착했다. 그가 생각했던 것보다 의병의 수가 훨씬 적었다. 고작 백여 명 정도에 불과해 보였다.

"장군을 뵈옵니다."

"어서 오게, 양 장군."

"다른 의병들이 들으면 어쩌시려고 그러십니까?"

"장군을 장군이라고 부르는 게 잘못인가? 참, 장군이 아니라 관직을 제수 받았으니 이제는 봉사라고 불러야겠군. 아니 그런가. 양 봉사."

"저를 놀리는 게 그리도 재미있으십니까?"

"재미있기도 하지만 관직을 제수 받았던 사람은 관직을 불러주는 게 마땅하기에 그렇게 불러본 것이네. 자네도 이제는 익숙해져야 할 거야."

"그냥 천동이라고 불러주십시오."

"그건 아니 될 말일세. 이제 자네는 예전의 자네가 아니야. 그러니 받아들이게."

"그렇기는 하지만 아직 너무 어색합니다."

"한양에 다녀왔다면서? 먼발치에서라도 익호장군을 뵈었는가?"

"장군이 갇혀 있었던 의금부 옥에 가서 장군을 뵈었습니다."

"조정 대신들의 면회도 안 되던 곳에 자네가 다녀왔다고? 하긴 자네라면 가능할 수도 있었겠지. 그래 장군에게 무슨 말을 했는가?"

"……."

"내가 괜한 질문을 했나 보군."

"장군, 전보다 의병군이 많이 줄어든 것 같습니다. 어찌된 것입니까?"

"의병군을 관군에 편입시키라는 조정의 지시도 있었고, 강화회담 중이라서 농사를 짓게 하려고 집으로 돌려보냈네."

"이렇게 관군에 편입시키지 않고 계속해서 의병군을 보유하시면 한양에 계신 주상의 의심을 살 터인데, 두렵지 않으십니까?"

"죽음이 두려우면 의병장으로 나서지도 않았겠지."

"죽음이 두려운 게 아니라 주상과 권신들에게 역적으로 몰리는 게 두렵지 않으시냐는 것입니다."

"이 천사장 이눌이가 역적이라……."

"김덕령 장군을 옥사시킨 지금의 주상과 권신들이라면 능히 그러지 않겠습니까?"

"그런가?"

천동은 잠시 얘기를 중단하고 뭔가를 골똘히 생각하다가 불쑥 말을 던졌다.

"그 얘기는 이제 그만하고 다른 거 하나 여쭙겠습니다. 대구의 팔공산 상암에서 지난 9월 15일(음력)에 왜적 토벌을 결의하는 회맹이 있었다고 들었습니다. 대장군께서도 참여하신 걸로 알고 있습니다. 그런데 왜 33인 중에 유일하게 장군만 서명하지 않으신 겁니까? 각 지역과 문중을 대표하는 분들이 참석했으며 울산의 서인충 장군도 참석하셔서 서명을 하셨다는데 왜 유독 장군만 빠지셨는지 이유를 모르겠습니다."

"나는 그동안의 전공도 미미하고 해서 그냥 참석만 한 것이네."

이눌 장군은 시큰둥한 얼굴로 건성건성 대답했다.

"장계를 안 올려서 그렇지 대장군의 전공을 일일이 따지면 아마 열 번째는 능히 될 터인데 무슨 말씀을 하시는 겁니까?"

"양 봉사, 그만하시게."

이눌 장군이 이번에는 아예 짜증 섞인 목소리로 말했다. 그런데도 천동은 눈치 없이 대화를 이어갔다.

"대장군은 맹자를 어찌 생각하십니까?"

"맹자라……? 현자라고 할 수 있지. 나도 『맹자』는 읽어 보았네."

"맹자왈(孟子曰), 민(民)이 위귀(爲貴)하고, 사직(社稷)이 차지(次之)하고, 군(君)이 위경(爲輕)이라고 했습니다. 장군은 어찌 생각하시는지요?"

"자네, 지금 나를 시험하는 것인가?"

"그런 것이 아니오라 대장군의 생각을 듣고 싶어서 여쭙는 것입니다."

"나라의 근본이 백성이라는 것은 세종대왕께서도 강조하신 것이네. 새삼 말해서 무엇하겠는가. 세종께서는 심지어 천민까지도 하늘이 낸 사람이라고 하셨지."

"지금 한양의 주상은 그리 생각하지 않는 것 같은데, 소인이 잘못 알고 있는 것입니까?"

"이 사람아, 나도 유학을 배운 양반 사대부야. 차라리 나를 욕하게."

"주상이 통제사 이순신 장군을 의심하고 김덕령 장군이 옥사하자, 권율 장군은 살아남기 위해서 한 달에 한 번씩 주상에게 충성을 확인하는 봉서를 올린다고 하옵니다. 이러지도 저러지도 못하는 권 장군님의 심정이 이해가 됩니다. 장군도 그러하시지요?"

양반인 그가 대답하기에 곤란한 질문을 하자 장군은 입을 닫아 버렸다.

"……"

천사장은 대답 대신 깊은 한숨을 내쉬었다.

"소인은 아직도 머릿속이 많이 혼란합니다."

잠시 숨을 고른 천사장 이눌은 마음을 추스르고 대화를 이어갔다.

"무룡산에서 한 사흘만 해 뜨는 시각에 동해바다를 바라보면 머리가 맑아질 거야. 내가 왜 이 달령으로 진을 옮겼는지 아는가? 왜구로 변한 왜병들의 노략질을 막는 것이 첫째의 목적이기는 하지만 난 이 무룡산에서 동해바다를 바라보는 것이 너무 좋아. 무룡산 정상에서 보는 것은 더 아름답지. 거기서 바다 쪽을 보면 바다뿐만이 아니라 산세도 기가 막히게 좋아. 그건 자네가 더 잘 알지 않은가?"

"당분간 저도 무룡산에 있는 거처에서 지내야 할까 봅니다. 장군의 말씀대로 매일 아침 해 뜨는 시각에 일어나서 일출을 보며 마음을 정리해 볼 요량입니다."

"잘 생각했네. 거기라면 여기서 가까우니 매일 놀러 오게."

"장군의 말씀은 꼭 유람 나온 사람 같습니다."

"사실은 수삼 일 내로 왜구들이 노략질을 하러 이 달령 고개를 넘을 거라는 첩보를 들었어. 그래서 진(陣)도 여기로 옮긴 것이지. 군사들의 숫자가 적어서 자네의 도움이 절실히 필요해. 싸움에 단련된 왜구들이 야밤에 기습을 하면 만만치 않은 싸움이 될 거야. 그게 제일 걱정이야."

"삼으로 만든 가는 끈의 양쪽에 방울을 달고 낮에는 발길에 채이지 않도록 길 쪽으로는 눈에 잘 안 보이는 얕은 도랑을 파서 그곳에 늘어놓고, 어둑어둑해지면 줄을 당겨 놓으면 됩니다. 그런 것을 열 보당 하나씩 만들고, 산 쪽으로 올라올지도 모르는 적병을 대비해서 그곳에도 설치해 놓으면 적의 침입을 사전에 알 수 있습니다. 그 다음이야 설명하지 않아도 잘 아실 것입니다."

"그리 간단한 것을 내가 왜 걱정을 했지?"

"대장군도 아시면서 확인해 보시려고 그런 것 아니신지요?"

"그럴 리가 있나. 이래서 내게는 자네가 필요해."

"저를 이곳에 붙들어 놓으시려고 그러는 것 다 압니다. 그렇게 말씀하시지 않아도 겨울이고 해서 잠시 쉬어볼까 생각 중이었습니다. 제가 감사드려야지요. 그동안 좀 무료했었는데 간만에 몸 좀 풀게 되겠네요."

"적의 동태를 보니 오늘 밤에는 기습할 시간이 없을 것 같으니 안심하고 술이나 들자고."

"참, 장군께서도 통제사처럼 진중일기를 쓰시는 것 같다고 부장들이 얘기하는 것 같은데 맞습니까?"

"그냥 무료해서 심심풀이로 적어보는 것이니 더 이상 묻지 말게."

분명히 무슨 연유가 있는 것 같은 느낌을 받았지만 장군의 심기를 불편하게 할 것 같아서 더는 묻지 않았다. 천동은 그동안 자신이 훈련시킨 부지깽이와 먹쇠를 장군에게 소개해야 할 시간이 되었다고 생각되자, 군막에서 조금 떨어진 곳에서 대기하고 있던 둘을 불렀다.

"장군께 인사드릴 사람이 있어서 데리고 왔습니다."

"누구신가?"

두 사람은 바닥에 엎드려서 큰절을 올렸다.

"장군님! 소인은 송내에 사는 강목(부지깽이)이고 옆에 있는 동무는 대식(먹쇠)이라고 하옵니다. 상놈들이 장군을 뵙게 되어서 영광입니다."

"양 봉사의 동무들이라고?"

"어렸을 적에는 동무였지만 지금은 아니옵니다. 봉사 나리와 상놈이 어떻게 동무가 되겠습니까?"

"그렇지는 않아. 비록 신분의 차이가 있더라도 동무가 될 수는 있지. 물론 옛날처럼 이놈 저놈 할 수는 없겠지만 그래도 동무는 동무인 게야."

"아니옵니다. 절대 아니옵니다."

강목(부지깽이)과 대식(먹쇠)은 혹시라도 이눌 장군에게서 불호령이 떨어질까 전전긍긍하며 극구 부인했다. 천동은 두 동무에 대해서 비교적 세세히 장군에게 고했다. 자신이 두 사람을 몇 달 동안 혹독하게 훈련시켜서 무과에 급제한 초급무관 수준의 검술을 익혔다는 것도 빼놓지 않았다. 이눌 장군은 흥미를 느껴서 자신의 휘하에 있는 자 중에서 제일 검을 잘 쓰는 모화출신의 박무현과 대련을 시켰다.

강목과 박무현은 목검으로 대련했다. 처음에는 실전경험이 풍부한 무현이 우세하였으나 점차 강목이 우세를 점하기 시작했다. 시간이 갈수록 천동에게서 배운 검술을 제대로 사용하는 강목에게 무현은 상대가 되지 않게 되었다. 결국 무현은 깨끗하게 자신의 패배를 인정했다. 이눌 장군은 두 사람 모두를 격려했다.

"양 봉사가 제대로 가르친 것 같군. 아주 훌륭해."

"과찬의 말씀입니다. 이번에 왜적이 이곳으로 쳐들어오면 이 동무들과 함께 셋이서 후방을 치겠습니다. 실전이 처음인 사람들이라서 걱정이 되기는 하지만 잘 해낼 것이라고 생각합니다."

"그렇게 하세. 기대가 되네. 빨리 두 사람의 활약을 보고 싶구먼."

"네, 장군. 오늘은 이만 물러가옵니다."

천동은 정말 걱정이 많이 되었다. 목검으로 연습하는 것과 진짜 검으로 사람을 죽이는 것은 다르기 때문이다. 아무리 적이라고 해도 사람이 사람을 죽이는 것이 처음부터 쉬운 일은 아니다. 그렇기 때문에 이눌 장군에게서 얻어온 검으로 제대로 된 연습을 할 필요가 있어서 두 사람을 보내지 못하고 철검으로 실전 같은 연습을 다시 시켰다. 훈련을 실전처럼 하지 않으면 목숨을 내놓아야 하는 게 전장이기에 두 사람에게 다소 가혹하리만큼 강한 훈련을 시켰다.

"오늘은 이만 됐고, 며칠간은 동굴집에서 나와 같이 생활하자."

"그래도 돼요?"

"우리끼리 있을 때는 요 자를 안 붙여도 된다. 그리고 신분에 관계없이 우리는 동무다. 물론 공과 사는 구별해야 하겠지만 나는 죽을 때까지 너희들을 동무로 생각할 것이다."

"동굴집은 우리에게도 공개하지 않았던 곳인데 정말로 거기서 지내도 되는지?"

"동무니까 공개하는 것이다. 그리고 우리끼리 있을 때는 존대하지 않아도 된다니까? 그냥 편하게 해."

"아닙니다. 공과 사는 구별해야 한다고 생각합니다. 아무리 동무 사이라도 상하관계는 분명히 해야 지내기가 편합니다. 대식아! 너도 그렇게 생각하지?"

"어, 나도 그게 편해. 봉사 나리가 아직도 우리를 동무라도 생각하는 그 마음만으로 나는 됐다고 생각해. 나도 주워들은 얘기지만, 세 사람이 있을 때는 반드시 그중의 한 사람이 나머지 두 사람을 이끌어야 한다고 들었습니다. 봉사 나리는 무술도 뛰어나고 배운 것도 많아서 우리 두 사람의 수장이 되어야 마땅합니다."

"너희들 생각이 정 그렇다면 그렇게 하자. 그렇지만 우리는 동무다. 그것만은 잊지 말았으면 한다."

"알겠습니다. 봉사 나리."

당분간 무룡산의 동굴집에서 두 동무들과 기거하기로 작정한 천동은 무술도 연마할 겸 이튿날부터 동틀 무렵에 무룡산 정상으로 가서 동해의 일출을 바라보며 심호흡을 하고, 두 시진가량 조선세법과 왜검술을 결합한 새로운 검술을 연마했다.

왜적들은 예상보다 하루 먼저 달령고개로 쳐들어왔다. 그 숫자는 일백사십여 명가량으로 숫자도 많았지만 노략질에 익숙한 정병이었다. 지형상의 이점을 선점하기는 했으나 야밤의 기습이어서 의병진영에서 긴장을 많이 하고 있었다. 그렇지만 이눌 장군의 지휘 아래 의병들은 일사불란하게 움직였다. 이번 전투는 승리가 아니라 아군의 희생을 최대한 줄이면서 적을 격퇴하는 것이 주목적이었다.

울산의 동해안에서 내륙 쪽으로 가는 유일한 통로가 된 달령 가는 길은 계곡에서 약간 위쪽으로 나 있는 길이다. 길이 완만해서 오르기가 쉽기 때문에 유일하게 전투를 할 수 있는 곳이기도 하다. 다른 곳들은 무룡산에서 기박산성까지 산등성이의 양쪽이 가파른 경사면으로 되어 있어서 그냥 오르기도 숨이 차기 때문에 산등성이를 선점해서 잠복해 있으면 능히 일인이 수십 명을 상대할 수 있다. 그런 까닭에 비슷한 성능의 병장기로는 아예 전투 자체가 되지 않는다. 그래서 이눌 장군은 유일한 길목인 달령을 선점하고 왜적이 쳐들어오기를 기다리고 있었던 것이다.

산의 중턱부터는 장정 서너 명이 몸을 숨기고 활로써 적을 공격할 수 있게 구덩이를 파 놓았는데, 전에 이곳에서 전투를 했던 의병군들도 왜적과의 전투에서 그것을 유용하게 사용했었다. 그럼에도 의병진영이 최대한 신중을 기하는 것은 왜적들이 조총을 소지하고 있으며, 전투경험이 풍부하고 잘 훈련받은 정병들이기 때문이다.

달령의 정상은 울창한 숲으로 되어 있어서 아래쪽에서 올라오는 적들을 살피기에는 부적절한 곳이다. 그래서 언제부터인지 그곳에는 나무들의 키 높이만 한 망루가 설치되었고, 초병이 그곳에서 상황을 알려주면 장군들이 망루로 올라가서 전투를 지휘하곤 했었다. 그러나 오늘은 야간 전투인지라 망루도 별 소용이 없었다. 별무리나 달빛 따위에 의존해서 전투를 해야 하는 상황이 된 것이다.

달곡 저수지에서 달령까지 가는 길은 대략 삼천 보쯤 되는 길이다. 천동은 동무들과 일천오백 보쯤 되는 곳에 은신해서 적들이 그곳을 지나기를 기다렸다.

왜구들이 산 중턱을 넘어서자 신호음이 울렸다. 세 번째 신호음이 울릴 때까지 기다렸다가 의병진영에서 소리가 나는 방향을 향해서 강궁을 쏘아대기 시작했다. 의병군의 매복조들도 길게 줄지어 고개를 오르는 적들을 일제히 공격하자 여기저기서 화살에 맞고 쓰러지는 소리가 들리기 시작했다.

오늘도 적들을 베고 무사히 동굴집으로 돌아갈 수 있을지 스스로에게 반문해 보았다. 그러나 천동은 자신에게 답을 주지 못했다. 그렇지만 그의 행동은 생각과는 달리 조금도 주저함이 없었다. 어찌 보면 그의 몸속에 내재되어 있는 본능이 그를 이끌고 있는지도 모른다. 그는 싸움에 임하는 어떤 병사들보다도 날렵하게 적진으로 파고들어 칼을 휘둘렀다. 그는 무의식적으로 칼춤을 추는 무당처럼 그렇게 어둠 속에서도 부드럽고 위엄 있는 춤사위를 보였다.

천동은 야간전투도 익숙하고 눈에 익은 지형인지라 거리낌이 없었지만, 동무들은 조금 떨고 있었다. 그의 칼끝에서 나는 피 냄새가 짙어지고

170

있었다. 그는 일 합에 한 명의 적병을 베어 넘기는 속전속결의 검법을 사용해서 순식간에 십여 명의 왜적들을 저승으로 보냈다. 그렇지만 두 동무들은 적병들에게 제대로 칼 한 번 휘두르지 못하고 있었다.

아직까지 왜적들은 오로지 앞으로 전진하는 데만 신경을 쓰는 것 같았다. 그러다가 천동이 실수로 일 합에 왜적을 죽이지 못하여 두 합에 쓰러지는 바람에 비명이 크게 울렸다. 후미에서 의병들이 공격하는 것을 눈치 챈 왜적들은 웅성거리기 시작했고, 천동의 주위로 많은 왜적들이 몰려들었다. 그때서야 두 동무들은 본능적으로 천동의 곁에 다가가서 칼을 휘두르며 왜적들의 접근을 차단했다. 세 사람은 합심해서 왜적들의 목을 베며 능선의 위쪽으로 후퇴했다. 잠시 후에 달령으로 진입하던 선두의 왜적들이 후퇴하는 소리가 들렸다. 의병들이 쏘는 화살에 동료들이 쓰러져도 조총을 연신 쏘아대며 전진하던 왜적들이 마침내 달령을 포기하고 물러갔다.

천동은 허벅지 쪽이 따끔거려서 만져보았다. 피가 흐르고 있었다. 칼에 베인 흔적이었다. 세 치 길이의 비교적 큰 상처였다. 옆구리 부위에도 큰 상처가 있었다. 조금만 더 깊게 베였다면 창자가 쏟아졌을지도 모르는 위험한 곳이었다. 적병에게 입은 두 번째 상처였다. 천동은 동굴로 가서 산야초를 고아서 만든 환을 녹여서 상처 부위에 바르고 무명으로 붕대를 만들어서 감았다. 이 정도 상처라면 파상풍만 아니면 크게 걱정할 게 없었다.

동무들은 천동에게 미안해서 한마디 했다.

"봉사 나리, 죄송합니다. 우리가 힘이 되지 못하고 짐만 된 거 같습니다."

"무슨 소리를 하는 거야. 너희들이 아니었으면 오늘은 정말 크게 다칠

뻔했어. 전투라는 것이 매번 좋을 수는 없는 것이거든. 언제 죽을지 모르는 게 전장이잖아. 오늘 첫 전투인데도 불구하고 너희들은 잘해주었어. 둘 다 다치지 않고 이렇게 살아서 돌아온 것만 해도 대단한 거야. 정말 잘했어."

"처음에는 정말 다리가 후들거려서 칼을 제대로 쓸 수가 없었어요. 시간이 지나면서 조금 나아지기는 했지만."

"누구나 처음에는 다 그래. 빈말이 아니고 오늘 정말 잘했어. 수고했어."

"많이 다쳐서 어떻게 해요?"

"이 정도 상처는 별거 아니야. 며칠 지나면 괜찮아질 거야."

강목(부지깽이)과 대식(먹쇠)이 본 천동의 동굴집은 환상적이었다. 모든 게 잘 갖추어져 있는 듯이 보였다. 먹을거리로는 훈제고기와 각종 산나물, 약초가 있었고, 소나무로 된 개다리소반과 질그릇, 작은 옹기 등 제법 많은 살림살이가 있었다. 동무들은 자신들과는 다른 천동이 믿음직스럽게 생각됐다.

이튿날 이눌 장군에게서 연락이 왔다. 천동은 아픈 다리에도 불구하고 달령에 있는 의병군의 진으로 찾아갔다. 평소에는 한 식경 걸리던 곳이었는데 칼에 베인 상처 때문에 세 식경이나 걸렸다. 장군은 그의 상처를 보더니 걱정을 많이 했다.

"매번 자네에게 힘든 일을 시켜서 미안하네. 어제 일은 너무 마음에 두지 말게."

"그런 말씀이라면 저는 이만 가겠습니다. 전쟁은 항시 죽음을 동반하는 것인데 전투에서 상처 좀 난 것이 대수겠습니까?"

"그런 게 아니라 난 그저 자네에게 미안해서……."

"제가 좋아서 하는 일입니다. 저 같은 놈이 대장군의 명령이라고 해서 그냥 '예' 하고 그 일을 하겠습니까?"

"아니, 이 사람이. 사람 민망하게시리."

"죄송합니다. 설령 제가 죽더라도 대장군께서는 미안해하지 마시라고 드리는 말씀입니다."

"알았네. 참, 아침나절에 조사해 보니 왜구의 시체가 무려 쉰두 구였어. 왜적들은 동료의 태반을 잃었으니 당분간 이곳에 오지 못할 것이네. 이번에도 자네가 제일 큰 공을 세웠어."

"저 혼자 한 것이 아닌데 매번 저에게 공을 돌리는 장군의 속내를 모르겠습니다."

"예끼 이 사람아, 그걸 자네가 몰라서 하는 말인가? 빈말이나마 칭찬을 하면 그냥 들어줄 줄도 알아야지."

"……"

"양 장군, 다치지 않았으면 오늘 같은 날 승전 축하주를 마땅히 들어야 하는데 아쉽군."

"대장군은 어찌하여 전투에서 한 번도 섬멸작전을 하지 않는 것이옵니까? 이번 전투만 해도 적의 후미를 확실하게 끊어서 앞뒤에서 제대로 공격을 했으면 왜적들을 완전히 섬멸할 수도 있었을 것입니다. 달령의 정상인 이곳으로 오르는 길의 양쪽은 대부분 가파른 절벽이기 때문에 적을 섬멸하기에는 최적의 장소라고 생각되기에 드리는 말씀입니다."

"왜 그랬는지 자네가 정녕 몰라서 묻는 겐가?"

"네, 그렇습니다."

"자네가 몰라서 하는 질문은 아니라고 생각하네. 적을 후미에서 완전히 끊어서 앞뒤로 강력하게 공격을 하면 물론 적의 섬멸은 가능하지. 하지만 그 과정에서 의병들의 희생도 만만치 않을 것이네. 나는 왜적의 수급 열 개보다 의병 한 명의 목숨이 더 소중하다고 생각하는 사람이네. 대답이 되었는가?"

"답을 주셔서 감사합니다. 주상께서 장군의 생각을 아신다면 아마도 상을 주기보다는 귀양을 보내지 않을까 생각됩니다. 그분이라면 필시 의병들이 다 죽더라도 적을 남김없이 섬멸하라고 명령했을 것입니다."

"꼭 그렇게 속을 후벼 파야 직성이 풀리는가? 잔인한 사람 같으니라고."

"대장군, 강화회담은 결국 결렬된 거 같은데 전쟁이 다시 시작되겠지요?"

"관백 히데요시가 호언을 했으니 내년 초에 날이 풀리는 대로 쳐들어올 게야."

"남해야 통제사 이순신 장군께서 계시니까 걱정을 안 해도 되겠지만, 육전은 이번에도 문제가 될 거 같습니다. 실전에 강한 의병장들은 대부분 숨어버리거나 일부는 관군에 흡수되어 전투력이 현저히 저하된 거 같아 보입니다. 누가 있어서 저들의 육군을 막아낼지 의문입니다."

"나도 그게 제일 걱정이야. 현재의 관군 장수들 중에서 왜군과 싸워서 이길 만한 사람이 보이지 않아."

"그렇다면 전투의 결과는 뻔합니다. 임진년의 재판이 되겠지요. 또 왜군들은 수일 내로 한양을 접수하고 다시 강화교섭에 나서겠네요?"

"한 가지 변수는 있어. 명나라가 내부적인 문제를 해결하고 많은 병력을 조선에 파견해 준다면 얘기는 달라질 수 있겠지. 결국 이번에도 조선의 운은 남해의 이순신 장군과 명나라 군대에 달렸다고 봐야지."

"통제사와 조선의 수군함대를 그대로 두고는 재침을 해도 어려울 것이라는 건 바보가 아닌 이상 알고 있을 터인데, 히데요시가 재침을 호언하는 이면에는 뭔가가 있지 않을까 그게 걱정이 됩니다. 정면 승부로 통제사가 이끄는 조선 수군을 이긴다는 건 해상전투의 신이 아닌 한 불가능한 일이 아니옵니까?"

"전혀 불가능한 건 아니야. 지휘관만 바꾸면 충분히 가능한 일이지."

"네? 주상과 조정의 중신들이 바보가 아닌 이상, 대체할 장수가 없는 상황에서 지휘관을 바꾼다는 건 있을 수 없는 일입니다."

"글쎄, 과연 그럴까?"

이눌 장군의 반문에 천동은 잠시 말문이 막혔다. 그는 이따금 이연이 군왕으로 있는 조선의 백성이라는 사실에 참담함을 느끼곤 했다. 천한 신분으로 태어났다는 사실보다 그것이 그의 마음을 더 괴롭혔다. 군왕 같지 않은 군왕을 바라보며 살아야 하는 조선의 백성들은 신분의 고저를 떠나서 모두가 불행한 사람들이라는 생각이 들었다.

"충용장 김덕령 장군도 가시고, 홍의장군의 군세도 조정과 주장의 견제 때문에 예전만 못하니 소인은 그것도 걱정입니다. 아직도 도처에 의병이 남아있기는 하지만 도적의 무리들이 의병이라고 떠벌리는 경우도 제법 있다고 하옵니다. 이놈의 나라 꼬라지가 당최……."

"나도 그 소리는 들었네. 그렇지만 아무리 내 앞이라고 하더라도 말은 가려서 하게. 내가 어제 한 말을 벌써 잊은 게야?"

"아니옵니다. 장군."

"양 봉사, 세 치 혀를 조심하라고 누누이 일렀거늘 왜 그러는가? 나는 자네의 그 혀가 늘 걱정이야."

"걱정 끼쳐드려서 송구합니다. 내내 강녕하시옵소서."

천동은 다시는 안 볼 사람처럼 하직 인사를 올렸다. 천사장 이눌 장군은 그런 천동을 어이가 없다는 듯이 쳐다봤지만 더 이상 아무 말도 하지 않았다. 그가 시야에서 완전히 사라지자 혼잣말로 중얼거렸다.

'네 말이 맞다. 백정의 자식이었던 천동이만도 못한 자들이 조정의 권력을 틀어쥐고 있으니 나라가 이 모양이지. 하지만 천동아! 아무리 하고 싶은 말이 있어도 참고 또 참아야 한다. 그것이 네가 명대로 살 수 있는 방법이다.'

며칠 뒤에 달령에 있었던 이눌 장군의 진영이 보이지 않았다. 반구정으로 진을 옮긴 것이다. 천동은 이눌 장군에게 일부러 못되게 군 것 때문에 며칠 동안 많이 괴로웠다. 존경해서 따르는 분이지만 그도 역시 양반 사대부라는 생각 때문에 심통을 부린 것이다. 그럴 때마다 천동은 '내가 왜 이럴까' 하는 자책을 하곤 했었다.

허울뿐인 양반인 그이기에 양반 사대부 출신의 이눌 장군은 이따금 천동에게 자격지심을 갖게 하는 존재가 되곤 하였다. 강목과 대식은 다시 송내마을로 돌아갔다.

보름 뒤에 무룡산에 눈이 내렸다. 겨울 동안 많아야 두세 번 오는 눈이 내린 것이다. 눈이 내리면 고생하는 사람들이 많지만, 지금 이 순간만큼은 다 잊고 싶었다. 나뭇가지마다 핀 설화가 너무 아름다워서 천동의 가슴을 설레게 했다. 무룡산 정상에서 사방을 둘러봐도 온통 설국이다.

이 아름다운 정경에 몇 달 후면 다시 터질 전란도 잠시 잊고 싶어진다. 눈 덮인 무룡산이 보여주는 선의 아름다움이 고운 한복의 자태를 닮아있었다. 여백의 미로 마음을 아늑하게 해주는 한 폭의 동양화가 눈앞에 펼쳐져 있는 것이다.

천동은 이 신비로운 광경을 오래오래 기억하기 위해서 눈동자에 새겼다. 갑자기 날아오른 까투리가 설경에 미혹된 그의 정신을 돌려놓았다. 꿩을 쫓을까 생각하다가 이내 생각을 바꿨다. 적어도 오늘만큼은 살생을 하기 싫어서였다. 눈 덮인 하얀 산과 파란 동해바다의 조화가 다시 소년의 마음을 훔친다. 소년은 다리에 힘이 풀린 듯 주저앉는다. 잠시 멍한 눈으로 그렇게 있더니 이내 산등성이에 드러눕는다. 소년을 향해 달려들던 눈송이가 입속으로 들어간다. 한 시진을 그런 자세로 있자 소년은 없고 산의 일부가 되어버린 몇 가닥의 선이 생겨났다. 무룡산의 눈은 그렇게 세상을 품고 변화시켰다. 천동은 기다렸다. 화가가 그려놓은 멋진 작품을 자신이 망가트리기 싫어서 눈이 녹을 때까지 동굴에서 겨울잠을 자는 곰처럼 그렇게 시간이 흘러가기를 기다렸다.

산을 내려가서 강목(부지깽이)과 대식(먹쇠)을 만나니 귀신을 보는 듯 그를 대했다. 산으로 올라가서 한 달은 연락도 없이 있다가 갑자기 나타나니 그럴 만했다.

"뭐 하느라고 설도 안 쇠고 이제야 오는 겁니까?"

"설? 오늘이 며칠인데?"

"나흘 전이 설날이었어요. 다들 차례를 지낸다고 야단법석이었는데, 나리 없는 집이 얼마나 쓸쓸했는지 알아요? 사람 드는 것은 몰라도 나는 것은 금방 표가 난다고 하잖아요."

"얼씨구, 이제 우리 대식(먹쇠)이도 문자를 다 쓰네. 훈장 해도 되겠어."

"나리, 놀리지 말아요. 올해는 언문이라도 배울 겁니다."

"그래, 니들끼리라도 제사는 지내지 그랬어."

"간단히 차려놓고 절은 했지요. 이제 아주 내려온 겁니까?"

"그런 건 아니지만 가능하면 자주 올게. 참, 내일 마동마을 뒷산으로 사냥 가자. 거기 가면 아직 노루나 토끼는 좀 있을 거 같아. 겨울인데 몸보신 좀 해야지."

"정말입니까? 장난하는 거 아니지요?"

"진짜야, 속고만 살았나?"

"아니 믿어요. 믿고말고. 파군산 골짜기에는 산양이나 살쾡이도 산다고 하던데요."

"살쾡이든 표범이든 다 잡자. 잡으면 되지 뭐. 아직 시간이 있으니 우리가 사 놓은 황무지에도 가봐야지."

천동과 친구들은 황무지가 있는 화동마을로 가서 자신들이 산 땅을 대견스럽게 바라봤다. 그곳은 더 이상 황무지가 아니었다. 품삯을 주고 사람들까지 동원해서 일군 땅은 농사를 기다리는 여느 농토와 마찬가지로 갈아엎어져 있었다.

"너희들이 고생했다."

"아닙니다. 전에 같이 비럭질하던 친구를 통해서 사람들을 모아서 쉽게 해결했어요. 이 땅은 그들하고 함께 농사를 짓고 수확도 나누고 싶어요. 봉사 나리가 우리에게 했었던 것처럼. 그렇게 하면 그들도 더 이상 비렁뱅이 생활을 안 해도 될 거 같습니다."

"그래, 이곳에 두레마을을 만들어서 집도 짓고 농사도 같이 하면 농번기에 일손이 부족한 문제도 해결되고 좋을 거 같아."

178

"우리 같은 천것들일수록 뭉쳐야지 이 험난한 세상을 살아갈 수 있을 거 같다는 생각이 듭니다."

"야, 우리 부지깽이가 너무 유식해졌어. 과거 봐도 될 거 같은데."

"에이, 그건 아니다. 천자문도 모르는데 무슨 과거를 봅니까. 그럴 자격도 없지만."

"왜적들 서너 명 목을 베서 한양으로 보내면 우리도 면천법에 의해서 양민이 될 수 있어. 그러면 당연히 과거를 볼 자격도 생길 것이고, 잘 하면 봉사 나리처럼 양반도 가능해."

"먹쇠 말이 맞아. 니들도 나처럼 될 수 있어. 그러니까 매일매일 검술 훈련을 게을리 하지 마. 절대로 희망을 포기하지도 말고."

"그렇지만 나리처럼 확실한 공적이 있어야 가능한 거지요. 우린 아직 멀었어요. 왜적들과의 싸움에서 죽지 않고 살아나는 것만도 기적인데⋯⋯."

"아니야, 나도 처음에는 그랬어. 사실 말을 안 해서 그렇지, 나도 처음에는 다리가 후들거리고 정신이 하나도 없어서 죽을 고비를 여러 번 넘겼어."

"그랬구나."

"나리, 우리도 글을 배울 수 있을까요? 꼭 배워보고 싶어요."

"내가 가르쳐 줄게. 배워. 아니, 꼭 배워야 한다. 양반들이나 사기꾼들에게 당하지 않으려면 글자를 알아야 해."

"맞아요. 봉사 나리가 글을 알았기 때문에 김 초시에게 사기당하지 않고 수리안전답을 산 거죠. 그리고 이 땅들은 또 어떻고. 우리들 중에 아무도 글자를 아는 사람이 없었다면 이 황무지를 헐값에 사지도 못했을 겁니다. 그리고 보면 사람은 무조건 배워야 해. 나는 원체 돌대가리라서 제대로 배울지는 모르겠지만 그래도 가르쳐 주세요."

"그래, 그러자. 대신 게으름을 피우면 절대로 용서하지 않는다."

"어련하시겠어요? 나리가 우리에게 검술훈련 시킬 때 보면, 이건 뭐 완전히 못된 시어머니 저리 가라던데요."

"내가 그랬나? 싫으면 배우지 마. 나도 너희들한테 그거 안 가르치면 좋아."

"아니 뭐, 꼭 그렇다는 것은 아니고. 치사하게 그런 걸 물고 늘어지십니까?"

"하하하, 미안. 안 그럴게."

자꾸 이상한 쪽으로 얘기가 오가자 부지깽이(강목)가 얼른 말을 바꿨다.

"이 넓은 땅에 보리와 콩, 수수, 조, 기장 등을 골고루 심어서 추수할 생각을 하면 안 먹어도 배가 부를 거 같아요."

"한 두락 정도는 여름철에 먹을 수 있는 참외, 수박, 오이 등도 심자."

"그런데 이 난리 통에 수박씨는 어디서 구하지? 수박은 양반님들 전유물이잖아."

"내가 그래도 명색이 양반이잖아. 허울뿐이기는 하지만. 조선팔도를 다 뒤져서라도 수박씨를 구해 올게. 그건 걱정하지 마라."

"양반들도 여름철에 수박 먹기가 쉽지 않을 터인데, 생각만 해도 너무 좋다. 올 농사만 짓고 나면 우리도 남부럽지 않게 살게 되겠지?"

"암, 그렇게 될 거야."

그렇게 행복한 상상을 하면서 그들은 송내마을로 돌아왔다.

"내일은 오랜만에 많이 뛰어다녀야 하니까 다들 오늘은 일찍 자둬."

"알았어요. 봉사 나리도 잘 주무세요."

동무들과 헤어진 천동은 부엌에 들어가서 아궁이에 장작에 넣어 구들 장을 달군 후에 방으로 들어가서 바닥에 벌렁 드러누웠다. 한동안 잊고 지냈는데 오늘 문득 국화 누이가 생각났다. 괜히 찾아가면 자칫 누이의 행복을 깨트릴 수도 있다는 생각이 들어서 그동안 그는 가능하면 그녀에 대한 생각조차 하지 않으려고 노력했다. 그녀는 어엿한 양반가의 부인이 되었기에 이제는 자신이 양반의 신분이 되었다고 해도 찾아서는 안 될 일이었다. 천동이 정말 그녀의 행복을 바란다면 그녀를 알았었다는 사실 조차 잊어야 한다는 것을 알기에, 지금 그가 할 수 있는 일은 아무것도 없었다.

천동은 어느 날 갑자기 하늘에서 두레박을 타고 내려왔던 선녀가 다시 하늘로 올라갔다는 그 전설의 주인공이 국화 누이라고 생각하기로 했다. 그렇게 밤새 뒤척이다가 새벽녘에서야 그는 겨우 잠이 들었다.

이튿날 일찍 조반을 먹고 사냥에 나선 그들은 신이 나서 콧노래까지 부르며 지동과 원지마을을 거쳐서 차일마을을 지나 오늘의 목적지인 마동마을 근처에 있는 파군산 골짜기에 당도했다. 정월답지 않게 날씨는 포근했다. 말만 사냥이지 사실은 사냥이 아니었다. 이미 며칠 전에 천동이가 골짜기 여기저기에 올가미를 설치해 놓았는데, 각자 흩어져서 올가미에 산토끼나 노루, 꿩들이 잡혔는지 확인해 나가는 게 전부였다.

두 식경을 확인했는데도 토끼 한 마리도 보이지 않았다. 영지, 상황, 운지 등의 버섯을 조금 채취하고, 더덕은 두 뿌리 캤다. 따사로운 햇살 때문에 별 소득 없는 수색이 지루해질 무렵 어디선가 뾰족한 여자아이의 비명이 들렸다. 골짜기의 특성으로 인해서 소리가 증폭되어 더 크게 들린 탓에 천동과 동무들은 그 소리를 똑똑히 들을 수 있었다.

먹쇠(대식)와 부지깽이(강목)는 조금 두려운 마음이 들어서 잠시 망설이다가 어기적어기적 소리가 나는 쪽으로 향해서 걸어갔지만, 천동은 그 소리의 주인공이 위험에 처해 있다는 것을 본능적으로 감지하고 나는 듯이 달려갔다.

현장인 범놀이터 근처에서 조심스럽게 접근해서 확인해 보니, 다섯 명의 왜인과 두 명의 소녀가 있었다. 왜인들 중 세 명은 팔짱을 끼고 동료가 하는 짓을 구경하고 있었고, 두 명은 소녀들을 겁탈하기 위해 수작을 부리고 있었다. 겁탈 직전의 상황에 놓인 소녀들은 두려움에 바들바들 떨고 있었다. 그녀들은 두 손을 모아 싹싹 빌면서 애원했지만 왜인들은 그들의 말로 뭐라고 주고받으며 낄낄대고 있었다.

"살려주세요, 아저씨."

고개를 갸웃거리던 녀석이 소녀가 한 말을 천천히 따라했다.

"살-려-주-세-요?"

놈은 두 손으로 한 소녀의 얼굴을 감싸고 요리조리 살펴보더니, 그녀의 봉긋한 가슴에 눈을 고정시킨 채 침을 흘리기 시작했다. 그러더니 잠시 후에 한 손으로 그녀의 웃옷을 잡아서 단숨에 찢어 버렸다. 그 바람에 봉오리가 아담하게 영근 소녀의 가슴이 한낮의 햇살 아래 노출되었다. 옆에 있는 나머지 한 소녀도 또 다른 왜인에 의해서 강제로 웃옷이 찢어지려는 순간, 어디선가 날아온 돌멩이가 놈의 머리를 정통으로 맞추었고 놈은 비명도 없이 픽 쓰러졌다. 이미 겁탈을 시작한 왜인은 소녀의 가슴을 드러내놓고 만지려다가 그도 역시 어디선가 날아온 돌멩이에 머리를 맞고 절명했다.

순식간에 벌어진 일이었다. 이것 때문에 팔짱을 끼고 구경하던 세 명의 왜인이 검을 들고 방어 자세를 취했다. 천동은 지팡이의 칼집을 제거하면서 그대로 공격해 들어갔다. 방어는 도외시한 단순무식한 공격 같았으나, 순간적으로 변화를 일으키며 왜인 두 명의 목숨을 거두었다. 나머지 한 명은 놀라서 도망치다가 역시 천동의 칼을 맞고 죽었다.

두 소녀는 네 명의 왜인들이 죽는 모습을 보며 기절해 버렸다. 그녀들로서는 그 편이 훨씬 나았을 것이다. 천동은 가슴이 노출된 소녀의 옷을 여미어줬다. 그러고는 그 옆에서 죽은 왜인들의 시체를 범바위 뒤편으로 가져가서 그녀들이 깨어났을 때 볼 수 없도록 했다. 그런 연후에 천동은 소녀들을 깨웠다.

"많이 놀랐을 것이오. 하지만 이미 왜인들이 다 죽었으니 이제는 안심해도 되오."

아직도 겁에 질려 있는 소녀들은 어떻게 된 상황인지 몰라서 어리둥절했다. 천동은 간략하게 상황을 설명했다. 그녀들은 금세 이 모든 상황이 이해가 된다는 듯이 고개를 끄덕였다.

"감사합니다."

"감사합니다."

"낭자들은 어디 사는 뉘시오?"

"저희는 요 아래 괴정마을 옆에 있는 마동마을에 사는 옥화와 동백이라고 합니다."

"마동마을이면 예로부터 대마를 많이 재배해서 삼밭골로 불리는 곳인데, 경주댁 장 씨 아줌마를 아세요?"

"네, 저는 그 옆집에 살고, 동백이는 그보다 조금 떨어진 골목 어귀에

삽니다. 동백이네는 아주 오래전부터 잘미기 위에 있는 가마골의 숯가마
터에서 숯을 구워 팔아서 삽니다."

"그 숯가마는 천 년도 더 된 것인데, 부잣집 처자군요. 그런데 어쩌다
가 이리 되었소?"

"모처럼 날씨가 화창해서 계곡에 놀러 나왔다가 갑자기 들이닥친 왜인
들에 의해 이렇게 된 것입니다."

"달령을 지키던 이눌 장군도 다른 곳으로 가시고, 기박산성에서 창의
기병을 하셨던 이봉춘 장군도 성을 떠나셨으니 누가 있어서 왜적들을 막
을 수 있었겠소. 하지만 이제 왜적들도 더는 이곳에 나타나지 않을 것
이요."

"어떤 연유에서인지요?"

"자세한 것은 말해줄 수 없지만 머지않아서 알게 될 것이요."

"저 사실은 오라버니를 뵌 적이 있어요. 장 씨 아줌마 집에 들르셨을
때 먼발치에서 두 번인가요."

옥화는 이미 천동을 알고 있었다고 했다. 그리고 그녀는 왜인들에게 겁
탈당하면서 저고리가 찢겨져서 자신의 가슴이 노출되었을 때, 자신을 구
하려던 천동이 봤을 것이라고 확신하고 있었다. 자신이 정신을 잃기 전
에는 분명히 앞섶이 찢겨져서 가슴을 드러낸 상태였는데 깨어나 보니 저
고리가 여미어져 있었다. 그렇다면 당연히 천동이 그리했을 것이고 그는
당연히 자신의 가슴을 봤을 것이다. 그래서 그녀는 우겨서라도 그에게
시집을 가야겠다고 생각했다. 그런 생각으로 얼굴이 붉게 물들어진 상태
인데도 그녀는 용감하게 천동에게 말했다. 참으로 당찬 처자였다.

"물에 빠진 사람 건져놓으니 보따리 내놓으라는 격이지만, 저는 이제

오라버니에게 시집 갈 수밖에 없습니다. 오라버니가 저를 데려가 주세요. 시집도 안 간 처녀가 남정네인 오라버니에게 제 알몸을 보였는데, 제가 어떻게 다른 남자와 혼인을 하겠어요. 정말 염치없는 부탁이지만 오라버니가 그렇게 해 주세요. 네?"

옥화의 말을 듣고 있던 천동은 난감했다. 그렇지만 그녀의 말이 일리가 있었고, 결정을 미루고 그녀에게 답을 안 해주면 무슨 행동을 할지 모른다는 생각이 들어서 잠시 그가 고민하던 차에 마침 그곳에 당도한 부지깽이(강목)가 옥화의 말을 듣고 끼어들었다.

"갑자기 혼인이라니 뭐가 어떻게 돌아가는 거야?"

"아, 저 그게, 별거 아니야. 신경 쓰지 마라."

"저, 이 오라버니랑 혼인할 겁니다. 그렇게 아세요."

옥화는 천동이 답을 주지도 않았는데 그를 가리키며 냉큼 말했다.

"나리, 아가씨가 예쁜데 혼인하겠다고 하세요."

"그 옆의 처자는 어떻게 나랑 안 될까요?"

부지깽이(강목)가 넌지시 옥화 옆에 있던 처자에게 추파를 던졌다.

"전 아직 혼인 같은 거 생각 없습니다. 딴 데 가서 알아보세요."

옥화의 동무는 굳은 표정으로 단호하게 거절의 의사를 밝혔다.

그때 먹쇠(대식)가 커다란 토끼 한 마리를 들고 의기양양하게 나타났다.

"이 정도면 먹음직하지?"

"그래, 그 정도면 여럿이 먹어도 되겠네. 일단 장소를 옮기자. 저 바위 뒤에 왜구들의 시신이 있는데 여기서 구워 먹기는 좀 그렇잖아."

천동과 동무들, 아가씨 등 다섯 명은 마을 쪽으로 한참을 내려가다가 계곡에 자리 잡고 토끼를 손질한 후에 통구이를 해서 먹었다.

"야, 사내들 셋이 먹는 것보다 아가씨들과 같이 먹으니 훨씬 맛있다, 그치? 봉사 나리도 그렇죠?"

봉사 나리라는 말에 두 처녀의 낯빛이 굳어졌다. 그냥 자신들과 처지가 비슷한 사람이라고 편하게 생각했는데, 봉사라는 관직의 양반이라니까 갑자기 모든 게 불편해졌다. 그런 분위기를 눈치 챈 부지깽이(강목)가 이번에도 끼어들었다.

"그걸 말이라고 해요, 이렇게 꽃 같은 아가씨들이랑 같이 있는데 안 먹어도 배가 부르지. 낭자들, 같이 먹어줘서 영광입니다. 고맙습니다."

부지깽이의 너스레에 옥화와 동백은 흰 이를 드러내며 해맑게 웃었다. 천동은 마음이 아늑해지는 것을 느꼈다. 그런데 또 이 순간에 갑자기 국화 누이가 생각났다. 천동은 요즘 자신이 왜 이러는지 정말 알 수가 없다. '정말 누이를 한번 찾아가 볼까' 하는 생각을 다시 하다가 고개를 절레절레 흔들며 그래서는 안 된다고 자신의 마음을 다잡고 추슬렀다. 그때 멍하니 생각에 잠긴 천동이 이상하다는 듯이 옥화가 물었다. 관직 따위는 싹 빼고, 들은 바 없다는 듯이 처음의 호칭을 그대로 사용했다.

"오라버니, 무슨 생각을 그렇게 골똘히 하세요? 혹시 제가 혼인하자고 한 거 때문에 고민하시는 건가요?"

"아니야, 나 같은 사람한테 옥화같이 예쁜 처자가 시집온다고 하면 감사해야지 무슨 고민을 해. 나에게 옥화는 너무 과분해. 아마 부모님들이 몹시 심하게 반대하실 거야."

"부모님께서도 오라버니를 아세요. 좋은 총각이라고 하셨어요. 절대 반대 안 하실 거니까 걱정하지 마세요. 그리고 기왕 말이 났으니 좀 있다가 저랑 같이 가서 부모님께 인사드려요."

대책 없이 마구 들이대는 옥화로 인해 천동은 정신이 없었다.

"혼인이라는 게 중간에 오작교를 놓는 매파가 있어야 하고 그것이 예부터 내려온 풍습인데, 이 조선땅에서 이런저런 거 다 무시하고 이래도 되는지 생각해봐야 하잖아."

"역시 오라버니는 양반님이라서 그런 절차를 지켜야 한다는 거네요."

"나는 그런 거 안 따지는 사람이야. 그렇지만 혼인이라는 게 우리 두 사람의 문제만은 아니잖아. 사람들에게는 기본적으로 지켜야 할 법도가 있어서 그러는 거지. 인륜지대사에 최소한의 절차는 있어야 하는 거야."

천동의 말을 듣고 옥화는 다시 침울해졌다.

'하필 가슴을 본 사람이 양반일 게 뭐람.'

그녀는 자신과 처지가 같은 양민과의 혼례를 생각했을 뿐, 태어나서 한 번도 신분이 다른 양반과의 혼례는 꿈꾸어 본 적이 없다. 천동은 그녀가 깊게 고민하자 자신이 풀어야겠다고 생각했다.

"그래, 그러자. 인사드릴게."

"뭐야, 혼인은 인륜의 뭐라고 하던데, 이렇게 막 결정해도 되는 거요? 둘 다 신중하게 결정해. 최소한 며칠이라도 진지하게 생각해 보고 결정해도 되잖아요. 뭐가 그리 급한데?"

두 사람 다 혼인을 소꿉놀이 정도로 생각하는 것 같아서 걱정이 된 부지깽이가 한마디 했다.

"우리 부지깽이 또 유식해지려고 하네. 네 말도 맞지만 옥화는 내게 과분한 규수야. 게다가 우리는 이제 어쩔 수 없이 혼인할 수밖에 없는 사정이 생겼어."

"그게 무슨 소립니까? 그새 무슨 일이 있었기에 두 사람이 혼인할 수밖에 없는 사정이 생겼어요? 먹쇠야, 너는 아는 거 있어? 도대체 무슨 소리들을 하는 거야?"

"어떨 때는 그냥 궁금해도 넘어가 주는 게 상대방을 위한 거야. 네가 내 동무라면 더 이상 묻지도 말고 알려고도 하지 마. 그냥 날 믿어 줘."

말이 길어지면 옥화가 곤란하게 될 것 같아서 천동은 목소리를 낮게 깔고 진지하게 말했다.

"아, 알았어요. 그럴게요. 나야 봉사 나리 말이라면 팥으로 메주를 쑨다고 해도 믿을 겁니다."

"그래야지. 보지 않고 믿는 자에게는 더 큰 복이 생기는 법이거든."

"⋯⋯?"

동백은 어쩔 수 없는 상황이었지만 낯선 사내인 천동에게 가슴을 보이고도 최악의 상황을 최상의 상황인 혼인으로 연결시키는 자신의 친구 옥화의 기지와 대담함이 부러웠다. 옥화가 아닌 자기가 천동에게 가슴을 보이는 수치를 당했다면 그렇게 용감하게 혼인해 달라고 나서지 못했을 것이다. 아니, 대부분의 처자들이 다 그리하지 못했을 것이다. 그래서 짚신도 짝이 있다는 것을 그녀는 오늘 이 순간 확실히 믿게 되었다. 아직 부모님들의 승낙도 안 받은 상황인데도 세 사람은 천동과 옥화의 혼인을 미리 축하해 주며 박수를 손이 아프도록 쳐 주었다.

동무들을 먼저 보내놓고 천동은 옥화를 따라서 대추나무 한 그루가 마당에 있는 그녀의 집으로 갔다. 그녀가 사는 초가집은 비록 초라했지만 정갈하고 모든 것이 잘 정돈되어 있었다. 집주인의 성품을 알 수 있을 것 같았다. 옥화는 마당에서 부모님을 불렀다.

"아버지, 어머니, 저 왔어요. 잠시만 나와 보세요."

잠시 후에 옥화의 부모님이 마루로 나오다가 낯선 사내를 발견하고 물었다.

"네 옆에 있는 도령은 누구시냐?"

"자세한 것은 방에 들어가서 말씀 드릴게요. 오라버니, 인사드리세요. 저의 부모님이십니다."

"처음 뵙겠습니다. 송내마을에 사는 양가 천동이라고 하옵니다."

"양가 천동이라고 하시면 혹시 면천법에 의해서 속량되고 관직까지 제수 받았다고 소문이 자자한 송내의 봉사 나리가 맞으십니까?"

옥화 모는 활짝 웃는 얼굴로 호들갑을 떨며 말했다.

"대충은 맞는 거 같습니다."

"이제 양반이 되셨고 신분이 달라지셨는데 저희 같은 양민과 정말로 혼례를 할 생각입니까?"

천동은 다소 경망스럽지만 시원시원한 옥화 모의 성격에 오히려 마음이 편해졌다.

"네, 안 그러면 제가 왜 아버님, 어머님께 인사를 드리러 왔겠습니까?"

"근래에 제법 땅도 많이 사셨다는 소문이 있는데 그것도 맞습니까?"

"과장된 소문이기는 하지만 맞는 거 같습니다."

"그러시면 제 딸아이는 첩실로 맞으실 겁니까?"

금쪽같은 자신의 딸에게 첩실 운운하는 옥화 모의 말에 천동은 어이가 없었다.

"옥화같이 예쁜 처자를 첩실로 맞다니요? 당연히 정실부인입니다. 저는 아직 미장가인 순수 총각입니다. 안심하셔도 됩니다."

원하던 대답을 들은 그녀는 연신 웃음을 흘리며 두 사람을 방으로 이끌었다.

"어서 들어오시지요. 옥화 너도 들어오고."

"네."

천동은 방으로 들어서자마자 큰절을 올렸다. 절을 받고 난 옥화의 부친이 다시 물었다.

"그래, 어찌된 영문인지 말씀 좀 해 보시죠?"

천동은 오늘 일어난 일에 대해서 가감 없이 솔직하게 말씀드렸다. 옥화의 부모님은 고개를 끄떡이며 딸아이를 나무랐다.

"생명의 은인에게 혼인을 해 달라고 떼를 쓰는 것은 온당치 못한 처사다. 물론 낯선 남자에게 가슴을 보였다면 정절을 잃은 거나 마찬가지만, 그래도 그건 예가 아니다. 봉사 나리는 이 아이에게 신경 쓰지 마시고 천천히 생각해 보시지요. 혼인은 인륜지대사인데 그렇게 갑자기 결정하면 나중에 후회할 수도 있습니다."

"아닙니다. 허락해 주신다면 저는 기쁜 마음으로 옥화낭자와 혼인을 하겠습니다. 허락해 주시지요?"

"이미 정절을 잃어 흠이 생긴 딸아이인데 제가 마다할 이유가 없지요. 게다가 내 딸의 목숨까지 살려준 은인이라면 더 생각해서 무얼 하겠습니까? 게다가 양반 댁 정실부인이라니? 허락을 구해야 할 사람은 오히려 저희 부부입니다. 흠이 많은 아이지만 제 딸아이를 거두어 주십시오."

"그럼 허락하신 걸로 하고 이 순간부터 저를 양 서방이라고 불러주시기 바랍니다."

"그렇게 하겠습니다, 나리."

"아버님, 어머님, 그 나리라는 말은 빼고 그냥 양 서방이라고 부르시라니까요."

"그럼 사람 없는 곳에서만이라도 그냥 양 서방이라고 부르겠습니다."

"감사합니다."

"양 서방?"

"네, 아버님!"

"하하하하."

장인과 사위가 되기로 한 천동은 오랜만에 큰 소리로 웃었다. 아버지가 천동에게 양 서방이라고 부르는 것을 듣고 옥화는 기뻐서 어찌할 줄 몰랐다. 왜인들에게 붙들려가서 능욕을 당하기 직전까지만 해도 지옥이었는데, 불과 반나절도 안 돼서 이렇게 기쁜 일이 생긴 것이 꿈만 같았다.

"나도 우리 양 서방을 환영합니다."

옥화의 어머니도 활짝 웃어보였다.

"아버님, 어머님, 고맙습니다. 부모님도 다 돌아가시고 의지할 곳조차 없는 몸이라서 두 분을 친부모님처럼 생각하며 살겠습니다. 저는 갑자기 허울 좋은 양반이 되었지만 태생이 천한 놈이라서 굳이 양반들이 만들어놓은 예의범절에 얽매이고 싶지 않습니다. 그저 자식 하나 더 생겼다고 생각하시고 저를 사위가 아닌 자식으로 대해주시기 바랍니다."

"우리야 양 서방의 그런 마음만으로도 고맙지. 자네 말대로 조선의 법도를 떠나서 그냥 부모와 자식처럼 그렇게 지내보세나."

그날 천동은 그 집에서 저녁까지 먹고 집으로 갔다. 비록 씨암탉은 없었지만 그분들의 진심어린 마음이 전해져서 더없이 푸짐하고 넉넉한 대접이라는 생각이 들었다. 기분이 좋아진 그의 발걸음은 경쾌하고 가벼웠다.

집으로 가는 길은 아직 초저녁이라서 어둡지 않았고, 마음은 어느 때보다 밝았다. 지당마을은 김 초시가 살고 있어서 이번에는 산길을 택했다. 한참을 걷다 보니 천동의 눈에 이상한 광경이 목격되었다.

웬 할머니 한 분이 조그만 봉분의 무덤 앞에 앉아 있었다. 무덤은 만들어진 지 그리 오래되어 보이지 않았다. 혹시 여우가 아닐까 잠시 생각했지만 호랑이라도 두려울 게 없는 그이기에 빠른 걸음으로 다가갔다. 저녁노을에 반짝이는 노파의 은빛 머리칼이 섬뜩한 느낌으로 다가왔지만 그는 개의치 않았다. 잠시 후에 천동은 궁금한 것을 물어보았다.

"할머니, 여기서 뭐하시는 겁니까?"

"나, 이 무덤의 주인이 불쌍해서 가끔 이곳을 지나갈 때는 이렇게 앉아서 한참을 있다가 간다우. 내가 좀 이상해 보이지?"

"아뇨, 그런 건 아니고요. 할머니, 이 무덤의 주인을 아세요?"

"알다마다. 내가 만들어 준 건데……."

"혹시 이 무덤의 주인에 대해서 여쭈어 봐도 될까요?"

"나도 자세히는 몰라. 얼굴이 동글동글하고 키가 아담한 양반댁 부인 같았어. 난리 통이라서 장사지낼 돈이 없었는지 몰라도 누군가 그냥 내다 버렸어. 웬만하면 조그마한 봉분이라도 만들어주지. 몹쓸 사람들 같으니라고. 참, 손에 낀 옥반지는 빼지 않은 상태였는데 특이하게도 일반 가락지와는 다르게 붉은색이 강한 그런 옥가락지였지. 그게 잊히지가 않네. 짐승들이 좀 뜯어먹다가 만 상태라서 나도 좀 무서웠지만 눈 딱 감고 작게나마 봉분을 만들어 준 거야. 늙은이가 이거 만드느라 고생을 좀 하기는 했지만 잘했다는 생각이 들어. 내가 잘한 거 맞지?"

"네, 할머니. 감사합니다. 그리고 만드느라 고생하셨는데 이거 받으세요. 얼마 안 돼요."

천동은 엽전 한 냥을 할머니의 손에 쥐어 드렸다.

"총각이 나한테 왜 이렇게 많은 돈을 줘? 무덤 주인하고 무슨 관계라도 있는 거유?"

"네, 조그마한 인연이 있습니다. 할머니, 제가 여기서 조금 있다가 가고 싶은데 자리 좀 비켜주시겠어요?"

"그래, 알았어."

노파가 가고 나자 천동은 참았던 눈물을 쏟아냈다. 이 무덤의 주인은 더 알아보지 않아도 옥화 누이가 분명했다. 그녀는 한 번도 지아비가 사준 옥가락지를 빼 본 적이 없다고 했다. 옥가락지 특유의 푸른색이 나는 상품의 반지가 아니라 붉은빛이 감도는 최하품이기에 아무도 그런 질 낮은 옥으로 가락지를 만들지 않았다. 그래서 그것은 세상에서 하나뿐인 옥가락지가 된 것이다. 잘 살고 있을 것이라고 생각했던 누이가 죽어서 무덤에도 못 들어가고 시신이 버려졌다는 것이 이해가 되지 않았다.

천동은 사람들을 사서 누이의 무덤을 제대로 만들어 주고 비석과 상석도 만들 생각이었다. 비록 살아서의 인연은 신분의 차이 때문에 더 이상 이어가지 못했지만 죽은 누이의 무덤만큼은 자신의 부인처럼 만들어서 그녀와 못다 이룬 인연의 한을 풀 것이다. 그렇다고 하더라도 어찌된 것이지 연유는 알아야 하겠기에 천동은 김 초시 댁으로 찾아갔다. 마침 김 초시는 출타 중이었고 하인인 꺽쇠만 있었다. 그는 꺽쇠에게 엽전을 두둑하게 쥐어주고 누이가 왜 어떻게 죽었는지를 소상하게 물었다. 하인으로부터 그간의 얘기를 소상히 들은 천동은 두 주먹을 불끈 쥐었다.

"잡놈의 새끼!"

언젠가는 반드시 김 초시가 한 짓에 대한 대가를 치르게 할 것이다. 그러나 지금은 이미 혼례를 약속한 옥화도 있고 해서, 천동은 신중하게 그 일을 처리할 생각이었다.

다음 날 아침부터 천동은 바쁘게 움직였다. 인부들을 동원하고 묘를 만드는 데 필요한 도구와 물자를 준비한 후에 지관을 불러서 묏자리를 보고 서둘러 이장을 했다. 천동은 석물 대신 나무로 만든 형상들을 세우고 비석 대신 임시로 비목을 세웠다. 비목에는 '우시산국 웅촌박씨 국화지묘'라고 썼다.

무덤의 주인에게 술 한 잔 올리고는 배례를 했다. 꾹꾹 눌러왔던 슬픔이 폭발하면서 눈물을 쏟아냈다. 목울대를 타고 넘어오는 슬픔이 가슴을 적셨다.

"누이!"

천동은 눈물이 그렁그렁한 모습으로 한참을 그렇게 있었다.

무덤의 이장을 마친 천동은 인근에서 말 많은 사람들을 동원해서 김 초시의 악행에 대해서 소문을 퍼트렸고, 소문은 바람처럼 울산 전역으로 번져갔다.

정유재란과 이중첩자 요시라

정유재란과 이중첩자 요시라

1596년 병신년 십이월 중순의 어느 날, 잠시 자신의 나라인 왜로 돌아간 고니시는 나고야 성에서 주군인 관백 히데요시와 밀담을 나누었다. 사항의 심각성을 고려해서 시중드는 여인들조차 물린 상태였다. 고니시의 표정은 그 어느 때보다도 굳어있었지만, 히데요시는 여느 때와 마찬가지로 표정의 변화가 없었다. 주군이 입을 열기도 전에 고니시가 조바심을 이기지 못하고 침묵을 깼다.

"관백 합하!"

"아, 차부터 들고 좀 천천히 말하게."

"네."

고니시는 조바심을 내며 차를 단숨에 마셔 버렸다. 그런 고니시를 히데요시가 가볍게 나무랐다.

"이봐. 차 마시는 법도 잊었나?"

"아니옵니다."

"그럼 잠시 기다려."

일다경의 시간이 흐른 후에야 히데요시가 말했다.

"말해보게. 하고 싶은 말이 무엇인가?"

"관백 합하, 1차 조선침공이 소기의 성과를 이루지 못한 것은 오로지 한 가지 이유라고 생각합니다."

"그래? 자네가 생각하는 그 한 가지라는 게 무엇인가?"

"네, 조선 수군과 이순신입니다. 그중에서도 이순신 때문이라고 생각합니다. 판옥선이 주류를 이루고 있는 조선 수군이 막강하기는 하지만 그 수군을 지휘하는 통제사 이순신이 아니었다면 우리 일본국이 자랑하는 수군 장수들이 그렇게 무참히 패하지 않았을 것이옵니다."

"그거야 그렇지. 고작 그 말을 하려고 이런 자리를 마련한 것은 아닐 것이고, 계속해 보게."

"내년 초에 조선정벌을 위해서 재차 출병을 한다고 해도 이순신이 있는 한 어려울 것입니다."

"그래서?"

"조선 수군과 이순신을 분리시키는 것입니다."

"그렇게 된다면야 더할 나위 없겠지만 그게 가능한 일인가?"

"네, 가능합니다. 제가 조선에 심어놓은 이중첩자를 이용하여 공작을 해 보겠습니다. 가토의 군대를 태운 일본국 함선의 부산진 도착시간을 알려주고 그들이 믿게 할 것입니다. 시간차는 나흘을 생각하고 있습니다."

"이제는 조선도 임진년의 조선이 아니야. 그들이 쉽게 그 말을 믿겠는가?"

"조선은 지금 전란 중인데도 불구하고 당쟁이 극심합니다. 게다가 조선왕인 이연은 군대를 가진 장수들에 대한 의심이 지나치게 많습니다. 지난 8월에는 우리 일본군대의 눈엣가시 같은 존재인 의병장 김덕령이를 서인들이 모함하였는데, 조선왕은 이때다 싶어서 김덕령을 친국하며 서인들이 그를 국문으로 주살하는 것을 묵인했습니다.

조선에서 이제 남은 장수는 이순신과 곽재우 정도입니다. 곽재우는 영남사림의 절대적인 지지를 받기 때문에 아무리 조선왕이라고 해도 함부로 어쩌지 못하지만 이순신은 다르옵니다. 백성들이 이순신을 따르고 막강한 함대를 보유한 까닭에 조선의 조정이나 지방의 수령방백들까지도 그를 무서워하고 있습니다. 그래서 그들은 이순신이 없어졌으면 하는 생각을 가지고 있다는 것이 첩자들의 공통된 보고입니다. 따라서 이순신을 지독히 미워하는 서인의 무리들을 적당히 충동질 시키면 이순신이 걸려들 것입니다. 조선인들은 머리가 좋은 민족이지만 그것이 오히려 독이 될 때가 있습니다. 그들은 우리가 던진 밑밥의 위험성을 알면서도 붕어처럼 입질을 하고 낚싯바늘을 삼킬 것입니다."

"이순신이라면 우리가 흘린 정보를 믿을 리가 없잖은가?"

"당연히 영민하고 조심성이 많은 이순신은 조정의 명령이라고 해도 쉽게 움직이지 않을 것입니다. 그러면 반대파들이 조정을 우습게 여기고 명령에 불복종한 이순신을 체포하여 한양으로 압송한 후에 삼도수군통제사를 교체할 것입니다. 전란이 끝나지 않았는데 장수를 교체하는 것은 어리석은 짓이지만 지금의 조선이라면 그런 일이 반드시 일어날 것입니다."

"상당히 일리가 있는 말이야. 이순신을 대체할 통제사는 누가 될 것 같은가?"

"아마도 서인과 북인의 지지를 받는 원균이 될 것이옵니다."

"원균이라? 육전에서라면 몰라도 해전은 지휘한 경험이 없는 장수가 아닌가?"

"이순신 밑에서 약간의 경험을 쌓았을 뿐입니다. 원균은 그릇이 다르기 때문에 우리의 수군 장수들이 능히 격파할 것입니다."

히데요시는 원균에 대한 정보가 담긴 문서를 찬찬히 읽어보았다. 원균은 용맹하기는 하나 탄금대 전투에서 패하여 스스로 목숨을 버린 신립처럼 지략이 없고 참을성 또한 적은 자라고 적혀 있었다. 해전은 맹장(猛將)보다 지장(智將)이 유리하다는 것을 이순신을 통해서 확실하게 알게 된 히데요시는 비로소 웃은 얼굴로 고니시를 쳐다보았다.

"만약에 조정의 요구대로 이순신이 출병을 한다면 어떻게 되는가?"

"그럴 가능성은 거의 없지만, 걱정하지 않으셔도 됩니다. 부산과 대마도 사이는 남해의 지형과는 판이하게 다르옵니다. 탁 트인 바다에서 싸운다면 우리가 일방적으로 당하지는 않을 것입니다. 그리고 앞서 말씀드렸다시피 우리의 가토군이 무사히 부산포에 도착한 후에 이순신의 함대가 나타날 것이기 때문에 육지의 방어진지에서 방어를 하면 아무리 이순신이라고 해도 어쩌지 못할 것입니다."

"훌륭하군. 훌륭해."

"합하, 이젠 안심하시고 출병을 결정하시옵소서. 2차 조선정벌은 반드시 성공할 것입니다."

"막대한 전쟁비용이 걱정인데 그들의 도움을 받아야 하지 않겠나?"

"걱정하지 마시옵소서. 이미 예수회 신부들과 포르투갈의 세바스티앙 왕조로부터 상당량의 전쟁물자를 지원받기로 했습니다."

"그대가 보기에 그들이 왜 조선정벌에 그렇게 적극적인 것이오?"

"합하, 포르투갈은 아직 스페인의 속국이옵니다. 그래서 해외 무역을 통해서 국력을 키우고 있는 중입니다. 조선은 지금 외국과의 통상을 거부하는 쇄국정책을 쓰고 있습니다. 포르투갈로서는 조선의 시장이 아까운 것입니다. 조선인들은 손재주가 뛰어나고 머리가 좋아서 일본국의 지배를 받게 된다면 상공업을 크게 부흥시킬 수 있다고 보는 것입니다. 세계적으로 명국의 도자기가 일등이라고 알려져 있지만 사실은 조선의 도자기 기술이 더 앞서 있습니다. 조선인들의 손으로 생활에 필요한 물건들을 만들게 해서 구라파에 내다 팔면 막대한 이익을 볼 것입니다. 포르투갈의 세바스티앙 왕조는 그것을 노리는 것입니다."

"그대는 내가 기리시단을 탄압한 것에 불만이 많을 게야."

"아니옵니다. 합하께서 조선을 정벌한 후에 그곳에 기리시단의 뿌리를 내릴 수 있게 허락하신 것만으로도 감읍할 뿐입니다."

"이번에는 확실하게 일을 처리해서 조선팔도 중에서 남쪽 삼도인 경상, 전라, 충청을 우리의 영토로 만드는 데 일등공신이 되도록 하게."

"합하, 통제사 이순신의 제거 공작을 반드시 성공해서 2차 조선정벌의 초석이 되도록 하겠습니다."

"이번에는 가토가 제일대를 맡고 그대는 제이대를 맡게 될 게야. 더 할 얘기 없으면 이만 가봐."

"예, 관백 합하."

고니시가 밀담을 나누고 나오자 히데요시의 호위무사인 것처럼 보이는 자가 그림자처럼 그를 따라붙었다.

"장군, 잘 하시었습니다."

"누구?"

그의 물음에는 관심도 두지 않는다는 듯이 무사는 순식간에 사라졌다. 고니시는 잠시 멍하니 서 있다가 아무 일도 없었다는 듯이 서둘러 대마도로 향했다. 그곳은 사위인 종의지가 섬 전체를 장악하고 있기 때문에 고니시가 가장 믿고 쉴 수 있는 곳이었다. 이번 작전이 어떤 의미인지 아는 그이기에 천하의 고니시도 긴장을 하고 있었다. 선상에서 보는 석양의 저녁놀은 언제 보아도 아름다웠다. 그는 인간의 저녁도 저렇게 아름다웠으면 좋겠다는 생각을 했다.

그의 손에 묻힌 피를 한데 모으면 연못 하나는 충분히 만들 정도로 그는 지금까지 너무 많은 사람을 죽였다. 그런데 어쩌면 또다시 그만큼의 피를 그의 손에 묻혀야 한다는 생각을 하니 마음이 좋지만은 않았다.

아무리 관백의 명령이라고는 해도 죽은 자의 귀까지 잘라서 바친 그의 행동은 인간으로서 할 짓이 아니었다. 전장에서 십자가 군기를 내세우고 세르페데스가 군막에서 매일 미사를 올리기는 하지만 그런다고 과연 고니시 자신이 조선 백성에게 지은 죄를 용서받을 수 있을 것인지에 대한 확신은 없다. 사람을 죽여 놓고 미안해한들 그 사실이 사라지는 것은 아니기 때문이다.

관백인 히데요시 말고도 자신에게 전쟁을 주문하고 명령하는 사람들이 더 있기에 어쩌면 그에게 있어서 전쟁은 피할 수 없는 운명인지 모른다. 피할 수 없으면 부딪혀서 해결해야 하는데, 최선이 무엇인지는 도무지 생각나지 않는다. 그래서 그가 차선으로 선택한 것이 이번 공작이다. 따라서 이번 공작을 반드시 성공해서 가능한 한 적은 희생으로 원하는 목적을 달성해야 한다고 그는 다짐했다.

인간사회에서 전쟁만큼 잔인한 것은 없다. 일반적으로 살인은 특정 대상을 목표로 하지만, 전쟁은 불특정 다수의 대량살상을 불러 온다. 전투에 동원되는 병사들보다 민간인들이 더 많이 죽는 것이 바로 전쟁인 것이다. 더불어서 전쟁은 약탈, 방화, 강간 등의 파괴적 행위에 익숙해지게 하여 인륜과 도덕, 문화, 문명까지도 무차별적으로 파괴한다. 그런 전쟁을 자신이 앞장서서 해왔고, 관백을 부추겨 또 다른 전쟁을 도모하고 있다. 자신의 내부에 있는 또 다른 자신은 누구일까? 고니시는 이 모든 것이 저녁노을 때문에 생겨난 일시적인 감정놀음이라며 스스로를 다잡았다.

어둑어둑할 무렵에 고니시가 탄 함선이 대마도에 도착했다. 선착장에는 그의 사위이자 대마도주인 종의지를 비롯한 그곳의 유력인사들이 죄다 나와서 고니시를 영접했다. 간단하게 저녁을 먹은 그는 연회를 내일로 미루고 미리 준비된 곳으로 갔다. 그곳은 조선통신사들이 교토로 들어가기 전에 머물다 가던 곳이었다. 대마도주는 그곳을 중심으로 오백 보 내에 개미 새끼 한 마리 얼씬거리지 못하게 곳곳에 병력을 배치했다. 철통 같은 보안 속에서 안내된 곳에는 일남일녀가 미리 기다리고 있다가 큰절로 그를 맞았다.

"주군을 뵈옵니다."

"주군을 뵈옵니다."

"그동안 참 잘해주었다. 이번에는 지금까지와는 비교도 안 될 중요한 일이 있어서 너희들을 불렀다. 사안의 중요성 때문에 이곳 근처에는 아무도 접근하지 못하도록 조치를 해 놓았다. 이제부터 너희들이 할 일에 대해서 설명할 것이니 머릿속에 넣고 잊지 말아야 한다. 너희들이 참고 할 중요한 내용에 대해서는 일본어가 아닌 신라의 이두로 적었다. 현재 조선에서는 이두문자를 해독할 자가 거의 없기 때문에 분실을 해도 큰 문제는 없지만 그래도 만사는 불여튼튼이라고 했다. 조심해라."

"네, 주군."

고니시는 두 사람에게 조선에 들어가서 할 공작의 내용에 대한 자세한 설명을 하고 이두문자로 된 지령문을 건네주었다.

"요시라와 하나코, 나는 너희들을 믿는다."

"반드시 해내겠습니다, 주군."

요시라와 하나코는 미리 정해진 각자의 방으로 갔다. 요시라는 자신이 묵을 방으로 갔으나 쉽게 잠을 자지 못했다. 지금까지 수많은 밀명을 수행했지만 이번 건은 그 중요성에서 과거의 일들과는 비교가 되지 않는다. 강화협상에서 주군인 고니시가 한 실수를 만회하려면 당연히 이번 공작을 성공해야 한다.

조선에서 살다시피 한 게 8년이 되어가다 보니 요시라(세평)는 조선이란 나라에 대한 남다른 애증이 생겼다. 천동과의 관계는 좀 애매하다. 자신이 체계적으로 훈련시키려고 했지만 그것을 거부하고 몰래 사라진 그를 딱히 제자라고 할 수도 없고, 그렇다고 자신에게 정보를 제공해주는 첩자로 이용할 수 있는 녀석도 아니다. 그렇지만 자신의 손으로 그의 목숨을 거두고 싶지는 않다. 그 녀석에 대한 자신의 감정이 참으로 복잡 미묘하기에 적어도 한 번은 더 만나야겠다는 생각이 들었다.

고니시를 주군으로 모시고 있는 그에게 생각이 많다는 것은 그리 좋은 모습이 아니다. 그저 아무 생각 없이 주군의 명령을 수행하고 자신의 목숨은 오직 한 사람을 위해서 미련 없이 버려야 한다. 그런데도 요즘 요시라(세평)는 생각이 너무 많다. 주군이 자신에게 준 이름인 요시라보다 세평이라는 이름에 애착이 가는 것도 그의 마음에 뭔가 변화가 생겼기 때문일 것이다. 방에서 혼자 안주도 없이 술병을 입에다가 대고 벌컥벌컥 마셔대는 자신의 모습이 참 낯설게 느껴졌다. 그때 조용히 방문이 열렸다. 방문을 열고 들어온 것은 다른 사람이 아닌 하나코였다.

"아저씨, 왜 이러고 계세요?"

"응, 넌 자지 않고 웬일이냐?"

"아저씨가 이럴 거 같아서 건너왔어요. 제가 아저씨 재워드릴게요."

말을 마친 하나코는 그의 곁으로 다가가며 적극적으로 그를 유혹했다. 일방적인 그녀의 도발이었다. 그렇지만 그는 꿈쩍도 하지 않았다. 그녀의 노력에 전혀 반응이 없었던 것이다.

"하나코, 부질없는 짓이다. 나는 이미 내 스스로 남성의 기능을 없애버렸다. 무술을 연마하는 데 잡생각은 방해가 되기 때문이다. 그리고 한 가지 더 이유를 말한다면 바로 너 때문이다. 너 또한 주군의 명령을 충실히 수행해야 하는 입장인데 내가 쓸데없이 너에게 연정을 품는다면 너와 나, 주군 모두에게 좋지 않은 결과를 낳을 것이기 때문이다. 네가 다른 남자의 품에 안기는 것을 내가 용납하지 못할 때 어떤 일이 일어날지는 너도 능히 짐작할 것이다. 나는 그런 인간이 되기가 싫었다. 그래서 택한 것이 여인을 품을 수 없는 사내 아닌 사내로 나를 만드는 것이었다."

"세평 아저씨!"

하나코는 그를 붙잡고 울음을 터트렸다. 그녀의 오열은 한동안 계속되었다. 울 만큼 운 그녀는 다시 세평에게 물었다.

"아저씨, 이제 어떻게 사실 거예요?"

"뭘 어떻게 살아, 주군이 주시는 밀명이나 이행하면서 사는 거지. 그러다가 재수 없으면 죽는 거고. 그게 우리 같은 사람들의 운명이야."

"아저씨!"

"이번 공작만 끝나면 주군에게 말씀드려서 하나코는 평범한 여인의 길을 가게 할 생각이다. 네가 일반 여인들처럼 아이 낳고 지아비의 사랑을 받으며 행복하게 사는 모습을 보는 게 나의 유일한 희망사항이다. 그러니 너도 그렇게 알고 이번 공작이 끝나는 대로 네 마음에 드는 녀석을 찾아봐라. 네가 원하는 사내라면 내가 가진 돈과 힘을 총동원해서라도 너와 혼인을 하도록 도울 것이다."

하나코는 세평을 애처로운 눈으로 바라보며 다시 눈물을 흘렸다.

"아저씨께 목숨을 구명 받은 은혜도 못 갚았는데 어떻게 제가 그걸 넙죽 받아요? 저는 그렇게 못합니다."

"하나코, 나는 어차피 후사도 없이 그냥 죽어야 할 운명이다. 너라도 행복하게 사는 걸 보면 내 죽음이 덜 허무할 것 같아서 그러는 것이니, 거절하지 말고 주는 대로 받아라. 내일 바로 조선으로 떠나야 하니 이만 자자."

하나코는 그날 자신의 방으로 가지 않고 세평의 품에 안겨서 단잠을 잤다. 그리고 이튿날 둘은 조선인의 복장으로 갈아입고 대마도를 떠났다.

1597년 1월 8일(음력), 요시라 일행은 새로 경상도 감영이 설치된 대구의 한 기방에 나타났다. 그는 주인에게 한 달분의 비용을 선불로 지급하고 별채를 통째로 빌렸다. 그런 다음 시장에 가서 각종 포목과 장신구들을 구입하여 치장했다. 준비가 끝나자 요시라는 미리 연통을 넣은 경상우병사 김응서를 유곽으로 청했다. 요시라와 김응서는 이미 구면이다.

"대감, 존안을 다시 뵈오니 감개가 무량합니다. 그간 평안하시었습니까?"

요시라는 김응서에게 조선식의 큰절을 올렸다. 우병사는 흡족한 얼굴로 새삼스럽게 웬 예의냐며 짐짓 말리는 시늉을 했다.

"우리 사이에 절은 무슨, 게 앉게."

"네, 대감마님."

요시라는 대기하고 있던 시종을 불렀다.

"준비한 거 가지고 오너라."

"네."

잠시 후에 요시라는 시종이 가져온 금보에 싼 보석함을 대감에게 올렸다.

"이게 무언가?"

"약소합니다. 풀어보시옵소서."

김응서는 보자기를 푼 후에 보석함을 확인하고는 기쁜 마음을 감추지 못했다.

"뭘 이렇게까지. 내게 부탁할 거라도 있는가?"

"대감, 부탁이 있기는 있습니다. 저희 항왜들은 조선에서의 입지가 좁아서 항상 불안합니다. 저는 이 나라가 좋아서 태어난 조국을 버리고 조선을 선택했지만, 언제 어떻게 될지 몰라서 늘 불안합니다. 부디 대감께서 현 조정의 실세인 당상관들에게 잘 말씀드려서 이곳에서 천수를 누릴 수 있게 해 주십시오. 목숨이 붙어 있어야 재산도 필요한 거지, 앞날이 불투명한 저희 같은 항왜들에게 이런 게 무슨 소용이겠습니까? 대감, 부디 거두어 주십시오."

"그 심정 내가 모르는 바 아니지. 그동안 조정에서는 일부를 제외하고는 항복한 왜인의 대부분을 그냥 참해 버렸지. 너무 많으면 통제하기도 힘들고 아직 전란 중이라서 온전히 믿기도 어렵고 그래서 그랬네. 그러다 보니 조선으로 넘어온 항왜들이 많이 불안해하는 것 같은데 걱정하지 말게. 자네는 내가 책임지고 보호해 줄 거니까."

"대감, 감사합니다. 이 한 목숨 대감께 맡기겠습니다."

"기왕 차려진 술상이니 술이나 마시세."

몇 잔의 술이 오간 후에 김응서는 왜의 동향을 파악하기 위해서 넌지시 요시라에게 물었다.

"요시라, 혹시 요즘 왜의 돌아가는 상황에 대해서 아는 게 있는가? 아는 대로 말해 보게."

"그렇지 않아도 뇌물을 써서 첩자를 심어놓았습니다. 수일 내로 연락이 올 것입니다. 며칠만 기다려 주시면 소인이 반드시 대감에게 도움이 될 만한 소식을 전해 올리겠습니다."

"그래 주겠나? 그리만 된다면 내가 나중에 조정에 품신을 해서 자네의 공을 알리겠네. 공신록에 반드시 자네의 이름이 올라가도록 하겠네."

"은혜가 백골난망입니다. 대감."

"기녀를 불러야 하지 않겠나?"

"준비해 둔 아이가 있습니다. 대감의 마음에 들었으면 좋겠습니다."

요시라의 부름에 대기해 있던 하나코가 김응서에게 절을 올린 후 시중을 들었다. 잠시 후에 요시라는 자리에서 물러났고, 하나코는 온갖 방중술을 동원해서 김응서를 모셨다. 김응서는 세상에 태어나서 처음 경험하는 황홀한 쾌감에 몸을 떨었다. 하룻밤의 노리개로는 너무 아쉬운 기녀였다. 아예 뒷방에 들여앉혀서 오래도록 데리고 살고 싶었다. 이튿날 해가 중천에 뜨고서야 일어난 김응서는 맨정신으로 자신이 깨어나기를 기다리고 있던 하나코를 보았다. 눈이 부실 정도로 예쁜 그녀의 모습을 보며 지난밤의 일을 떠올리자 그녀를 다시 안고 싶은 욕망이 생겼다. 그는 해가 중천에 뜬 벌건 대낮에 다시 한 번 하나코를 안고 방사를 치르며 짐승처럼 울부짖었다.

김응서는 그녀를 통해서 비로소 자신이 사내라는 것을 깊이 느낄 수 있었다. 무슨 대가를 치르더라도 그녀를 반드시 손에 넣고 싶은 욕망이 강하게 그를 사로잡았다. 이도 저도 안 되면 요시라의 목숨을 협박해서라도 그녀를 손에 넣어야겠다고 생각했다. 그렇게 그녀와 정신없이 이틀을 보내자 요시라가 다시 나타났다.

"대감마님, 그간 강녕하셨습니까?"

"그래, 자네가 이 시간에 웬일인가?"

"대감마님! 이곳은 제가 머무는 곳입니다. 이틀 동안 이곳저곳 바람 좀 쐬다가 이제야 온 것입니다."

"아, 그런가? 참, 그렇지. 내가 이곳의 객이었군."

"대감, 하루만 더 있으면 좋은 소식을 들을 수 있을 것 같습니다. 답답하시더라도 하나코가 옆에서 잘 모실 것이오니 하루만 더 기다려 주십시오."

"이 사람아, 뭐가 그리 급한가? 열흘이라도 기다릴 수 있으니 걱정하지 말게. 할 얘기 다 했으면 그만 가봐. 나는 피곤해서 좀 더 자야겠어."

김응서는 요시라를 내쫓듯이 보내놓고 다시 하나코의 가는 허리를 끌어당겼다.

유곽을 멀찍이 벗어난 요시라는 숲속으로 내달렸다. 혹시라도 있을지 모를 감시자를 따돌리기 위해서였다. 자신의 안전을 확인한 그는 비로소 전서구를 날렸다. 이제 내일이다. 김응서에게 1월 13일(음력)에 가토 기요마사가 이끄는 일본 수군이 부산포에 당도할 것이라는 정보만 넘기면 된다. 나머지는 조선의 대신들과 조선왕 이연이 알아서 해줄 것이다.

'수군제독 이순신이 없는 조선 수군은 어떻게 될까?'

과연 고니시의 예상대로 될지 지켜볼 생각을 하니 요시라는 너무 흥분됐다.

'재미있을 거야.'

그는 이 조선이라는 나라가 무척 흥미롭게 생각되었다. 일본인들보다 머리가 좋은 조선인들이 이런 얕은 반간계에 넘어갈 수 있다는 것이 이해가 되지 않았다. 요시라는 저녁 무렵에 산에서 내려와서 미리 마련해둔 또 다른 기방에서 하룻밤을 보냈다. 진시에 그는 다시 김응서를 만나러 갔다. 그는 하나코를 물러가게 한 후에 김응서와 마주했다.

"대감, 가토 기요마사가 부산포에 당도하는 날은 1월 13일(음력)이옵니다. 잊지 마시옵소서. 그리고 이번 일로 조정에서 포상을 하게 되면 소인의 이름도 반드시 넣어주셔야 합니다. 대감을 모신 아이는 일이 잘 끝나고 소인의 이름이 공신록에 오른 것을 확인한 후에 다시 대감께 보내겠습니다. 다시 한 번 부탁드립니다. 소인의 공을 잊지 마시옵소서."

이중간첩 요시라로부터 왜군의 동향에 대한 첩보를 입수한 김응서는 권율 장군을 통해서 그가 준 정보를 조정에 알렸다. 조정에서는 즉시 통제사 이순신에게 명하여 출병케 하였다. 가토가 부산포에 상륙하기 전에 반드시 적의 함선을 섬멸하라는 지시였다.

그렇지만 명령을 받은 통제사 이순신은 망설였다. 이 정보가 잘못된 것이라면 조선 수군은 부산 앞바다에서 큰 낭패를 당할 수도 있기 때문이었다. 특히 가토군이 이미 상륙을 마치고 전열을 정비하여 조선 수군에 대항하는 한편 가덕도 쪽으로 조선 수군의 후미를 노리는 상황이라면 승리를 장담할 수 없는 노릇이다.

그가 고민하는 사이에 며칠이 훌쩍 지났다. 권율은 재차 수군의 출병을 재촉했지만 통제사 이순신은 확신을 가지지 못한 상태에서 출병을 할 수가 없어서 수군을 움직이지 않았다.

1597년 1월 27일(음력), 도성인 한양에서 어전회의가 열렸다. 이산해, 김응남, 윤두수, 김수 등 서인과 북인들이 주도한 이번 회의에는 주상과 류성룡이 참석했다. 이미 통제사 이순신을 모함하는 장계가 지난 1월 22일(음력)에 도착하여 있었다. 어전회의는 한마디로 이순신에 대한 성토장이었다. 이순신의 죄목을 하나하나 열거하며 열띤 회의를 한 결과 통제사 이순신의 파직이 결정되었으며, 2월 4일(음력)에 사헌부에서 이순신의 죄에 대한 국문을 해야 한다는 의견을 주상에게 올렸다. 마침내 2월 26일(음력)에 한산통제영에서 통제사 이순신은 체포되었고, 죄인 이순신을 실은 수레가 3월 4일(음력)에 한양에 당도하였다.

주상은 우부승지 김홍미에게 비망기를 내려 이순신이 역적죄, 반역죄, 원균을 함정에 빠트린 죄를 저질렀으니 마땅히 죽여야 할 것이라고 했다. 백성을 버리고 요동으로 망명하여 비빈들을 거느리고 제후 행세나 하며 살고자 했던 조선왕 이연의 입에서 나온 말이었다. 이후 이순신은

27일간의 혹독한 고문을 받았으나 끝내 죄를 토설하지 않았다. 이순신은 토설할 죄가 없었기에 역적으로 몰려 죽느니 차라리 고문을 받다가 죽는 것이 낫다고 생각했다.

이순신의 후임으로는 고니시의 예상대로 원균이 삼도 수군통제사가 되었다. 통제사 원균이 넘겨받은 조선 수군의 전력은 군함이 200여 척이었고 군량미 9,914석과 화약 4,000근에 총통(대포)이 300여 문이었다.

한산통제영의 망루에서 바다를 바라보는 원균의 감회는 남달랐다. 이순신보다 자신이 먼저 출사를 했고 품계도 높았으나 어느 날 갑자기 이순신이 다섯 품계를 건너뛴 벼락 승차를 하는 바람에 그의 아랫사람으로서 몇 년을 보냈다. 그것 때문에 승부욕과 자존심이 강한 원균은 그동안 속앓이를 많이 했었다. 언젠가는 반드시 여해를 넘어보리라 절치부심한 결과 오늘에 이르렀다.

자신과 이순신은 함경도에서 여진족과 육전을 했던 사람이다. 이순신이 삼도수군통제사를 했는데 자신이라고 못할 것이 없었다. 그는 누구보다도 수군을 잘 이끌 자신이 있었다. 이순신이 한양으로 압송되어 간 것은 그가 원한 일이 아니었다. 원균이 원한 것은 오로지 삼도수군통제사의 자리였다. 그간의 공이 있으니 조정에서 이순신을 죽이지는 않을 것이다. 그가 죽지 않으면 또다시 출사할 길이 열릴 것이고, 그리되면 자신이 더 이상 미안해할 일도 없을 것이다.

원균은 한산도에서 보내는 하루하루가 무료했다. 무기부터 함선까지 모든 게 완벽하게 갖추어져 있어서 더 이상 신경 쓸 게 없었다. 적어도 이순신의 준비성은 칭찬해 주고 싶었다. 그가 할 일은 그저 통제영에서 기녀들을 끼고 술을 마시는 것이 고작이었다. 그렇게 시간은 흘러갔다.

이순신이 한양에서 고문을 당하고 있을 무렵, 가토 기요마사에 의해서 1594년에 축성이 완료된 울산의 서생포왜성에서는 가토의 요청에 의해서 4차 강화교섭이 진행되었다. 사명당은 서생포왜성으로 들어가서 가토와 마주앉았다. 이 자리에서 가토는 조선이 약속을 하나도 지키지 않아서 재침을 했다는 식으로 침략의 당위성을 설명하였다. 사명당은 고니시와 심유경의 조작이며, 조선은 그런 약속을 한 바 없다고 말했다. 가토는 영토할양에 대한 부분은 빼고 조선의 왕자를 일본에 보내 사죄하고 매년 공물을 보내면 이 전쟁을 끝내겠다고 했으나 사명당은 거절했다. 이로써 왜국과의 강화회담은 최종적으로 결렬되었다.

꽃피는 춘삼월, 어느 저녁 무렵에 마동마을에서 잔치가 벌어졌다. 마동마을 처자인 옥화와 송내마을 총각인 천동의 혼인날이다. 그동안 두 사람은 남들의 눈을 피해서 마동마을 뒷산 골짜기에 있는 도화등에서 꿀맛 같은 세 번의 만남을 가졌었다. 도화등이라는 이름은 복숭아꽃이 활짝 피면 그 모습이 마치 등을 달아놓은 것처럼 골짜기가 환하다는 데서 붙여진 것이다.

천동과 옥화는 이미 옥화 부모님의 승낙을 받은 상태라서 의혼절차를 생략하고 지지난달에 납채(納采)를 했다. 천동은 마을 사람들의 도움을 받아서 사주단자를 만들고, 사고무친의 고아인 관계로 납채서를 직접 작성해서 신부집으로 보냈다. 답례로 옥화의 부모들은 복서(復書)와 연길(涓吉)을 보내왔다. 칠 일 전에 오방주머니, 청홍채단, 거울, 기러기 한 쌍과 예물을 함에다 넣고, 오색명주 오 폭으로 함을 싸고, 무명 한 필을 끈으로 맨 후에 동무들을 앞세우고 마동마을로 갔었다.

전란 중이라서 많은 것을 생략했다. 신부인 옥화는 노랑저고리에 다홍치마를 입고서 함진아비를 맞이했고, 천동의 동무들은 탁주 한 대접 얻어먹는 것으로 만족하고 돌아왔다. 납폐(納幣)행사는 약식으로 치렀다. 신랑이 혼례를 치르기 위해 집을 나서기 전에 하던 초자례(醮子禮)도 천동이 부모와 일가친척이 없는 혈혈단신인 관계로 생략하고 신부집으로 갔다. 신부집에서는 대례(大禮)를 위한 초례청(醮禮廳)을 차리고 신랑이 오기를 기다리고 있었다. 원삼에 족두리를 한 신부와 사대관모를 한 신랑이 마주보며 서자 전안례(奠雁禮)의 절차에 따라서 혼례가 진행되었으며, 교배례(交拜禮)·서천지례(誓天地禮)·서배우례(誓配偶禮)·근배례(巹杯禮)를 마지막으로 대례가 끝이 났다.

남해안에 상륙한 왜군들이 언제 다시 전쟁을 벌일지 알 수 없는 상황이었지만 혼인을 미루지 싶지 않아서 날을 잡고 혼례를 강행한 것이다. 천동에게 물고기 한 마리 얻어먹지 않은 동네 사람들이 없기에 송내마을 사람들은 죄다 잔치에 참석하여 둘의 혼인을 축하해 주었다. 그 밖에도 천사장 이눌 장군이 몸이 아프다며 사람을 시켜서 건어물을 보내왔고, 보부상단의 대산 형님 역시 상단을 통해서 비단과 무명 등의 천들을 보내왔다.

송내마을은 물론이고 마동, 괴정마을도 마을 사람들은 주로 노약자였고, 젊은 사람들은 관군이나 의병으로 참전하여 죽거나 왜인들에게 끌려가서 난이 일어나기 전과 비교하면 인구가 절반도 되지 않았다. 천동의 거지패 친구들도 대부분 보이지 않았다. 집례는 마을의 최고 연장자이시고 명창 할아버지로 통하는 차 씨 아저씨가 해 주었고, 멀리 있는 송현마을의 농악패까지 불러서 제법 잔치 분위기를 냈다. 혼례는 많은 사람들의 도움으로 무사히 끝났으나 천동과 옥화는 파김치가 된 몸으로 첫날밤을 치러야 했다.

천동의 협박에도 불구하고 친구들은 기어이 창호지로 된 문에 침을 발라서 손가락으로 구멍을 내고는 두 사람의 합방을 침을 삼키면서 지켜보았다. 신랑인 천동은 신부와 술 석 잔씩을 마신 후에 족두리를 벗기자마자 서둘러 불을 껐다. 좀 더 지켜보지 못하는 탄식 소리가 들려왔으나 이내 조용해졌다. 천동은 가만히 옥화의 속곳을 벗기고 손으로 더듬어 올라갔다. 옥화의 가래산에 숲이 무성하다. 천동의 숨소리가 거칠어졌다.

보름날에 하는 혼례라서 그런지 유난히 달이 밝게 느껴졌다. 황진이의 시가 생각나게 하는 그런 밤이었다.

'은궐(밝은 달)이 유난히도 아름답던 그 밤의 꽃잠(첫날밤 잠자리)'

혼롓날 초례청에서나 결혼하는 상대의 얼굴을 보았던 대부분의 사람들과는 달리, 이미 알고 있고 생명의 은인이기도 한 사내를 지아비로 맞이한 옥화는 더없이 행복한 날이었다. 꽃무리(불타는 사랑)는 아니지만 마음속에 담았던 사내의 여인이 되는 까닭에 두려움 없이 합궁례(合宮禮)를 치를 수 있었다.

만감이 교차하는 천동은 피곤함에도 불구하고 쉽게 잠들지 못했다. 한 가정의 가장이 된다는 사실이 어깨를 무겁게 짓눌렀다. 장차 태어날 아이들이며, 옥화의 미래까지 자신의 의지와 선택에 따라서 그 결과가 달라질 것이다. 많은 사람들 앞에서 하늘에 서약을 하며 한 여인을 부인으로 맞이한 이상 이제는 함부로 죽을 수도 없다. 그런 생각을 하니 이 혼례가 잘한 일인지 판단이 안 선다. 그렇지만 이미 선택은 끝난 것이고,

214

이제 그는 다가올 운명을 그녀와 공유할 수밖에 없다.

이튿날 아침에 일찍 일어난 옥화는 신랑을 깨워서 소세를 하고는 친정 부모님께 아침인사를 드렸다.

"아버님, 어머님, 안녕히 주무셨습니까?"

"그래, 간밤에 좋은 꿈은 꾸었느냐?"

"네."

"이제 식도 올렸으니 다른 데 갈 생각하지 말고 여기서 지내거라."

천동은 처부모님의 말씀에 잠시 뜸을 들이다가 말했다.

"아버님! 어머님! 제가 이제 장가를 들었으니 처가에서 지내는 것이 마땅한 도리이나 농토가 송내마을에 있어서 농사짓기가 많이 불편합니다. 그래도 다행인 것은 지척에 있으니 자주 찾아뵙고 문후 여쭙는 걸로 대신하면 어떨까 합니다. 허락해 주십시오."

옥화의 어머니가 많이 서운한 마음에 냉큼 한 마디 했다.

"자네 지금 무어라고 하는 것인가? 최소한 3년은 처가에서 살아야지, 그냥 가겠다는 것이 말이 된다고 보는가? 괘씸한 놈 같으니."

옥화 모가 이 같은 얘기를 하고 있는 것은 남귀여가혼(男歸女家婚)의 풍습을 지키지 않으려는 사위에게 화가 나서였다. 막말을 하는 장모도 잘못이지만 혼례 다음 날에 대뜸 집으로 가겠다고 얘기를 한 천동에게도 잘못은 있었다. 천동에게는 그의 행실을 조심시킬 부모가 없기에 자신도 모르게 불쑥 튀어나온 말이었다. 하지만 이 말에 상처를 받은 옥화 모는 그녀의 평시 성질머리대로 사위를 대한 것이다. 사태가 험악하게 돌아가자 옥화의 아버지는 당황하며 아내인 옥화 모를 나무랐다.

"자네 첫날부터 양반 사위에게 무슨 말이 그렇게 거칠어? 서운하더라도 그냥 좋게 말해야지. 옥화 생각은 안 해?"

새색시인 옥화는 얼굴이 하얗게 질렸다. 식전 댓바람부터 험한 소리를 들은 천동도 머리가 띵하고 기가 막혀서 아무런 말도 나오지 않았다. 옥화 부는 서둘러서 두 사람을 자신들의 방으로 들어가게 하고 다시 그의 처를 나무랐다.

"이 사람아, 나는 지금 양 서방네 머슴노릇을 하라고 해도 할 생각이네. 내 말 무슨 뜻인지 몰라? 하나밖에 없는 외동딸 목숨을 살려준 은인에다가 양반 사위이고, 정조를 잃어서 남의 집 후처자리나 가야 할 딸아이를 정실부인으로 맞아 주었어. 우리는 사위에게 너무 큰 빚을 진 사람들이야. 그 은혜를 어찌 갚아야 할지 고민해야 할 처지인데, 사람의 탈을 쓰고 어찌 그리하는가? 정녕 내가 지금까지 함께 살아 온 자네가 그런 금수만도 못한 사람이었단 말인가?"

그때서야 옥화의 모친은 자신이 큰 잘못을 저지른 것을 깨닫고 후회의 눈물을 흘렸다. 그녀는 신방으로 달려가서 무릎까지 꿇어가며 자신의 잘못에 대한 용서를 빌었다.

"이보시게, 사위. 내가 미친년이야. 제발 나를 용서하고 내 딸아이를 살려주시게."

방 안에서는 그 말을 못 들었는지 아무런 대꾸가 없었다. 천동은 좀 전의 상황이 너무 황당해서 잠시 머리가 어지러웠지만, 이내 정신을 수습하고 지금의 상황을 냉정하게 생각해 보았다. 일을 크게 확대시키고자 한다면 걷잡을 수 없이 커질 수도 있는 일이지만, 자신이 눈 한 번 딱 감고 못 들은 걸로 하면 모든 것이 조용하게 해결될 것이다. 그런 생각을 하면서 신방의 구석에서 오돌오돌 떨고 있는 옥화를 다독여주고 있는 중

216

이었다. 방 밖에서는 계속해서 옥화모의 용서를 구하는 통곡 소리가 들렸다. 천동은 문을 열고 나가서 울고 있는 장모를 살며시 안으며 말했다.

"어머니, 이러지 마세요. 몸 상하십니다. 어머니가 이러시면 집사람이 걱정합니다. 아무 걱정하지 마시고 아침이나 준비해 주세요. 저 배고파요."

그는 장모를 일으켜 세웠다.

"다시는 이 어여쁜 얼굴에 눈물 흘리지 마세요. 미워져요. 어머니."

사위는 소매로 장모의 눈물까지 닦아주며 다정하게 말했다. 그 앞에는 언제 나왔는지 장인이 서 있었다. 그의 얼굴에는 흐뭇한 미소가 번졌다.

"역시 우리 집에 복덩이가 들어왔어. 우리 사위 최고야."

장인은 말을 하면서 박수까지 쳤다. 혼례 다음 날에 벌어진 이 기막힌 사건은 다행히 웃음으로 마무리되었고, 그 일이 있은 뒤로는 장모가 사위를 대하는 게 마치 고을원님 대하듯이 극진하고 공손해졌다. 그녀는 사위를 호칭할 때마다 '우리 사위님', '우리 봉사 나리' 등으로 공대했다. 그러자 옥화 부친은 내자를 놀려댔다.

"아, 언제는 이놈 저놈 하더니 웬일이래?"

"내가 언제?"

옥화 모는 얼굴색 하나 변하지 않고 천연덕스럽게 대꾸했다.

"감사합니다. 어머니."

천동은 기뻐서 환하게 웃으며 말했다.

"내가 사위를 보긴 한 모양이네. 자네가 자꾸 어머니라고 불러주니까 기분이 좋아. 서운한 것도 풀리는 것 같고. 자네는 이제 정말 내 새끼야. 알았지?"

"네, 어머니."

옥화의 아버지는 두 사람 간의 대화가 길어지자 슬그머니 대화에 끼어들었다.

"나도 사위하고 말 좀 하자고."

"네, 아버님!"

"훤칠한 내 사위가 아버님이라고 불러주니까 기분이 참 좋네."

옥신각신하다가 다시 얘기를 하고, 그러는 사이에 서너 식경은 족히 시간이 흘렀다. 옥화의 배에서 꼬르륵 소리가 들리고서야 대화가 멈췄다.

"아침밥도 안 차리고 이게 무슨 일이래? 얼른 상 차리고 조반 먹자."

옥화는 부랴부랴 부엌으로 달려가서 분주하게 아침 준비를 했다. 찬으로는 음식솜씨가 좋은 어머니가 준비해 놓은 과동과(오이지의 일종)와 천초를 알맞게 넣어서 맛깔스럽게 담근 김치를 기본으로 잔칫상에 올랐던 닭고기와 호박고자리(호박말랭이)를 올렸다. 지난 가을에 준비해서 겨우내 말려 두었던 시래기를 넣어서 끓인 된장국까지 준비하니 진수성찬이 따로 없었다. 아침을 먹은 후에 천동과 옥화는 다시 신방에 들어갔으나 딱히 할 일이 없어서 다시 잠을 청했다. 그러나 잠이 올 리가 만무했다. 천동은 슬그머니 옥화의 허리를 당겨서 안았고, 이내 옥화의 입에서는 단내가 나기 시작했다. 그 소리가 안방까지 들리자 모친은 솜으로 귀를 막았고 옥화의 부친은 슬그머니 대문 밖으로 나가버렸다.

그날 저녁 옥화 부모는 술상을 마련한 후에 딸과 사위를 불렀다. 아침의 일도 있고 해서 네 식구는 한데 모여서 술을 마시며 기분을 풀었다. 몇 순배 잔이 오가고 취기가 오르자 부모가 먼저 일어나서 덩실덩실 춤을 췄고, 곧이어 사위와 딸도 같이 춤을 추었다. 네 사람은 그렇게 모든 것을 풀어놓고 마음으로 한 식구가 되었다.

천동은 미리 말씀드린 대로 3일만 신부의 친정집에서 지내다가 송내마을로 돌아갔다. 다음 날부터 천동은 들에 나가서 열심히 일했다. 평소와 달라진 것이 있다면 이전에는 어두워질 때까지 일했으나 이제는 해 떨어지기가 무섭게 집으로 간다는 점이었다. 동무들이 아무리 놀려대도 그는 신혼의 재미를 포기할 생각이 없었다. 매일 깨소금 냄새를 풍기는 바람에 그는 동무들에게 '웬수'라는 소리까지 들어야 했다.

천동은 매일 어딘가로 가서 왜군들의 동향을 알아보곤 하였다. 서생포 왜성에는 왜군이 별로 없었지만 동래와 부산진에는 엄청나게 많은 병력이 있었기 때문이다. 그곳에서 송내는 불과 하루 이틀 거리이기 때문에 언제든지 피란 갈 준비를 하고 있어야 한다. 다행인 것은 천동에게는 무룡산에 마련해둔 동굴집과 하루 한 끼를 기준으로 최소한 2년은 버틸 수 있는 식량이 있다는 것이다. 천동이 철두철미한 성격이기 때문에 가능한 일이었다.

'올해 가을걷이는 무사히 할 수 있을까?'

지아비가 된 천동은 그것이 제일 걱정이었다.

보부상 서신 10호

조선으로 건너온 왜군 14만5천 명은 남해의 해안 쪽에 왜성을 쌓고 하삼도 점령을 위한 준비에 들어갔다. 그들은 6월까지 군대를 움직이지 않았다. 임진년의 출병과는 달리 식량의 현지조달을 목표로 세운 왜군들의 하삼도 농민들에게 씨앗을 파종하고 가꿀 수 있는 시간을 주기 위한 전략도 숨어 있었다. 안달이 난 것은 오히려 조선군

진영이었다. 도원수 권율은 적병들이 몇 달째 남해의 성안에 틀어박혀서 움직이지 않자 원균에게 명하여 부산진을 치라고 하였다. 그러나 수군통제사 원균은 그의 성격과는 달리 쉽게 함대를 움직이지 못했다.

육전과는 달리 바다는 많은 변수가 도사리고 있다는 것을 원균도 이제 어렴풋이 알아가고 있는 중이었다. 이제는 이순신의 행동을 이해할 수 있었다. 통제사 이순신이 소심한 겁쟁이라고 장계를 올렸던 자신의 행동이 부끄러워졌지만 이미 엎질러진 물이었다. 바다의 모든 상황을 꼼꼼하게 점검하고 최대한 유리한 조건에서 전투를 이끌어 불패의 전승기록을 남긴 이순신의 존재가 점점 더 거대하게 다가왔다. 원균은 바다에 대한 배움을 게을리하여 지난 몇 달의 시간을 술이나 마시며 허송세월한 것이 몹시 후회스러웠다.

함대를 움직일 전술을 구상하지 못한 원균이 차일피일 시간을 끌자 도원수 권율은 그의 출병을 재차 촉구하였다. 마침내 1597년 6월 18일(음력)에 원균은 함선을 이끌고 안골포와 가덕도를 공격하였으나 패하고 말았다. 조선 수군 최초의 패배였다. 이에 화가 난 도원수 권율은 원균을 군영으로 불러서 곤장을 치며 재차 출병을 독려했다.

원균은 다시 함선 200척을 이끌고 출동해서 7월 4일 절영도에 도착했다. 적선은 조선 수군을 유인했고 조선 수군은 다시 패했다. 그리고 7월 14일에 칠전량까지 쫓아온 왜의 수군에 의해서 조선 수군은 처절하게 궤멸되었다. 칠전량 해전에서 경상우수사 배설만이 12척의 전선을 이끌고 도망하였으며, 그것이 후일 이순신에 의한 수군 재건의 토대가 되었다.

동양 최강을 자랑하던 조선의 수군은 기량이 떨어지는 지휘관 원균과 무리하게 출전을 독려한 도원수 권율로 인해서 누가 봐도 재건이 불가능하다고 생각할 정도로 참담하게 패하였다.

해전에서의 대승으로 자신감을 찾은 왜군은 진주성을 공격하여 함락시켰다. 왜군들은 사망한 조선인들의 귀와 코를 일일이 잘라서 소금에 절인 후에 히데요시에게 보냈다. 여세를 몰아서 가토 기요마사는 삼만의 병력으로 화왕산성을 공격하려고 성을 포위했으나 총사령관이 유격전에 능한 홍의장군 곽재우인 것을 알고 그곳을 우회하여 초계 합천을 지나 황석산성으로 진격하였다.

황석산성은 백제가 신라의 침입을 막기 위해서 만든 국경성으로 안음현·거창현·함양현으로 둘러싸여 있으며, 성의 둘레가 사천 보는 되는 제법 규모가 큰 성이다. 규모보다 중요한 것은 성곽의 둘레가 험난한 지형으로 되어 있어서 능히 일당백의 싸움이 가능한 곳이라는 점이다. 왜군은 모리 데루모도를 대장으로 하는 총 7만5천3백 명의 우군이 황석산성 전투에 참전하였다. 조선군은 군무장 유명개의 지휘 아래 성의 남문은 곽준, 서문은 조종도, 동북문은 백사림이 담당키로 하고, 숙영지와 본부, 구호소와 식량고, 군기고 등을 설치하여 왜군의 공격에 대비하였다. 왜의 우군은 8월 14일(음력)부터 닷새 동안 성을 공격하였으나 7천여 조선 백성들의 끈질긴 항전에 무려 4만8천3백 명의 사상자가 발생하였다.

그럼에도 불구하고 성을 지키는 조선군은 무기와 병력의 수에서 절대적인 열세였던 까닭에 마침내 황석산성은 왜군에 의해서 함락되었고, 그들은 분풀이로 백성들은 물론 성안에 남아있던 살아있는 모든 것들을 죽여 버렸다. 한바탕 살풀이를 한 그들은 전라도로 곧장 진격하였다.

한편 우기다 히데이를 대장으로 왜의 좌군은 구례와 곡성을 함락시켰고 8월 17일(음력)에 남원마저 함락시켰다. 왜군의 기세에 놀란 명나라 장수 양원은 전주성으로 도망쳤다. 가토군은 우군의 선봉대로 황석산성 전투에 참전하였으나, 참전 당일 가토가 화살을 맞는 중상을 당하는 바람에 후방으로 빠졌다가 공격로를 바꿔서 상주를 지나고 조령을 넘어서 충주에 1만 명이 진을 쳤다. 전주성마저 함락시킨 3만 명의 모리군은 한양으로 북진하기 위하여 천안에 집결하고, 선발대인 구로다가 이끄는 5천 명의 왜병은 직산으로 향했다. 이때가 정유년 9월 초(음력)였다.

왜병이 다시 본격적으로 조선정벌에 나서자 7월 중순(음력)에 송내마을을 출발한 천동은 고니시 군영에 있던 예수회 종군신부 세르페데스의 흔적을 쫓기 시작했다. 2년 전인 1595년 봄에 왜국으로 돌아간 그가 어떻게 다시 조선으로 오게 됐는지 알 수는 없지만, 대산이 형의 말로는 그가 분명히 다시 조선으로 들어왔다고 했다.

그에게 청산해야 할 빚이 있다는 것이 천동의 확고한 생각이었다. 그래서 가정을 꾸린 그가 다소 무리를 해서 세르페데스를 쫓고 있는 것이다. 그동안은 어정쩡한 자세로 세상을 살아온 그이지만 이제는 자신의 마음을 확실히 정리할 필요성을 느꼈다. 천동과 세르페데스와의 관계정리는 세평과의 관계정리를 위한 시발점이 될 것이다.

지난 5월, 태화강의 상류 지점인 송현마을 앞에서 만난 황어 떼는 그에게 많은 생각을 하게 했다. 이제 자신은 이 땅에서 확실하게 뿌리를 내리고 살아야 한다. 한 가정의 가장이 되었고, 머지않아서 그의 분신도 태어날 것이다. 더 이상 생각할 필요도 없이 자신의 과거에 대한 정리를 확실하게 해야 한다고 그는 생각했다.

세르페데스가 지금은 한양으로 진격하던 선발대 구로다 진영에 있다는 것을 알아냈다. 천동은 구로다 군대를 멀찍이서 따라갔다.

정유년 9월 7일(음력)에 직산에서 왜군과 명의 부총병 해생이 이끄는 2천 명의 명군이 마주쳤다. 그렇지만 그날 전투다운 전투는 벌어지지 않았다. 양쪽의 군대가 적당한 거리를 두고 장수 몇 명이 말을 타고 다가가서 서로에게 말 몇 마디 건네는 게 고작이었다. 양군이 제대로 붙으면 엄청난 희생이 불가피하다는 걸 서로가 잘 알고 있는 것 같았다.

명군과 왜군은 상당한 시간 동안 팽팽한 긴장감 속에서 대치하다가 구로다 군의 군세에 눌린 명군이 먼저 수원성으로 후퇴해서 싸움은 싱겁게 끝났다. 두 군대의 사이에서 전투는 단 일 합도 일어나지 않았다. 그날 밤 천동은 구로다 진영에 잠입해서 두 시진 만에 세르페데스가 묵고 있는 군막을 찾아냈다.

천동이 군막 안으로 들어서자 혼자서 조용히 기도하고 있던 세르페데스는 다소 놀란 얼굴로 그를 쳐다보았다. 왜 천동이 자신의 군막을 방문했는지 이해가 되지 않는다는 표정이었다.

"전에는 갑자기 사라지더니 오늘은 갑자기 나타났군."

"신부인 당신에게 묻고 싶은 게 있어서 왔소. 입으로 사랑과 평화를 외치는 당신들이 이 전쟁을 막기는커녕 부추기는 이유가 무엇인가?"

"그게 무슨 말인가? 누가 전쟁을 부추긴다고 그래. 그건 천동이 오해한 거야."

"오해? 조선에 항복해 온 항왜들을 통해서 당신들이 히데요시에게 조선과의 전쟁을 부추기고 조총을 비롯한 전쟁무기들을 제공했다는 거 이미 알고 왔다."

"그자들이 거짓말을 한 거다."

"기리시단 신자라는 고니시 유키나가가 충주에서 8만의 조선인을 학살한 것은 무엇으로 변명할 것인가? 십자가만 내세우면 다 정의라고 생각하는가? 이 전쟁으로 숨졌고, 앞으로도 숨져갈 조선 백성들에게 사죄하라."

"전쟁에서의 죽음은 피할 수 없는 것이다. 그리고 이 전쟁은 이교도들을 개종시키기 위한 성전이기에 정당한 것이다."

"궤변 늘어놓지 마라. 이 땅에서 당신들의 종교를 포교하고 싶거든 전쟁의 뒤에 비겁하게 숨어서 하지 말고 당신의 목숨을 내놓고 해라. 전쟁과는 무관한 불쌍한 백성들이 수도 없이 죽어 가는데 도대체 무엇이 성전이라는 것인가? 백성들을 마구잡이로 죽이는 것은 전쟁이 아니라 일방적인 학살이다."

"천동! 그 부분에 대해서 제대로 알고 싶으면 나하고 같이 지내면서 배우면 된다."

"세르페데스! 당신이 진정 창조주를 믿는 선교사라면 전시가 아니라 평시에 순교자가 되겠다는 생각을 가지고 이 땅에 들어와서 포교를 하는 것이 맞지 않는가?"

"……."

"종교에는 소망이 있어야 한다고 생각한다. 당신들이 도요토미 히데요시를 부추겨 일으킨 이 전쟁으로 인해 백성들은 조총이나 칼에 죽고, 굶어 죽어서 가족이 해체되고, 남은 사람들은 전쟁에 대한 공포로 제정신이 아닌데, 이런 조선 백성들에게 무슨 소망이 있겠는가?"

"……."

"전쟁으로 수많은 조선 백성들을 죽인 것도 모자라서 끌고 간 아이들과 여자들을 이용한 노예무역으로 막대한 부를 축적하여 세바스티앙 왕조의 부활을 꿈꾸는 것인가? 네 조국이 그런 야만적인 행위를 하는데도 예수회 신부인 당신들은 적극적으로 막지 않고 오히려 부추긴 죄 죽어 마땅하니, 내가 오늘 조선 백성의 이름으로 너의 목숨을 거둘 것이다."

"천동, 나에게 위해를 가한다면 너는 반드시 지옥에 떨어질 거다. 내가 너를 저주하겠다."

"내가 죽어서 지옥에 가더라도 조선 백성을 위해서 너의 목은 반드시 가져갈 것이다."

말을 마친 후 천동의 검이 허공을 갈랐다. 그런데 마지막 순간에 천동은 생각을 바꿔서 세르페데스 신부의 목을 취하는 대신 그의 머리카락을 잘라버렸다.

"고니시에게 전해라. 십만 조선인의 목숨을 빼앗은 대가로 예수회 종군신부인 당신의 머리카락을 자른 것이라고. 지옥이 있다면 거기서 너와 내가 만나야 하늘에 정의가 있는 것이다. 그게 내가 내린 결론이다. 지옥에서 보자, 세르페데스."

땅바닥에 흩어진 세르페데스 신부의 머리카락을 보며 천동은 그곳을 빠져나왔다. 구로다 군 진영을 벗어난 그는 숲 속에서 하룻밤을 지냈다. 이튿날 아침에 운 좋게도 주인이 없이 떠도는 말을 잡을 수 있어서 그놈을 타고 울산으로 달리기 시작한 그는 도중에 금오산 자락에서 야생열매로 점심을 해결한 뒤에 다시 쉬지 않고 말을 달렸다. 다행히 말의 건강상태가 좋아서 저녁 무렵에 울산에 도착할 수 있었다.

천동은 아내가 된 옥화에게 너무 미안해서 방으로 들어가자마자 그녀를 꼭 안아주었다.

"미안해, 너무 오랫동안 집을 비워서."

"나 혼자 무섭기는 했지만 서방님의 동무들이 곁에서 지켜주어서 그런대로 견딜 만했어요. 가신 일은 잘 되었어요?"

"잘 된 거 같아. 그동안 좀 혼란스러운 것이 있었거든. 그런데 이젠 정리가 된 거 같아. 당신이 있어서 가능했던 일이야. 고마워."

"뭐가 고맙다는 건지는 몰라도 잘 되었다니 되었네요. 잠시만 기다리세요. 진지 드셔야죠."

"밥은 조금 있다가 먹어도 돼. 잠시만 이대로 있자. 당신 냄새가 너무좋아."

"당신도 참……."

둘은 한참을 그렇게 있었다. 천동은 마음이 아늑해지는 것을 느꼈다. 잠시 후에 옥화는 분주하게 저녁을 준비했고 천동은 집을 한 바퀴 둘러보았다. 그가 집을 비운 사이에 손봐야 할 곳이 생겼는지 꼼꼼하게 살펴보았다. 집이란 남자의 손이 필요한 부분이 있기 마련인데 그가 집을 비운 사이에 부인인 옥화가 얼마나 부지런을 떨었는지 그의 손길이 필요한 부분은 보이지 않았다. 그녀가 고생한 흔적이 보이는 것 같아서 마음이 아팠다. 천동이 집을 둘러보는 동안 부인은 서둘러서 저녁준비를 마쳤다. 김이 모락모락 나는 밥상에는 오이소박이며 산나물들이 올라왔다. 말린 호박과 시래기를 넣어서 끓인 뚝배기 된장찌개는 냄새가 너무 구수해서 식욕을 자극했다.

"어서 드세요."

"왜 수저가 하나지? 당신도 배고플 텐데 같이 먹어야지."

"아니에요. 시장하실 텐데 먼저 드세요."

"우리 같은 사람들이 굳이 밥상에서 내외를 할 필요가 없잖아."

말을 마친 천동은 바람같이 부엌으로 가서 박달나무로 만든 숟가락과 대나무로 만든 젓가락을 가지고 와서 부인의 손에 쥐어 주었다. 부부는 의초롭게(부부 사이에 정답게) 저녁을 먹었다.

"이럴 때는 내가 허울뿐인 양반인 게 다행이라는 생각이 들기도 해. 제대로 된 양반이라면 부부가 한 밥상에서 식사를 한다는 건 있을 수 없는 일이잖아. 난 앞으로도 식사는 꼭 당신과 겸상해서 할 거야. 말리지 마. 우리 같은 사람이 이런 거라도 못하면 뭔 재미로 세상을 살아?"

"나리, 고마워요."

둘은 마주보며 웃었다. 낮은 사람들만이 누릴 수 있는 행복한 시간이었다. 그에게 있어서 옥화는 부인이자 그린내(연인)였다.

다음 날부터 그는 늦은 추수를 하느라고 정신없이 보냈다. 움직일 수 있는 사람들은 죄다 동원해서 벼를 베고 타작을 했다. 품삯으로 양식을 준다는 말에 마을 사람들은 너도나도 일을 시켜달라고 아우성이었다. 열흘 만에 무사히 타작까지 마친 천동은 동헌으로 가서 직접 호방을 데려왔다. 과전법에 의해서 계산된 정확한 조세를 납부하고, 호방에게는 수고비로 쌀 한 섬을 바친 후에 조세납부 확인서를 받아놓았다. 확인서를 받아놓지 않아서 두 번이나 조세를 납부하는 일이 비일비재하게 일어나고 있었기에 천동은 그 부분을 확실히 해 두었다.

이와는 별도로 천동은 노약자만 있어서 농사를 짓지 못하는 집들을 파악하여 쌀과 잡곡들을 나누어 주었다. 그는 며칠 뒤에 쌀 열 섬을 싣고

울산 관아로 가서 군량미로 바쳤다. 식량부족에 시달리던 울산군수 김태
허는 다른 사람들이 본받으라는 의미로 양천동의 우국충정을 칭찬하는
방을 내걸었다.

보부상 서신 11호

9월 중순(음력), 왜군들이 도성인 한양의 백오십 리 앞에서 전열을
재정비하느라고 더 이상 진격하지 않고 그곳에 머무르고 있는 사이
에, 남해에서는 다시 수군통제사가 된 이순신이 수군 재건을 위해서
동분서주하고 있었다. 칠전량 전투에서 도망친 12척의 함선을 회수
하여 정비하고 그것으로 1,000여 척이나 되는 왜군의 함선을 상대하
려는 이순신은 첫 전투를 어디에서 어떻게 치를지에 대해서 깊은 고
민에 빠졌다.
그러던 차에 물길의 흐름이 거세고 방향도 시간에 따라서 일정하
게 변하는 울돌목을 택하여 적의 함선을 유인, 대파하였다. 싸움에
참전한 적의 함선 수는 133척이었으며, 이 중에서 31척은 격침시키고
92척은 대파했다. 왜군의 전사자는 18,466명이었으나 조선 수군의
피해는 2명의 전사자가 발생하는 데 그쳤고, 조선 수군의 전선은 전
혀 손실이 없었다. 9월 17일(음력) 이순신의 조선 수군이 울돌목이 있
는 명량해전에서 완벽한 승리를 거둔 것이다.

이순신은 승전 소식을 조정에 알렸다. 임금은 이순신의 장계에도 불구
하고 명량해전을 별것 아닌 것처럼 말했다. 일부 조정의 신하들이 이순

신의 공에 대해서 말했으나 주상은 사실상 패배한 전투인 직산 전투의 승리에 대해서 명군의 공로를 침이 마르도록 치하하고는 말을 닫았다. 주상이 통제사 이순신을 어찌 생각하는지 능히 짐작할 수 있는 대목이다.

물론 주상이 처음부터 이순신을 싫어한 것은 아니었다. 아니, 오히려 처음에는 이순신을 누구보다도 아꼈다. 그래서 1589년부터 1591년까지 불과 2년 사이에 10등급이나 승차시켰다. 실로 파격적인 인사였다. 그러던 주상이었는데 막상 임진란이 발발하자 자신은 야반도주와 명나라로 망명신청까지 해서 백성들의 신망을 잃은 반면, 이순신은 연전연승을 거두고 백성들의 신망을 얻었으며 동양 최강의 수군함대를 지휘하고 있어서 언제 그에게 왕위를 빼앗길지 모른다는 두려움에 사로잡혀 있었다. 그래서 주상에게 있어서 이순신은 반드시 죽여야 할 인물이었다.

명량해전의 결과는 즉각 왜군 진영에도 전달되었다. 직산과 천안, 충주에서 한양으로 진격하려던 왜군들은 이순신이 거느리는 조선 수군의 부활에 겁을 먹고 황급히 각 전선에서 후퇴하기 시작했다. 전라도 각 곳을 점령하고 있던 고니시 군도 순천으로 후퇴하여 왜교성 구축에 전력을 기울였다. 왜교성은 본진 3첩, 내성 3첩, 외성 3첩 등 총 9첩으로 지어진 성으로, 고니시 유키나가는 두 달 만인 정유년 11월에 왜교성 축성을 끝내고 조명연합군과의 장기전을 준비했다.

충주에서 후퇴를 한 가토군은 울산의 태화강변에 왜성을 축조하였다. 가토 기요마사가 설계를 하고 16,000명의 왜군이 동원되었다. 이 성의 이름은 도산성이라 불렀으며 성은 전형적인 왜성의 축조 기법을 그대로 적용해서 높고 견고하게 지어졌다.

1597년 12월 22일(음력)에 도원수 권율이 이끄는 조선군 15,000명과 명의 총병 양호와 마귀가 이끄는 명군 40,000명으로 구성된 55,000명의 조명연합군이 성을 공격함으로써 도산성 전투는 시작되었다.

그런데 명나라 군대에는 세상의 이목을 집중시킬 수 있는 사람들이 있었다. 온몸이 까만색인 파랑국(포르투갈) 출신의 해귀들이 바로 그들이었다. 이들 외에도 안남 지방과 인도에서 온 사람들도 있었고, 그보다 더 먼 나라에서 돈을 벌기 위해 명의 군대를 따라온 자들도 있었다.

높고 견고하게 지어진 성 위에서 가토군 16,000명은 격렬하게 저항하였다. 항왜장군 김충선은 150명의 항왜군을 이끌고 참전하여 조명연합군을 도왔다. 해귀들은 해전에 능한데도 양호의 명령을 거역하고 태화강에 정박 중이던 왜의 함선을 공격하지 않았다. 그들은 전투를 놀이 하듯이 슬렁슬렁했다. 그런 명나라 군대이기에 전투력은 군세에 비해서 약할 수밖에 없었다.

이 전투에서는 1차 달령 전투를 시작으로 태화강 전투와 언양 전투 등 수많은 전투에서 올린 전공으로 용양대원수로 불렸으며, 도산성 전투 시 최선봉장으로 활약하다가 혈전 중에 장렬히 전사한 진주 출신의 정엄 박인국 장군과 백정 출신 장오석 장군, 이인상 등 울산지역에서 활약했던 의병장들이 다수 사망하였다. 이들 중에서 이인상은 시신을 찾지 못해 빈 관에 화살만 넣고 장례를 치러서 그 모습을 보던 사람들이 애통해 했다. 한편, 1598년 1월 4일까지 조명연합군은 계속해서 성을 공략하였으나 끝내 성을 함락시키지 못하다가 6만 명의 왜군 지원병이 울산으로 집결하자 경주로 후퇴하였다. 천동은 관군에 흡수되어 전투에 참여한 울산의 의병들 속에 섞여서 나름대로 최선을 다하였으나 성안에서 저항하는 왜군을 어찌할 수는 없었다. 워낙 견고하게 지어진 도산성인지라 넘어가서 안으로 잠입하는 것조차 불가능했다. 결국 그는 이 전투에서 아무런 전공도 올리지 못했다. 조명연합군이 후퇴하자 왜군은 연합군을 경주까지 쫓아가며 공격하여 수많은 사상자가 발생하였다.

왜군들은 경주로 조명연합군을 쫓아가면서 승군을 조직하여 왜군에게 대항했던 근처의 사찰들을 불태웠는데, 기박산성 근처에 있는 함월산의 건흥사와 토함산의 불국사가 대표 사찰로 그들에게 지목돼서 전소되었다.

아무리 무예가 뛰어난 천동이라도 이런 상황에서는 그저 지켜보는 수밖에 없었다. 만 명이 넘는 대군은 개인이 어찌해 볼 수 있는 상대가 아니었다. 천동은 집단의 필요성을 절감하였다. 송내마을은 물론이고 울산의 백성들은 군수 김태허와 함께 지난해 10월 말에 경주로 피란하여 울산지역에서 조선인의 모습은 보기가 어려웠다. 천동의 동무들은 무룡산 동편의 골짜기로 피란하였고 천동은 옥화를 정상 부근의 동굴집으로 피신시켰다.

보부상 서신 12호

조선 조정에서는 도산성 전투에 대한 양호의 공을 높이 치하하고 그를 극진히 모셨다. 양호는 도산성 전투에 대한 명황실의 보고서에서 사망자 수를 백여 명으로 축소하여 보고하였다. 그런데 이것이 화근이 되었다. 양호와 사이가 극도로 나빴던 명의 경락 정응태는 이것을 알고 양호를 탄핵하라는 상소를 올렸으며, 조선이 일본과 짜고 길을 열어서 요동을 칠 것이라고 무고하는 사건이 발생했다.

명의 조정은 대노하여 조선에서의 철군과 함께 조선에 대한 정벌

론까지 거론되었다. 이에 조선의 조정에서는 해명사로 누구를 보내는가를 놓고 논의가 벌어졌는데, 류성룡은 아흔 살의 노모가 있어서 연경에 갈 수 없다고 하여 이정구와 이항복을 보내기로 하였다. 조선 조정의 '변명상소문'은 문신 이정구가 작성하고, 외교적 언변에 능한 이항복과 함께 명나라로 떠났다. 명나라에 의해서 조선왕조가 붕괴될 수도 있었던 풍전등화의 절박한 시기에 두 사람은 맡은 임무를 잘 수행하여 조선을 위기에서 구했다.

도산성에 머물고 있는 왜군들은 관군과 의병들을 의식해서 성 밖으로 나갈 때는 반드시 수백 명씩 단체로 움직였다. 무룡산 정상에서 매일 왜군의 동향을 지켜보던 천동은 수십 명씩 나누어 조선인들이 피란 가서 텅 빈 마을들을 뒤지는 왜군들 중 조총을 휴대하지 않는 무리를 골라서 소리 없이 암살해 나갔다. 열한 명을 죽이고는 뒤에서 소리 없이 달려든 왜적의 칼에 그도 쓰러졌다.

무룡산 중턱에 있는 숲에서 천동은 세 시진 만에 깨어났다. 칼에 베인 상처가 쓰리고 아파서 인상을 찌푸리며 눈을 떴다. 그의 눈앞에는 삿갓을 쓴 세평이 있었다.

"어찌된 것입니까?"

"얼씨구. 이놈아, 질문보다 먼저 고맙다는 인사부터 해야 하는 거잖아?"

"네, 구해주셔서 감사합니다."

"네가 아직 죽을 운명은 아니었던 게구나. 마침 내가 그곳을 지났기에 망정이지 그렇지 않았으면 너는 벌써 죽어서 귀신이 되었을 것이다."

"……"

"할 말이 없지? 병서를 읽은 놈이 그렇게 무모한 행동을 하냐? 단독으로 적을 칠 때는 자신이 가진 능력의 절반이 본인이 가진 힘의 전부라고 생각해야 한다. 그런데 너는 그것을 무시하고 만약의 경우를 대비하지 않았다. 집들이 많이 있는 골목은 혼자서 암살하기는 좋지만 방어가 어렵다. 좁은 공간에서 언제 적의 칼날이 내 뒤를 칠지 모르기 때문이다. 평지보다 쉬우면서도 위험성은 더 큰 게 마을의 골목인데 너는 너무 자신을 과대평가한 것이다."

세평의 말에 천동은 쥐구멍에라도 들어가고 싶었다. 그는 순간적으로 말을 잊은 사람처럼 눈만 깜빡거렸다.

"……."

"너는 하나코를 어찌 생각하느냐?"

"고니시 진영에서 만났던 그 여자……."

"맞다. 그녀다. 어찌 생각하느냐?"

"그녀는 저보다 나이도 많고, 저는 이미 혼인을 했습니다."

"그 사이에 장가를 들었단 말이냐?"

"네."

"그럼 할 수 없지."

"형님이 혹시 요시라가 맞습니까?"

"네가 그것을 어찌 알았느냐?"

"조선 사람 치고 요시라에 대한 얘기를 모르는 사람이 없습니다. 여러 가지 소문들을 종합해 보고는 형님이 요시라가 아닐까 생각했습니다. 꼭 그래야만 했습니까?"

"그래, 나도 그것을 후회하는 중이다. 변명을 하자면 주군의 마지막 명령이라서 어쩔 수가 없었다."

"형님은 무사가 아닙니까? 어떻게 그렇게 비열한 방법으로 훌륭한 무장을 죽음으로 내몬 것입니까?"

"그러게 말이다."

"남의 말 하듯이 하는군요."

"내가 아직도 이해가 되지 않는 게 무엇인지 아느냐? 내가 쓴 반간계는 조선의 조정에서 조금만 신경 쓰고 조사했으면 거짓이라는 것이 들통 날 수 있었다. 완벽한 게 아니라서 어쩌면 실패할 수도 있겠다 싶었다. 그런데 이상하게도 조정 대신들과 조선왕은 마치 기다렸다는 듯이 그것을 이용하여 통제사 이순신을 체포했다. 전쟁이 끝나지 않았는데도 장수를 바꾸고, 그간의 공을 생각하면 정말 보잘 것 없는 흠인데도 불구하고 조선왕과 대신들은 삭탈관직도 모자라서 통제사 이순신에게 고문을 하며 죽이려고까지 했다. 일본인인 나도 이해가 안 되는데 조선의 백성들이 어찌 그것을 이해하겠느냐. 일본이 나를 첩자로 이용했는데, 조선도 나를 이용한 것은 마찬가지라는 생각이 드는구나. 그래서 나는 그 일에 대해서 조선에 진 빚이 없다고 생각한다."

"조선에 왕과 대신만 있는 것이 아닙니다. 조선의 백성들은 요시라라는 첩자를 증오합니다."

"상관없다."

"조선을 재침한 왜군이 지나는 마을마다 하인으로 쓸 만하거나 노예로 팔아먹을 사람들은 잡아가고 나머지는 죄다 죽인 것은 알고 있을 겁니다. 집이란 집은 전부 불태우고 죽은 사람의 귀나 코를 잘라가는 악귀 같은 행위를 왜군들이 저질렀습니다. 저는 절대로 그들을 용서하지 않을 것입니다. 어떻게 인간이 그럴 수가 있는 것입니까?"

"네 마음은 이해한다. 그렇지만 네가 알아야 할 것이 있다. 세상의 어떤 전쟁도 아름다운 것은 없다. 전쟁은 그 자체가 필연적으로 수많은 사람들의 죽음을 담보한다. 적을 죽이지 않으면 내가 죽는 전쟁터에서 병사들은 잔인해질 수밖에 없다. 어떠한 전쟁도 승리를 목표로 하며 지려고 하는 전쟁은 없다. 그래서 전쟁은 수단과 방법을 가리지 않는다. 짐승보다 더 비열하고 잔인해질 수밖에 없다. 따라서 전쟁은 기획하는 것 자체가 죄악이다.

그런데 거의 모든 사람들이 전쟁을 이중적인 잣대로 본다. 자신이 속한 나라의 군대가 전쟁을 일으켜서 승리를 하고 영토를 넓히면 그건 영웅적인 일이고, 다른 나라가 자신의 나라를 침략해서 전쟁을 하면 그 전쟁을 지휘하는 사람을 전쟁광 내지는 호전적인 인물로 표현한다. 그리고 또 어떤 전쟁은 포교를 위한 성전이라고 그럴듯하게 포장하기도 한다.

나는 무사다. 무사들의 싸움은 승리보다 과정이 중요하고 명분이 중요하다. 그래서 무사는 명예로운 승리와 명예로운 죽음을 원한다. 그런데 나는 주군의 명령으로 반간계를 사용했고, 그 결과 훌륭한 조선의 장수가 죽을 고비를 넘기고 백의종군하게 됐다. 나는 무사로서 하지 말아야 할 수치스러운 일을 했다. 주군의 명령이라는 것도 어떻게 보면 다 변명에 불과한 것이다. 나는 그동안 조선과 일본 사이에서 이중첩자 노릇을 해 왔지만 그것이 마지막이었고, 이제 나는 그동안 내가 모셨던 주군을 떠난다."

"떠나려는 명분치고는 약한 거 같네요."

"그럴지도 모르지. 나는 이순신을 잡기 위해 그 일을 한 이후부터 지금까지 기분이 영 좋지 않았다. 마치 내가 당한 느낌이 들어. 나의 주군과 조선을 움직이는 누군가의 사전 밀약이 없고서야 그렇게 쉽게 모든 것이 일사천리로 진행될 수는 없거든. 한 나라의 최고 장수를 죽이려는 일인 데도 잡음이 없이 속전속결로 처리가 되었어. 그게 도무지 이해가 안 돼.”

“그만큼 형님이 완벽하게 일을 수행한 것이라고 보면 이해 못할 것도 없습니다.”

“그런가?”

“어디로 가실 겁니까?”

“나는 조선에 남을 것이다.”

“왜군의 첩자 노릇을 한 형님을 조선의 조정에서 받아들여 주겠습니까?”

“그들은 나를 받아줄 것이다. 내가 말하지 않았느냐? 그들이 나를 이용한 것이다. 서인과 북인들이나 조선의 군왕에게는 내가 여전히 고마운 존재일 것이다. 조선 수군은 궤멸되었지만 그 덕분에 이순신에게 나라를 빼앗길 걱정은 많이 덜었기 때문이다. 여전히 이순신이 두려운 존재이기는 하지만 예전만큼은 아닌 것이지. 그래서 나의 망명을 그들은 받아줄 것이다. 나는 이번 전쟁을 통해서 너무 잔인한 내 조국 일본이 싫어졌다. 그리고 이제는 전쟁 자체가 지긋지긋하다. 이 아름다운 조선땅에서 조용히 검술이나 연마하며 살다가 죽는 게 나의 바람이다. 이런 나를 네가 이해하든 못하든 상관없다. 세상을 살아가는 방법은 사람마다 다른 것이다. 나에게는 나의 방법이 있는 것이고, 너는 너의 방법이 있는 것이다.”

“조선의 백성들은 형님을 용서하지 않을 것입니다.”

“상관없다고 하지 않았느냐? 나는 깊은 골짜기에 들어가서 조용히 살 것이다.”

"저는 이만 가봐야 할 것 같습니다."

"가거라. 그리고 상처는 며칠 치료를 해야 하니 무리하지 말거라."

"어디로 가실 겁니까?"

"글쎄다. 그냥 발길 닿는 대로 갈 것이다. 인연이 되면 또 보자꾸나. 사내가 혼인을 했으면 그 책임이 막중하다. 네게는 처가 있고 장차 태어날 자식이 있다는 거 잊지 말거라. 그리고 내일보다 소중한 것은 바로 오늘이다. 오늘 이 시간 네 앞에 있는 것들을 소중히 여기고 충실해라. 나는 그렇게 살지 못했다. 타고난 운명이 그랬으니까. 그렇지만 후회는 없다. 너만은 나처럼 살지 마라."

천동은 요시라의 얼굴에 드리운 그늘의 정체가 궁금했으나 묻지 않았다. 만나지 말아야 할 사람은 더 이상 만나지 말아야 한다. 그런 생각을 하며 천동은 그에게 마지막 인사를 했다

"네, 형님. 안녕히 가십시오."

땅을 빼앗은 자와 빼앗긴 자

땅을 빼앗은 자와 빼앗긴 자

무룡산 정상의 동굴집으로 돌아온 천동은 아무 일도 없다는 듯이 애써 태연을 가장하고 있었다. 그의 처인 옥화가 걱정할까 봐 신경이 쓰여서였다. 그렇지만 그의 마음과 행동은 앞뒤가 맞지 않는 것이었다. 정말로 옥화가 걱정이 되었다면 그런 위험한 짓은 하지 말았어야 했다. 이제 자신은 세평의 말대로 혼자가 아니었기 때문이다. 아무것도 모르는 그녀는 남편의 표정이 다소 어두운 것을 읽고는 그가 밝아지게 하기 위해서 애를 많이 썼다. 그런 그녀를 보는 천동은 더욱 그녀에게 미안한 마음이 들었다. 오래 앉아있기가 힘들었는지 천동은 몸을 누이다가 인상을 찡그렸다. 그것을 놓칠 옥화가 아니었다.

"여보, 무슨 일이 있는 거죠? 어디 다쳤어요?"

"그냥 조금 다쳤어. 미안해."

"다쳤는데 왜 저한테 미안하다고 그러세요?"

"가장이 몸 간수를 잘 못해서 다친 건 잘못한 일이잖아. 그래서 미안한 거야."

"다치고 싶어서 다치는 사람이 어디 있어요? 그보다 많이 다치신 거예요?"

"아니야, 그냥 조금 다쳤어."

"어디 봐요?"

그녀는 말을 마치자 천동에게 달려들어서 아픈 부위를 찾으려고 했다. 옆구리 쪽에 피가 묻어 있는 게 보였다. 상의를 걷어 올리자 광목천으로 싸맨 상처 부위가 드러났다. 풀어보지 않아서 정확한 크기는 알 수 없지만 제법 큰 상처라는 것은 대번에 알 수 있었다. 옥화는 이내 울상이 되었다.

"나리, 많이 아프시죠?"

"아니야, 정말 괜찮다니까. 며칠 치료하면 나을 거니까 걱정하지 마. 그리고 훌륭하게 죽지 못할 바에는 차라리 사는 것이 낫다고 장자가 그랬어. 절대로 허무하게 죽지는 않을 거야."

말은 그렇게 해놓고 천동은 곧 정신을 잃었다.

그녀는 한참을 울다가 정신을 차리고는 천동의 병간호를 하기 시작했다. 남편의 열을 내리기 위해서 계속해서 물수건을 갈아가며 그의 곁을 지키는 것이 고작이었다. 그녀는 남편을 살려달라고 마음속으로 빌고 또 빌었다. 그렇게 밤새 간호를 하다가 잠이 들었다.

천동은 다음 날 아침이 돼서야 깨어났다. 제대로 눕지도 못하고 자신의 곁에서 잠이 든 그녀를 보며 자신의 행동을 뼈저리게 후회했다. 그리고 다시는 지나친 자신감으로 무모한 행동을 하지 않겠다고 다짐했다. 지켜야 할 가족이 있다는 것이 얼마나 소중한 것인지도 알게 되었다. 이제 자신의 삶의 절반은 그녀의 것이나 다름없었다. 자신을 걱정해주는 옥화가 사랑스러워서 잠든 그녀의 볼에 살며시 입맞춤을 했다.

'이런 게 행복이구나.'

정말로 행복하다는 생각이 들었다. 국화 누이와 있을 때는 그 실체가 뚜렷하지 않았는데 이제는 그 느낌이 확실하게 그의 가슴에 전달된 것이다.

'이 여자와의 사이에 아이라도 태어난다면 어떤 기분일까?'

생각만 해도 가슴이 벅차올랐다. 가장이 된다는 것이 무엇인지 혼례를 올리고도 그 느낌을 제대로 알 수 없었는데, 오늘 그것을 느끼게 된 것이다. 자신이 만든 울타리로 지켜야 할 사람들이 생긴다는 것이 행복하고도 무거운 일임을 절감하며, 그는 비로소 제대로 된 어른이 되어가고 있었다.

그에게 기대서 새우잠을 자던 그녀가 부스스 눈을 떴다. 낭군이 그녀를 바라보며 싱긋이 웃자 비로소 그녀는 안심이 됐다.

"언제 깨었어요? 몸은 괜찮아요?"

"괜찮아, 걱정하지 마. 잠도 제대로 못 잔 것 같은데 편하게 눈 좀 붙여."

"다 잤어요. 아침 준비를 할게요."

"자상을 당했을 때 필요할 것 같아서 계관화꽃을 말려 놓은 게 있는데 번거롭더라도 그것 좀 달여서 줘. 참숯가루도 곱게 빻아서 주고."

"알았어요."

천동은 아침을 먹고 부인이 달여 준 계관화(맨드라미) 물을 마셨다. 그런 후에 붕대를 풀고 상처 부위에 곱게 간 오징어 뼈와 참숯가루를 뿌렸다.

여기까지가 천동이 알고 있는 치료방법의 전부였다. 전란 중에 의원을 찾을 수도 없는 상황에서 최선의 조치를 한 셈이다.

옥화는 어릴 때 친정어머니가 열을 내리는 데 사용했던 뱀딸기를 생각해 내곤, 산 중턱까지 내려가서 채취해 왔다. 지아비가 알면 위험하다고 말릴 것 같아서 잠시 바람 좀 쐬고 오겠다고 하고는 몰래 다녀온 것이다. 상처 부위의 통증으로 그이가 이마를 찌푸릴 때마다 미리 달여 놓은 그것을 조금씩 마시게 했다. 열흘을 그렇게 정성껏 간호를 한 덕분에 그의 상처도 대부분 아물고 통증도 사라졌다.

다음 날 새벽에 천동은 맨손으로 동해의 해돋이를 지켜보았다. 아직 검술 수련은 그에게 무리지만 생각을 정리하고 싶어서였다. 언제 보아도 장엄하다고 느낄 수밖에 없는 일출 앞에서 그는 한없이 작아지는 자신을 발견했다.

천한 신분에 맞지 않게 그동안 높은 분들을 많이 만나다 보니 자신도 모르게 우쭐해 있었던 모습을 생각해 내고는 반성했다. 그분들이 자신의 존재를 인정해 주었고 왜적을 물리치는 데 많은 공을 세워 면천은 되었지만, 조선이라는 나라에서 자신은 여전히 허울뿐인 양반이었다.

양반 출신 의병장 이눌 장군이 자신을 장군이라고 불러줬다고 해서 자신이 정말로 장군이 된 것은 아니었다. 그 모든 게 실체가 없는 허상일 뿐, 현재 자신의 신분을 직시하고 앞으로 무엇을 어떻게 해야 하는지 신중하게 생각해야 한다. 자신의 미래와 부인인 옥화 그리고 장차 태어날 아이를 생각하면 여전히 마음이 무겁다. 자신을 무겁게 짓누르고 있는 것들을 말끔하게 걷어낼 방법을 생각해 내는 것이 그에게 주어진 숙제였다.

'연(緣)과 연(緣)으로 강하게 이어져 있는 조선의 양반사회에 과연 내가 비집고 들어가서 맺을 연(緣)의 틈새는 있을까? 그리고 그것이 정상적인 방법으로 가능은 한 것인가? 허울뿐인 양반의 신분을 버리고 양민으로 사람답게 살 수 있는 방법은 정녕 없는 것인가?

도산성에는 여전히 일만이 넘는 왜군들이 주둔하고 있어서 올해는 모내기를 포기하고 밭도 일부만 파종을 했다. 해 질 무렵에 잠시 내려가서 밭작물들을 돌보고 이내 무룡산으로 오는 일이 반복되었다. 작년에 직산 부근에서 주워온 씨앗을 파종했는데 절반은 죽고 절반만 살았다. 살아남은 것들은 하늘 높은 줄 모르고 쭉쭉 자라기 시작했는데 벌써 키가 어른보다 더 컸다. 수염처럼 생긴 것이 달려있는데 그것이 무엇인지 아직 모른다. 그렇지만 천동은 보는 것만으로도 신기하고 좋았다. 마을 사람들에게 물어봐도 아는 사람이 없었다. 결국 천동은 그것의 정체를 알아보기 위해서 대신형님에게 서찰과 함께 보냈다.

혈혈단신인 그에게 경사가 생겼다. 천동의 처 옥화가 회임을 한 것이다. 너무 기쁘고 흥분이 돼서 좀처럼 마음을 진정시킬 수 없었다. 천동은 처인 옥화의 손을 잡고 고맙다는 말을 무수히 많이 했다. 아마도 수십 번은 한 것 같다. 지금의 기분으로는 백 번을 넘길 것 같다는 생각이 들었다. 천동은 정말 말로는 다 표현하기가 불가능한 그의 마음 때문에 좀처럼 진정이 되지 않았다. 의원에게 보일 수가 없어서 정확한 산달을 알 수는 없으나 대략 넉 달은 되어 보였다. 배가 조금씩 불러오고 헛구역질을 하는 걸로 봐서 임신이 확실했지만, 초산이고 친정어머니에게서 배운 것을 바탕으로 셈을 하기에는 이미 늦어버려서 그녀는 대략적으로 짐작만

244

할 뿐이었다.

어제 처음 임신한 사실을 알리던 옥화의 얼굴은 부끄러움으로 발그레하게 상기된 모습이면서도 유리구슬처럼 밝게 빛나는 행복한 기운을 듬뿍 담고 있었다. 의지할 피붙이가 없던 천동에게 마침내 피붙이가 생기는 것이다. 천동은 벅차오르는 감정을 주체할 수 없어서 계집아이처럼 눈물을 흘렸다. 지아비의 그런 모습을 보며 옥화도 행복한 눈물을 마음껏 흘렸다.

보부상 서신 13호

작금의 조선은 양반 사대부들과 지방 토호들의 면천법에 대한 반대가 이만저만한 것이 아니다. 전쟁에서 수세에 몰릴 때는 어쩔 수 없이 수긍하던 그들이었지만 지금은 대놓고 주상에게 면천법과 속오군, 작미법의 부당함을 아뢰고 있었다. 이에 주상도 이 법들의 폐지에 대해서 그 시기를 저울질하고 있다.

양민과 천민 등 일반 백성들은 양반 사대부들의 눈으로 보면 사냥개에 불과한 사람들이다. 주상에게 있어서 조선팔도의 땅과 거기에 속한 백성들은 그저 쓸모가 있을 때는 사용하고 없어지면 버릴 수 있는 그런 존재에 불과한 것이다. 그에게 있어서 천 년의 역사니 민족이니 하는 개념 따위는 애당초 존재하지 않았다. 그에 반해 이 땅에서 천대받고 수탈당하면서도 꿋꿋이 살아온 백성들은 비록 자신의 소유는 아니지만 조상들이 묻혀 있는 이 강토에 대한 애착심이 강했다.

태어날 자식을 위해서는 그도 어쩔 수 없이 다시 관직에 나가야 했다. 그렇지만 자신이 가장 경멸하는 주상 선조의 아래에서 다시 관리가 된다는 것은 영 꺼림칙한 일이었다. 천동은 임금이 빨리 죽으라고 정화수를 떠놓고 빌기라도 해야 하는지 고민이 되었다. 누군가의 아버지가 된다는 것이 그에게는 정말 쉽지 않은 일로 느껴졌다.

'다른 사람들도 나처럼 이런 일로 고민을 할까?'

천동은 두 동무들이 생각나서 장모님이 만들어 놓은 농주를 호리병에 담아서 동굴을 나섰다. 부지깽이와 먹쇠는 예전에 화전민들이 잠시 머물던 곳에 움막을 지어놓고 피란생활을 하고 있는 중이다. 움막은 거지들의 거처처럼 너무 허술했지만 그럭저럭 지낼만해 보였다. 무료하게 한참을 기다리니 동무들이 돌아왔다.

"어, 봉사 나리, 언제 왔어요?"

"좀 전에. 어디에 갔다 온 거니?"

"그냥 무료해서 여기저기 쏘다녔어요."

"그럼 술이나 한잔하자."

"이 난리 중에 웬 술?"

"일단 받아봐. 어머니가 담그신 거야."

술잔이 오가고 적당히 취기가 오르자 천동이 입을 열었다.

"너희들 글공부 좀 했으면 좋겠는데, 어떻게 생각해?"

"천한 것이 글을 배워서 뭐하게요."

"나도 배웠잖아. 글을 배우면 당장 쌀이나 음식이 나오는 것은 아니지만 너희들이 세상을 살아가는 데 여러 가지로 도움을 줄 거야."

"나리야 양반이 되셨으니까 우리와는 입장이 다르죠."

"나도 면천되기 전에 글을 배웠잖아. 내가 글을 배우지 않았으면 농지를 사지도 못했을 거야. 그건 너희들도 알잖아."

"필요 없어요. 배울 곳도 없고 머리도 나빠서 배우지도 못해요."

"내가 가르쳐 줄게, 배워봐. 어려울 거 같아도 검술과 다를 바 없어."

"검술이야 글을 몰라도 배울 수 있는 것이고, 당장에 써 먹을 데가 있으니 배운 거죠."

대화를 하면서도 전과는 다르게 좀 서먹한 것이 있었다. 그들과 거리를 두지 않는데도 전과는 달리 거리감이 생긴 것도 같았다. 천동은 자신의 면천이 이런 결과를 가져오리라곤 생각하지 못해서 마음속으로 당황하고 있었다. 친구들의 대답을 기다리지 않고 다시 말을 이어갔다.

"나한테 진짜 동무는 너희들밖에 없어. 그러니 제발 이러지들 마."

"우리가 어떻게 했다고 그러세요?"

대식이 퉁명스럽게 자신의 마음을 드러내자, 강목도 뒤따라 따져 물었다.

"양반이 돼서 우리를 불편하게 한 게 누군데 그러세요?"

"그래, 내가 너희들에게 미안하다."

천동은 진심으로 미안한 마음을 전했다.

"그게 굳이 사과까지 할 일은 아니지만, 우리 기분이 좀 그래요."

"예전처럼 편하게 대해 줘. 부탁이야."

"나리는 그렇게 생각을 해도 주위 사람들이 우리가 그런 행동을 하면 가만히 있겠어요? 어차피 여기는 조선이고, 사람이라고 다 똑같은 사람이 아니잖아요. 물론 나리와 우리가 지금처럼 사람이 없는 데서 만나면 그럴 수도 있겠지만 주막에서 술 한잔 남의 눈치 안 보고 마실 수 있겠어요?"

"그럴 수도 있겠지. 나도 언제부터인가 그런 생각을 하면 마음이 편치 않아. 그렇지만 내 마음은 언제까지나 너희들의 동무야. 이건 믿어줘."

"알았어요. 오늘은 그냥 술이나 마시죠. 아직까지는 우리 동무 맞는 거지?"

"그게 아니고 죽을 때까지 동무라니까."

"너무 장담하지 말아요. 동무도 서로 입장이 비슷해야 되는 거지. 양반과 천민이 동무로 지내봐요. 양반들이 당장에 죽이려고 들 겁니다. 그냥 골치 아프게 그런 거 생각하지 맙시다. 내가 비록 무식하지만 나도 얻어들은 풍월이 있어요. 세상일이라는 게 하나를 얻으면 무엇인가 하나는 잃게 된다고 하더군요. 나리가 출세를 하면 새로운 벗들이 생기는 반면, 옛 동무들은 잃게 될 겁니다. 중산마을의 박 진사님이 그렇게 말씀하셨어요. 새겨들어야 할 겁니다."

까막눈에 무식쟁이로만 알았던 부지깽이의 말에 천동은 다소 충격을 받았다. 사람이란 잘났든 못났든, 무식하든 유식하든 그런 것에 상관없이 다 자신만의 눈으로 세상을 보게 되는 것이다. 세상을 살면서 자연으로부터도 터득하고, 다른 사람들의 대화를 통해서 자신만의 삶의 철학을 가지게 된다. 그런 것들은 학문적 체계를 갖춘 것이 아니기에 감히 뭐라고 이름 붙이지 못하지만 개개인의 생각이라고 해서 공맹에 뒤지는 것은 아닐 것이다.

"신혼 재미는 어때요?"

천동은 생각 속에 빠져 있다가 강목의 물음에 퍼뜩 정신을 차렸다.

"응, 그거야 당연히 좋지."

"아무리 그래도 좀 심한 것 같다. 결혼했다고 이렇게 동무들을 멀리하다니……"

"알았어, 미안해. 그래서 오늘 내가 이렇게 술병을 들고 너희들을 찾아왔잖아. 참, 나 몇 달 후면 아버지가 된다. 기분이 뭐라고 설명이 안 될 정도로 묘해."

"정말?"

"당연히 정말이지."

"축하합니다. 드디어 봉사 나리도 자식이 생기는 거네요."

"그러게. 너무 기뻐서 안 먹어도 배가 불러."

"왜 안 그러겠어요."

두 사람은 천동에게 자식이 생기는 것에 대해서 진심으로 축하해 주었다.

"임진란 이후에 많은 것이 변했어. 전쟁이 아니더라도 세상은 어떤 식으로든 변하고 사람들은 거기에 적응하며 살아가게 되어 있지. 변하지 않는 것은 땅밖에 없는 것 같아. 그래서 나는 평생 땅이나 파면서 살 거야.

나 오늘 너무 놀랐다. 솔직히 지금까지는 내가 글을 좀 안다고 우쭐했던 것도 있었는데, 오늘 너희들과 대화하면서 세상에는 글공부보다 중요한 것이 있다는 것을 깨달았다. 고맙다, 동무야."

"그래도 나나 부지깽이는 나리에게 고마운 게 많아요. 우리는 그동안 나리를 많이 의지했고 이 험한 세상에 나리가 있어서 든든했었어요. 봉사 나리, 우리는 나리의 동무라는 게 늘 자랑스러워요. 나리가 가르쳐 준 검술로 최소한 내 몸뚱이 하나는 지킬 수 있는 자신감도 생겼어요. 그렇지만 언제까지 나리가 동무일 수만은 없을 거라는 거 압니다. 그걸 받아들이는 데 시간이 좀 필요할 뿐이지, 앞으로 우리들 사이가 어떻게 변하든 우리가 정말 피를 나눈 형제 같은 동무였었다는 거 잊지는 말아줘요."

오늘 천동은 동무들을 위로해 주려고 왔다가 그 자신이 위로 받고 가는 형국이 되었다. 비록 배움이 부족한 동무들이지만 생각이 깊고 나이답지 않게 세상살이에 대한 이치도 많이 깨달은 것 같아서 기뻤다. 특히 염해 국의 왕가 출신이라는 자부심을 은연중에 비친 부지깽이(강목)는 비록 조선에서 천민 대우를 받으며 살고 있지만 생각만큼은 오히려 설익은 양반들을 넘어서고 있었다. 이런 동무들이라면 이 험한 세상을 잘 살아낼 수 있을 것 같다는 생각이 들었다.

장자가 말하기를, 무엇을 안다는 것은 자신의 판단에 따른 결과일 뿐이라고 했다. '내가 무엇을 안다고 하는 것은 내가 사물을 보는 눈이나 지식, 방식과 경험에 의해서 안다고 하는 것이다. 사람들은 각자 개성과 취향에 따라 살고 싶은 곳이 다르고 좋아하는 음식도 다른데 어느 누가 무엇을 어떻게 잘 안다고 떳떳하게 말할 수 있겠는가?'

지당마을의 김 초시는 요즈음 문밖출입을 삼가고 있었다. 지당은 물론 인근의 모든 마을에서 박 씨 부인에게 한 김 초시의 악행에 대하여 소문이 났기 때문이다. 그들이 어떻게 알았는지 자신이 부인이었던 국화에게 한 행동에 입방아를 찧고 있어서 차마 동리 밖으로 나갈 수가 없었다. 노비인 꺽쇠를 다그쳐서 물고를 내고 싶었지만, 그나마 그놈이 없으면 당장 자신이 불편하기에 그럴 수도 없었다.

명색이 반가의 부인이었던 사람을 그렇게 야산에 갖다 버려서 들짐승의 밥이 되게 한 것은 도저히 인간이 할 짓이 아니었다. 그런데도 아직까지 김 초시는 부인이었던 그녀를 도저히 용서할 수가 없어서 그리하였노라고 스스로에게 변명을 하고 있었다. 제대로 반성하는 사람이라면 지금이라도 그녀의 무덤에 가서 용서를 빌어야 마땅한 일이나 그럴 마음은 없었다.

그가 궁금해 하는 것은 '그녀의 무덤을 만들어 준 미친놈이 누구일까'하는 것이었다. 아무리 생각해 봐도 그런 일을 할 사람은 천동이 그놈밖에 없을 것 같았다. 이미 혼례를 치르고 가정을 가진 놈이 어쩌자고 남의 부인이 되었다가 죽은 여자의 무덤을 그렇게 큰돈을 들여서 화려하게 만들어 놓았는지 그의 머리로는 이해가 되지 않았다. 자신의 생각 안에서 움직이는 자라야 요리하기가 쉬운데 이래저래 그놈은 쉽지 않은 상대가 될 것 같은 느낌이 들었다.

그의 눈은 붉게 변했고 이빨이 딱딱 부딪히는 소리가 들렸다. 놈에 대한 분노가 그의 감정과 이성을 지배하고, 급기야는 그의 몸으로 표출되고 있었다.

여름이 되자 천동의 부인인 옥화는 입덧을 심하게 하였다. 그녀는 남편인 천동이 신경을 쓰지 않게 하기 위해서 이를 악물고 그것을 참았다. 동굴집에서 머무르는 관계로 더위는 걱정이 없었다. 그곳은 아늑한 데다가 적당히 시원하기까지 해서 여름 한 철을 지내기에는 더없이 좋은 곳이기 때문이다.

복날에 익는 열매인 산살구를 따기 위해서 산 중턱으로 내려간 천동은 동무들을 불렀다. 지난달에 산뽕나무 열매를 따서 먹은 그들은 오늘 산살구를 따먹기 위해서 다시 모였다. 나무에 오르는 것은 다람쥐라는 별명을 가진 부지깽이가 하기로 했다. 비탈진 곳에 위태롭게 서있는 산살구나무에서 열매를 딴다는 것이 쉽지가 않았지만 거침없이 나무에 올라가 위에서 작대기로 살구를 털기 시작했다. 나무 아래에 있는 두 사람은 그것을 줍느라고 정신이 없었다. 세 그루를 털자 산살구가 제법 많이 모아졌다. 그들은 그것을 일부는 먹고 나머지는 같은 양으로 나누었다.

아직도 도산성에 왜병들은 만여 명이 도사리고 있었기에 마을로 내려가서 참살구를 딴다는 것이 위험해서 이렇게 맛이 떨어지는 산살구라도 먹으려고 아등바등 딴 것이다. 팔월(음력)부터는 산머루를 시작으로 다래며 산밤 및 각종 야생열매들이 있어서 부지런을 떨면 그런대로 맛은 볼수 있을 것이지만, 지금은 온 산을 헤매고 다녀도 먹을 열매라고는 이것밖에 없다.

천동은 기쁜 마음으로 동굴집으로 돌아와서 그것을 색시에게 주었다. 입덧을 하던 옥화도 산살구는 맛나게 먹었다.

"잘 먹었어요."

"뭘 그걸 가지고. 이 여름에 산에서 따먹을 수 있는 열매가 그것밖에 없어서 내가 미안하지. 당신이 많이 힘든 걸 알면서도 도와주지 못해서 답답해."

"지금은 전란 중이라서 굶지 않는 것만도 얼마나 다행한 일인데, 내가 고마워해야지 당신이 왜 미안하다고 하세요?"

"그렇게 말해줘서 고마워. 당신이 힘들면 차라리 어머님 모시고 올까?"

"이 좁은 동굴집에 네 식구가 같이 있으면 너무 불편해서 안 될 거 같아요. 나도 불편하고 당신도 불편하고 부모님들도 불편할 거예요. 그러니까 그러지 마세요."

"알았어. 언제라도 생각이 있으면 말해. 즉시 모셔올 테니까."

"고마워요."

다음 날부터 장마가 시작되었다. 하루 종일 많은 양의 비가 내려서 동굴 안이 다소 습해지자 동굴에 불을 피워서 습도를 조절했다. 비가 추적추적 내리는 날 낮에 불을 피우다 보니 뭔가 허전한 생각이 들었다. 두 사람은 이심전심이 되어서 전을 부쳤다. 이번에도 부인인 옥화가 잘 먹어주었다. 한입 가득 입에 넣고 먹으며 자신이 먹는 게 아니라 뱃속의 아이가 먹는 거라는 말을 잊지 않았다. 그렇지만 천동은 그저 잘 먹어주는 처가 어여쁘게 보일 뿐이었다.

보부상 서신 14호

1598년 8월 18일(음력), 왜국의 관백 도요토미 히데요시가 사망했다. 관백의 사후에 왜국을 평정한 도쿠가와 이에야스는 8월 28일(음력)에 1차 철군명령을 한 데 이어서 9월 5일(음력)에 다시 2차 철군명령을 하달하였다. 조선의 조정에서는 9월이 되어서야 왜군이 조선에서 철군한다는 사실을 알게 되었다. 잠시 조용했던 조선의 조정이 바쁘게 움직였다. 9월 22일부터 26일까지 벌어진 2차 도산성 전투는 양측 모두 승패 없이 끝났다.

전쟁이 막바지에 다다르고 있는 9월 말부터는 서애 류성룡에 대한 서인과 주상의 직접적인 공격이 시작되었다. 양반의 특권을 제한한 '전시개혁입법의 폐지'가 거론되더니 불과 며칠 만에 폐지하는 것으로 확정됐다. 이에 따라 속오군에 편성되어 있던 관노비들을 다시 노비로 잡아들였다. 면천에 대한 희망으로 즐겁게 군역을 치르던 관노비 출신의 노비들은 찬물을 뒤집어쓰고 다시 가축 같은 삶으로 돌아갔다.

면천에 대한 희망에 부풀어 있던 부지깽이(강목)와 먹쇠(대식)는 절망했다. 그동안 천동에게서 글공부도 하고 검술도 열심히 배웠는데 모든 게 다 허망하게 생각되었다. 그들은 배움을 포기하고 술로써 시름을 달랬다.

천동 또한 난감하기는 마찬가지였다. 자신은 임금의 교지에 의해서 개별적으로 면천이 된 것이기 때문에 다시 천민으로 되돌아가지 않아도 되지만, 관노로 있다가 면천의 희망을 품고 속오군에 들어가서 열심히 훈련받고 직접 전투에도 참여하여 목숨 걸고 싸운 동무 만석은 아예 삶의 희망을 버리고 자살로 생을 마감하였다. 천동이 그 소식을 듣고 달려갔을 때는 이미 짐승의 밥으로 버려진 상태였다. 그는 형체조차 제대로 분간할 수 없을 정도로 훼손된 동무의 시신을 겨우 수습하여 묘비명도 없는 봉분을 만들어 주었다. 그가 더 이상 할 수 있는 것이 없었다. 술 한 잔따라 놓고 절을 한 후에 한동안 가슴속에 쌓인 슬픔을 쏟아놓고 우는 것이 먼저 간 동무를 위해서 마지막으로 할 수 있는 일이었다.

천동은 자신의 미래가 불안하다는 것을 느끼고 있었다. 지금의 주상과 조정이라면 전란이 완전히 끝난 뒤에 어떤 변화가 있을지 모를 일이었다. 전시개혁입법의 폐지는 앞으로 다가올 세상을 백성들에게 알려주는 서막인지도 모른다. 처자식이 없는 혈혈단신의 상황이라면 그냥 하루하루 변하는 환경에 적응하며 그럭저럭 살아도 되지만, 책임져야 할 가족이 있다면 그렇게 단순하게 생각할 수가 없다. 모든 것을 다 잊고 심산유

곡에 들어가서 은둔자로 살아가는 것은 태어날 아이의 장래를 생각하면 아비로서 할 짓이 아니었다.

천동은 생각을 정리했다. 지금처럼 안정된 시간들이 앞으로 며칠이 될 지 몇 달이 될지 모르겠지만, 나중을 위해서라도 처인 옥화와 좋은 시간을 갖는 게 필요하다. 천동은 다음 날부터 동해바다에서 해 뜨는 광경을 그녀와 두 손 꼭 잡고 구경하기도 하고, 산중에서 저녁 무렵에 해 지는 광경도 같이 보았다. 또한 무룡산의 여러 계곡으로 가서 가재가 있나 돌을 들추어 보기도 하고 머루를 따러 다니기도 했다. 그녀가 힘들어하면 험한 산길을 안고 다녔다. 그에게는 그럴 만한 힘이 있었고 젊음이 있었다. 그렇게 꽤 여러 날을 그녀와 함께 보내며 시간 가는 것을 잠시 잊었다.

1598년 11월 18일(음력), 울산의 도산성에 주둔하고 있던 가토 기요마사는 성을 불태우고 부산으로 퇴각하였고 서생포 왜성의 구로다도 같은 날 퇴각하였다. 이로써 울산 인근에 주둔해 있던 왜군들은 전부 물러났고, 경주 등지로 피란가거나 산속에 숨어서 살던 백성들은 하나둘 자신이 살던 곳으로 되돌아가기 시작했다.

하루 뒤인 11월 19일(음력)에는 조선을 누란의 위기에서 지켜낸 통제사 이순신이 노량해전에서 석연치 않은 죽음으로 이승을 떠났고, 공교롭게도 그날 이순신의 정신적 지주였던 류성룡은 북인과 주상에 의해서 파직되었다. 북인들의 끈질긴 공격에 역적으로 몰려서 죽임을 당할 수도 있겠다고 생각했던 류성룡은 모든 것을 내려놓고 전란 이후에 일기처럼 써왔던 『징비록』의 기록도 멈추었다.

전시개혁입법의 폐지가 확정되었다는 소식을 들은 김 초시는 본격적으로 천동과 동무들의 토지를 빼앗기 위한 작업에 착수했다. 친지들의 도움을 받아서 모사에 능한 자를 소개받았다. 위조문서 한 장당 무려 다섯 냥이나 주고 그것들을 사들였다. 김 초시는 울산 관아에 가서 해당 토지의 주인을 가려줄 것을 청하였다.

1598년 12월 5일(음력)에 울산 관아에서 천동에게 연락이 왔다. 천동과 동무들의 소유로 되어있는 토지의 주인이라고 주장하는 사람이 나타났기에 해당 토지에 대한 소유주를 가려야 한다는 것이었다. 그 소식을 들은 천동은 기가 막혔지만 자신과 동무들은 토지에 대한 확실한 문서가 있기에 별일 아닐 것이라고 생각했다.

형방은 판결에 앞서서 반나절 동안 관계인 증언을 듣고 사건의 정황과 양측의 진술을 꼼꼼히 기록하였다. 이 황당한 사건에 대해서 의견이 분분한 가운데, 시시비비를 가려야 하는 울산 군수 김태허는 난감해서 육방관속들을 불러서 의견을 물었다.

"누구의 주장이 맞는 거 같은가?"

자신의 의견 밝히기를 꺼려하는 가운데, 이방이 나서서 강한 어조로 말했다.

"양쪽의 주장이 다 맞는 것 같으면 응당 향반인 김 초시의 주장을 받아들여야 합니다. 그래야 후환이 없습니다. 지금 조정이 어찌 돌아가는지 잘 생각해 보시고 판단하시기 바랍니다."

군수가 보기에 정황상으로는 천동과 그의 동무들이 토지의 주인으로 보였으나 확신을 할 수는 없었다. 양쪽의 문서가 다 진본처럼 보여서 어느 것이 위조된 것인지 알 수가 없었다. 더군다나 김 초시 쪽에는 도성의 당상관으로부터 좋게 잘 판결해 달라는 청탁까지 들어온 상태에서 이방도 김 초시 편을 들자, 군수는 그렇게 판결할 수밖에 없다는 쪽으로 결론을 내렸다.

이튿날 동헌 앞에서 군수는 토지의 주인에 대한 판결을 하였다.

"육방관속과 본관이 심사숙고한 결과 문제의 토지는 초시 김응석의 소유임이 확실하다고 판단되는바, 봉사 양천동과 강목, 대식은 해당 토지를 주인인 초시 김응석에게 돌려주고 금년에 지은 농사에 대해서는 소작료를 지급하라. 그리고 양천동과 강목, 대식은 남의 토지를 무단 점유하여 사용한 죄를 물어서 보름 동안 옥에 가둔다."

송내는 물론이고 마동, 화동, 괴정마을에서 온 백성들은 이 황당한 판결에 어안이 벙벙해서 한동안 말을 잊었다.

"어찌 이런 일이 있을 수 있단 말입니까? 사또가 미치지 않고서야 이런 말도 안 되는 판결을 하누?"

"그 땅이 봉사 나리의 땅이라는 것은 하늘이 알고 땅이 아는 일인데, 어찌 처의 시신을 장사지내지 않고 내다버린 김 초시의 말을 믿는단 말인가?"

"그러게, 김 초시가 후레자식이라는 거 울산땅에서 모르는 사람이 없는데 사또는 왜 그렇게 판결을 했을까?"

"그동안 사또가 훌륭한 목민관이라고 생각했던 수많은 백성들을 이렇게 실망시켜도 되는가?"

"그러게."

울산 군수인 사또 김태허는 백성들의 소리를 듣고 있었다. 자신이 생각해도 이건 잘못된 판결이다. 그런데 이런 판결을 한 사람이 다른 누구도 아닌 바로 김태허 자신이라는 게 너무나도 부끄러웠다. 목민관의 자세도, 선비의 지조도 다 버린 못난 자신이 죽어서 조상님은 어찌 뵐지, 생각만 해도 가슴이 답답하고 미칠 지경이었다. 그날 밤 혼자 술을 마시던 그에게 형방이 다가와서 조용히 여쭈었다.

"사또, 땅을 빼앗긴 그들을 어찌하여 옥에 가두라고 하신 것이옵니까?"

"그들을 보호하기 위해서일세. 형방은 땅을 빼앗겨 본 적이 있는가? 당연히 없겠지. 나도 없어. 그렇지만 땅을 빼앗긴 백성들의 그 심정을 나는 아네. 그래서 그들이 분에 못 이겨서 욱하는 심정으로 무슨 일을 저지르지 못하게 잠시 옥에 가둔 것이네. 그 땅은 절대 김 초시의 것이 아니야. 정말로 그 땅이 김 초시의 것이라면 뒷배를 이용해서 부당한 압력을 넣지 않아. 내가 군수직에 연연해서 그런 판결을 내린 것은 아니야. 지금의 조정 대신들이라면 나를 역적으로 몰아서 죽일 수도 있어. 조선에서 옳고 그름을 판단할 수 있는 유일한 사람들이 그들이야. 그냥 그들이 옳다고 하면 옳은 것이고, 틀리다고 하면 틀린 것이야. 내 생각이나 판단은 아무런 의미도 없는 세상이지. 변명처럼 들리겠지만 내 가족과 내 가문이 피해를 입을까 봐 두려워서 목민관으로서 해서는 안 될 짓을 내가 한 거야. 다 내려놓고 훈장이나 하면서 살아야겠네."

"사또!"

"아무 말도 하지 말게. 부탁이야."

밤새 술을 마시던 군수는 사직상소를 올리고 다음 날 낙향하였다. 김 군수는 떠나기 전에 옥사로 찾아가서 미안한 마음을 전하며 천동과 동무들을 석방시켜 주었다.

평시의 관례대로라면 상위관청인 경상감영에 재심을 청구할 수 있었으나, 아직 전란으로 인한 혼란이 채 수습되지 않은 상태라서 그것으로 판결이 확정되었다.

천동과 동무들의 토지를 몽땅 차지한 김 초시는 자신이 한 일이 결코 나쁜 짓이 아니라고 생각했다. 태생이 천한 것들은 이 조선땅에서 결코 농지를 소유해서는 안 된다는 게 그의 일관된 생각이었다. 자신이 그 토지를 소유하는 것은 지극히 정당한 것이라고 생각하기 때문에 그에게는 벼룩 눈물만큼의 죄의식도 없었다. 그는 지금 세상을 다 가진 것 같은 기분으로 들떠있었다. 달천의 나루터에 새로 생긴 주막에서 기분 좋게 한잔 걸쳤다.

'역시 사람은 뒷배가 든든해야 해' 라고 혼잣말로 중얼거리며 술을 마시다가 요기나 하려고 주막에 들른 젊은 사내와 시비가 붙었다. 조선땅에서 두려울 게 하나도 없는 김 초시가 거친 말로 상대를 압박했다.

"야, 이 자식들아, 내가 누군 줄 알아? 지당마을에 사는 김 초시다. 내가 그 김 초시란 말이다. 알았으면 썩 꺼져. 이 거지 같은 것들아."

지당마을의 김 초시라는 말을 듣자 시비가 붙은 청년의 눈빛이 변했다. 그는 일행에게 어서 떠나라고 손짓을 하고는 가지고 있던 검으로 김 초시의 다리 하나를 무릎 위 두 치 부분에서 깨끗이 잘라버렸다. 한쪽 다리가 잘린 김 초시는 땅바닥에 나뒹굴었다.

"두 다리를 다 자르려다가 하나는 남겨 두는 거니까 너무 기고만장해서 눈깔을 치뜨지만 말고 아래도 보면서 살아라. 이 사기꾼 놈아."

"이 자식이 감히 양반을 해코지 해. 네놈 모가지를 잘라서 반드시 저잣거리에 걸어놓을 것이다. 내가 꼭 그리할 것이야. 기다려라. 이놈아."

김 초시의 다리를 자른 사내는 김 초시의 말에 피식 웃으면서 유유히 사라졌다. 술상을 가지고 나오던 주모는 다리가 잘려서 피를 철철 흘리고 있는 김 초시를 보고 비명을 질렀다.

"에그머니나. 이게 무슨 일이래."

주모는 놀란 상황에서도 침착하게 행동했다. 주막에서 일하는 종노미를 시켜서 간단한 의술이라도 할 수 있는 사람을 수소문해서 불렀다. 종노미가 데리고 온 사람은 인근 시리마을에 살면서 의원행세를 하는 자였다. 김 초시는 주모의 도움으로 겨우 목숨은 건졌지만 잘린 다리는 어쩔 수가 없었다. 이젠 죽을 때까지 다리 하나 없는 불구자로 살아가야 한다고 생각하니 갑자기 참을 수 없는 분노가 치밀었다.

'도대체 어떤 작자가 나를 이렇게 만들었을까?'

천동과 그의 동무들이 제일 의심스럽지만, 판결이 난 후에는 곧바로 옥에 갇혀 있던 그들에게는 자신을 어찌할 수 있는 시간적 여유가 전혀 없었다. 그렇다면 도대체 어떤 놈들일까? 자신에게 해코지를 할 정도로 원한을 가진 자들이 누구란 말인가? 그도 아니면 단순히 성질 더러운 왈짜패를 잘못 건드려서 당한 것일까? 그 정도의 시비에 냉큼 상대의 다리를 잘랐다는 게 도무지 이해가 되지 않았다. 이제부터는 좀 더 큰소리를 치면서 세상을 살 수 있을 것이라고 생각했는데, 뜻밖의 변을 당하고 보니 그 모든 것이 다 의미가 없어졌다. 자신의 다리를 자른 놈들은 반드시 찾아내서 수백 배 복수를 할 것이다. 김 초시는 제법 멀리 떨어진 곳까지 섬뜩한 소리가 들리도록 이를 갈았다.

'이놈들 기다려라.'

며칠 후에 좌의정 이덕형이 서인충, 이경연, 김득복, 박춘석, 전응충, 박홍춘, 장오석, 김선진 등 울산지역 의병장들의 눈부신 활약을 주상에게 보고하였고, 조정에서는 울산을 군에서 도호부로 승격시켰다. 울산 방어에 큰 공을 세웠고 선정을 펼쳤던 군수 김태허의 후임으로 육전(陸戰)에서 60전 60승을 한 불패의 신화적 인물인 정기룡 장군이 경상좌도 병마절도사 겸 울산도호부 부사에 임명되었다. 단기 필마로 왜군진영을 돌파하여 포로로 잡혔던 상관을 구한 까닭에 조선의 조자룡이라고 불리었던 정 부사는 부임 후에 천동에 대한 흥미로운 이야기를 듣고 만나고 싶어 했지만, 부임 초기의 바쁜 업무로 인해서 만나지 못하고 시간만 속절없이 흘러갔다.

광명세상을 꿈꾸는 백성들

광명세상을 꿈꾸는 백성들

김 초시(김응석)에게 토지 사기를 당하여 하루아침에 농지를 모두 잃게 된 천동은 망연자실한 모습이었다. 그동안 피땀 흘려서 가꾼 농지를 하루아침에 왈짜패 같은 김응석에게 빼앗긴 것이 너무 억울해서 미칠 지경이었다. 생각 같아서는 단칼에 놈의 목을 베어 버리고 싶었다. 그에게 초시 놈의 목을 치는 일은 아주 간단한 일이었지만 자신의 섣부른 행동이 가족들에게는 고통을 주는 일이 될 수 있기에 천동은 김 초시에 대한 징벌을 포기하고 울산을 떠나기로 마음먹었다. 일단 그렇게 결심하니 한결 마음이 편안해졌다.

그는 사흘간의 여정으로 주왕산을 다녀왔다. 보부상단에 있는 대산이 형에게 들은 얘기가 있어서였다. 형의 말대로 그곳은 모든 것을 잊고 새로 시작할 만한 곳이라는 생각이 들었다. 먼저 와서 정착해 있는 사람들과도 많은 얘기를 나누었다. 처음에 그들은 천동을 아주 많이 경계하였으나 그곳을 떠날 때쯤에는 흔쾌히 천동과 울산에서 이주할 사람들을 받아들이겠다고 했다. 천동은 너무 고마워서 그들에게 거듭 감사의 마음을 전했다. 그들이 끝내 반대한다면 다른 곳을 물색해봐야 할 처지이기에 내원마을 사람들의 마음이 눈물겹도록 고마웠다. 주왕산을 다녀온 천동은 강목과 대식을 불러서 앞으로의 일을 의논했다.

"이런 개 같은 세상에서 우리가 살아남으려면 여길 떠나는 수밖에 없을 것 같다. 너희들은 어떻게 할래?"

"나는 가더라도 그 초시 놈은 반드시 죽이고 갈 거야. 봉사 나리가 아무리 말려도 나는 꼭 놈을 죽일 겁니다."

"그러면 안 돼. 그렇게 하면 우리가 아무리 숨어도 관군들에게 붙잡혀서 양반을 죽인 살인죄로 목이 잘릴 거야. 너뿐만이 아니라 대식이와 나도 공범으로 몰려서 죽을 수 있어."

"지금 김 초시 놈을 그냥 두라고 말하는 겁니까?"

"미안해. 그렇지만 조용히 떠나자. 내가 보부상을 통해서 알아본 데가 있어. 그곳에는 오백여 명은 살 수 있는 땅이 있는데 너무 깊은 산속이라서 관아의 눈길이 미치지 않아."

"정말 그런 곳이 있습니까?"

"그래, 그곳에 가면 너희들과 내가 옛날처럼 '너나' 하면서 살 수 있을 거야."

"정말?"

"너희들과 내가 다시 예전과 같은 동무가 되어 살 수 있는 곳이야. 나는 그곳에 광명세상(光明世上)이라는 팻말을 걸어놓고 빈부귀천 없이 함께 사는 마을로 만들 거야. 그곳에는 양반도 상민도 천민도 없어. 그냥

다 이웃이고 가족인 거지. 너희들이 나를 도와주면 할 수 있을 것 같아. 도와줄 거지?"

"알았어."

"더 이상 울산땅에 미련 갖지 말고 하루라도 빨리 떠나자. 같이 갈 마을 사람들을 알아보고, 떠날 때는 남의 눈을 피해야 하니까 각자 출발해서 약속된 장소에서 만나는 걸로 하면 될 거야. 개별적으로 접촉하고, 망설이는 사람은 더 이상 설득하지 마. 당장 오늘부터 시작해서 모레는 떠나는 걸로 하자."

"아무리 그래도 그렇지, 너무 서두르는 거 아니야?"

"이런 건 오래 끌면 문제가 생겨. 그냥 속전속결로 해야 해. 너희들도 서둘러."

보부상 서신 15호

1598년 12월 10일, 조정에서 포고령을 발표했다.

'나라의 기강을 바로잡고자 임진란 이후 면천되거나 관직을 제수받은 천민은 그 신분을 천민으로 되돌리고 관직은 회수한다. 양반이 아닌 자의 과거응시를 금한다.'

이 포고령에 의해서 천민의 신분이었다가 양반이 된 자는 다시 천민이 되었으며, 왜적과의 싸움에서 공이 있다고 제수 받았던 관직도 박탈당했다. 또한 양민들의 과거응시 자격을 박탈하여 양반이 아닌 자는 과거를 볼 수 없게 하였다.

주왕산으로 이주를 서두르던 천동도 이 포고령을 보았다. 토지를 억울하게 빼앗겨 이미 마음속으로 울분과 절망이 쌓인 상태에서 받은 충격이라서 잠시 동안이지만 정신을 차릴 수가 없었다. 나쁜 일은 겹쳐서 온다는 어른들의 말이 하나도 틀리지 않다는 것을 알 수 있었다.

'그래, 어차피 잘된 것인지도 모른다. 한 줌의 미련도 기대도 다 버리고 그곳에서 새로운 세상을 만들면 된다.'

천동은 동무들을 불렀다.

"이제 나도 다시 예전의 천동이로 돌아왔다. 잠시 꿈을 꾼 거야. 서운하기도 하지만 한편으로는 시원하기도 해. 좋은 건 너희들과 같은 신분이 되었다는 것이지."

"말은 그렇게 하지만 얼마나 속이 상하겠어? 면천법이 폐지되었다는 소식에도 울화통이 터졌었는데, 어렵게 면천이 되고 관직까지 제수 받은 게 공염불이 되었으니 그 속이 오죽하겠어. 나는 네 마음 알고도 남는다."

"염해국 왕손이 다르긴 다르네."

"천동아, 나는 진심으로 말하는 거다. 삐딱하게 듣지 마."

"알아, 내가 너희들과 한두 해 같이 지냈니? 더 이상 얘기하지 말고 뜻을 같이하는 동네 사람들이나 잘 단속해. 한꺼번에 몰려가면 의심받으니까 떠나는 것은 각자 하기로 하는 거 알지? 가능하면 사람들의 왕래가 적은 길을 택하여 사흘 뒤에는 내연산 입구에서 만날 수 있도록 하자."

"마동과 괴정, 송내, 화동마을에서 총 쉰두 가구가 같이 가기로 했어."

"그 정도면 많은 제법 인원이 이주하는 거니까 정말 조심해야 한다. 잘못 걸리면 반란이나 역모죄를 뒤집어 쓸 수도 있어. 지금의 조정과 주상이라면 능히 그러고도 남지. 아무튼지 조심 또 조심해서 무사히 그곳에 이주할 수 있도록 하자."

"알았어. 우리는 너만 듣는다. 마을 사람들도 다 그렇게 말했어. 천동이 너는 믿는다고. 우리 모두의 목숨이 너한테 달렸다는 거 잊지 마. 이제부터는 네 목숨이 너만의 것이 아니야. 너를 믿고 따라가는 마을 사람들 모두의 것이다."

"가능하면 사람들 눈에 안 띄는 곳으로 가야 하니까 동대산 동쪽 자락으로 해서 토함산, 비학산을 거쳐서 내연산으로 이동하도록 마을 사람들을 설득해줘. 최종 목적지인 주왕산의 내원마을은 내연산에서 모인 후에 알려줘야 한다. 그곳에는 이미 전란을 피해 숨어서 살고 있는 사람들이 있는데 그 수가 아홉 가구에 마흔일곱 명이야. 그들에게 우리의 계획을 설명하고 허락을 구했어."

"네, 대장님. 그렇게 할게."

천동의 부탁에 강목과 대식은 한목소리로 다소 장난스럽게 대답했다. 천동이 마을 사람들을 데리고 가고자 하는 내원마을은 주왕산의 깊은 산중에 있는 곳으로 세 개의 물줄기와 세 개의 산줄기가 만나는 곳이다. 만약의 경우를 대비해서 세 군데로 나누어서 흩어질 수 있도록 퇴로도 확보해 두었다. 제일 큰 위험은 역시 많은 인원이 움직인다는 것이다. 한두 가구씩 흩어져서 가기는 하지만 관군에게 검문을 당할 상황도 미리 설정해야 한다. 그래도 다행인 것은 아직 전란의 후유증이 많이 남아있고, 난을 피해서 타지로 갔던 사람들이 자신의 고향으로 되돌아가는 상황이라서 적당히 둘러대면 크게 염려하지 않아도 된다는 것이다.

강목은 멍한 얼굴로 딴생각에 골몰하고 있는 천동의 얼굴에 손바닥을 흔들어 보았으나 반응이 없었다. 그래서 그는 천동의 귀에다 입을 가까이 대고 장난질을 좀 쳐 보았다.

"관군이 나타났다. 빨리 피해."

"뭐, 뭐라고? 어디야?"

"호랑이도 무서워하지 않는 천하의 천동이가 관군은 무서워하네?"

강목과 대식은 재미있다는 듯이 큰 소리로 웃었다.

"야, 장난할 게 따로 있지. 재수 없는 관군이니?"

"관군이 어때서? 너도 한때 관군이었잖아?"

"그거야……. 그건 그렇고 혼선이 있으면 같은 장소에 모이는 게 힘들어지니까 내가 부탁한 대로 마을 사람들에게 잘 좀 전달해줘."

"알았어. 걱정하지 말라니까."

"그래, 나는 집에 가봐야 하니까 이틀 뒤에 보자."

천동은 동무들과 헤어진 후에 곧바로 집으로 갔다. 옥화는 그가 오기를 목이 빠지게 기다리고 있었다.

"잘 다녀왔어요?"

"네, 마나님."

천동의 장난스런 대꾸에 그녀는 살짝 눈을 흘기는 시늉을 했다. 그런 처를 쳐다보며 천동은 새로운 곳에 가서 반드시 잘 살아야 한다고 다시 한 번 다짐했다. 임신한 그녀가 타고 갈 나귀도 구해 놓았다. 내일은 미리 이삿짐의 일부를 비학산의 동굴에 가져다 놓고 나머지는 이틀 뒤에 그가 지고 가면 된다. 이주지에 대한 기대도 크지만 그곳에서 탈 없이 잘 살아갈 수 있을지에 대한 걱정 또한 크다. 웬만한 건 그곳에서 자급자족하고 외부인과의 접촉은 가급적 피해야 한다. 행여 누군가 마을 사람들을 도적이나 역당으로 몰아서 관아에 신고하는 날에는 모든 게 끝장나기 때문이다.

다음 날 부지런히 비학산을 다녀온 천동은 정든 땅을 떠나야 한다는 생각에 잠을 뒤척였다. 처인 옥화도 잠을 설치기는 마찬가지였다. 새로운 이주지로 출발하는 사람들의 마음은 다 같을 것이다. 천동과 옥화는 송내에서의 마지막 밤을 두 손 꼭 잡고 보냈다.

천동은 새벽같이 일어나서 하늘을 보았다. 다행히 날씨는 맑을 것 같아 보였다. 험한 산길을 택해서 가야 하는데 눈이라도 오면 큰 곤욕을 치러야 하기 때문에 신경이 많이 쓰였다. 다행히 비록 춥기는 하지만 살짝 얼음이 얼 정도라서 걷기에는 오히려 더 편한 그런 날씨였다.

아직 어둠이 채 가시지 않은 상태지만 서둘러서 출발하였다. 동대산 서쪽 자락의 마을 외곽으로 이동하다가 속심이마을 앞에 임시로 만들어 놓은 섶다리를 건너서 관문성을 따라서 두동 방면으로 가는 길을 택했다. 속심이 앞의 쇠내에는 겨울이면 찾아오는 오리 떼들이 냇물에 새까맣게 앉아 있었다. 물고기가 유난히 많은 쇠내의 물비린내를 맡은 청둥오리들이 떼로 몰려와서 잔치를 하고 있는 것 같았다. 자연과 새들은 인간이 치르는 전쟁과는 무관한 듯이 보였다. 천동은 허겁지겁 고향을 떠나는 무리들에게서 벗어나 그들 속에서 노니는 한 마리 새가 되고 싶은 생각이 들었다.

"이 판국에 어디다가 정신을 팔고 있어요. 새떼들을 처음 봐요?"

천동은 나귀 위에서 질책하는 옥화의 날카로운 목소리를 듣고서야 정신이 돌아왔다.

천동은 걸어가면서도 다시 한 번 힐끔 새떼들을 돌아보았다.

270

토함산 뒤편의 무장산으로 가는 길은 경주에서 포항으로 흐르는 형산강을 건너야 하기에 많은 인원이 이동하기에는 적절치 않아서 일행은 돌아가는 길이지만 안전한 길을 택해서 두동에서 천마산, 오봉산, 운주산으로 갔다.

하루에 이동할 수 있는 거리가 아니어서 겨울밤을 산중에서 보내는 것이 제일 고역이었다. 비교적 아늑한 곳을 택해서 노숙을 한다고 해도 겨울밤의 추위는 견디기가 쉽지 않았다. 가족끼리 한데 모여서 두터운 이불을 덮고 서로의 체온에 의지해서 잠을 청해보지만 제대로 잠을 자지 못하고 피곤한 몸으로 다시 길을 나서서 겨우겨우 목적지인 내연산에 도착할 수 있었다. 다행히 임신한 옥화가 잘 버티어 주었다.

내연산에는 먼저 도착한 사람들이 불을 피워놓고 추위를 녹이면서 나중에 올 사람들을 기다리고 있었다. 제일 먼저 도착한 사람은 가족이 없는 강목과 대식이었다. 그들은 미리 와서 내연산 곳곳에 마을 사람들이 알아볼 수 있는 표식을 해서 그들이 안전하게 목적지에 도착할 수 있도록 하였다.

저녁 무렵에 최종 확인해 보니 열 집을 빼고 전부 도착했다. 생각보다 많은 사람들이 중도에서 마음을 바꾼 관계로 혹시나 하는 염려도 있었지만, 그들이 알고 있는 곳은 내연산밖에 없기에 큰 걱정은 되지 않았다. 마흔두 집의 식솔들이 다 모이니 시골 장터 같았다. 관음폭포는 삼백 명도 수용할 수 있을 정도로 넓은 곳이고, 한겨울의 찬바람을 피하기에는 참으로 적당한 곳이었다.

저녁을 하기 위해서 솥을 걸고 불을 피우니 주위의 공기가 금방 따뜻해졌다. 거기에 이백여 명의 체온이 더해지니 오늘 밤은 모두들 덜 춥게 보낼 수 있을 것이다. 저녁을 준비하는 동안 마을의 어른들과 천동이 모여서 내일의 이동 경로와 도착해서 해야 할 일에 대해서 의견을 교환했다. 천동의 입장에서는 마을 어른들이 의지가 되어서 편안했고, 마을 어른들은 비록 잠시이기는 했지만 관직에 있었던 천동의 경험과 해박함을 인정하여 나이 어린 천동의 의견을 존중하는 분위기였다.

"주왕산은 비록 지리산이나 소백산 등에 비해서 낮은 산이나 산세가 험하고 골이 깊어서 외부에서 함부로 쳐들어갈 수 없는 까닭에 피란하기에 좋은 곳입니다. 이 정도의 사람들이면 도적들에게 당하지 않고 능히 물리칠 수 있습니다. 그곳에 도착하면 농경지를 개간하는 것도 중요하지만 젊은 사내들을 중심으로 마을 자경단을 만들어서 훈련도 해야 합니다. 깊은 산중이라서 스스로 강해지지 않으면 언제 목숨을 빼앗길지 모릅니다. 검술과 진법훈련은 저에게 맡겨주시면 제가 일당백의 군사로 잘 훈련시키겠습니다."

"우리는 자네를 믿기 때문에 따라온 것이네. 자네가 알아서 잘 이끌어주게."

"세월의 무게만큼 쌓인 어르신들의 그 경험은 소중한 것입니다. 그래서 중요한 일을 결정할 때는 항상 어르신들의 도움을 청하겠습니다."

"알았네. 글자를 전혀 모르는 까막눈이지만 도울 수 있는 것이 있다면 기꺼이 의견을 내서 돕겠네."

"어르신들, 감사합니다. 저녁이 다 되어가는 것 같은데 진지 드셔야지요."

천동과 마을 어른들은 각자 기다리는 가족들에게로 돌아가서 저녁을 먹었다. 이튿날 이백여 명의 백성들이 그들만의 낙원을 꿈꾸며 고난의 행군을 시작했다. 꼬불꼬불한 산길을 걷는 긴 행렬은 미래에 대한 희망과 가족이라는 힘이 작용해서인지 한 점 흩어짐이 없이 일정한 간격을 유지한 채 움직이고 있었다. 아녀자와 노약자가 있어서 이동속도에 제약을 받은 탓에 그날 저녁 무렵에서야 너구동에 도착할 수 있었다. 많이 지친 상태였지만 그들은 서로를 격려하며 그곳에서 하룻밤을 더 보냈다. 다음 날 한결 가벼워진 마음으로 한나절을 걸어서 겨우 금은광이재 삼거리에 도착했다. 일단 잠시 쉰 후에 출발하기로 하고 짐을 내려놓았다. 천동은 일행들에게 힘을 주기 위해서 한마디 했다.

"여러분! 이 고개만 넘으면 우리는 눈물세상을 벗어나 마음에 밝은 등불을 켜고 사는 광명세상으로 들어가게 됩니다. 힘드시더라도 조금 더 견디세요."

천동의 말에 다들 공감하며 서로를 격려하였다. 그리고 마침내 정착지인 내원마을에 도착할 수 있었다. 비록 한겨울이지만 사방이 가로막힌 산속 분지 내원마을은 생각보다 아늑했다.

수년 전부터 그곳에서 정착해 있던 정착민들은 이주해 온 사람들을 따뜻하게 맞아주었다. 많은 사람들이 터를 잡고 살아가면 도적의 무리나 산짐승을 겁낼 필요가 없고, 무엇보다도 여러 사람이 힘을 합치면 저수지를 만들거나 산지를 개간하기에도 훨씬 수월하기 때문에 기꺼이 새로운 마을 식구들을 환영한 것이다.

이주하는 사람들이 임시로 추위를 피할 수 있도록 천동과 정착민들이 손을 써 놓은 관계로, 산중에서 오들오들 떨면서 또 하루를 보내야 하는 괴로움은 피할 수 있었다. 비록 단기간 내에 엉성하게 지은 움막이라서 집이라기보다는 그저 찬바람을 겨우 피할 수 있을 정도의 수준이지만 울산에서 간 사람들은 서로의 체온을 유지하여 그런대로 피곤한 몸을 누이고 잠을 청할 수 있었다.

다음 날 환영잔치가 벌어졌다. 돼지를 세 마리 잡아서 부위별로 음식을 장만하고 막떡인 가랍떡을 넉넉히 해서 최소한의 분위기를 냈다. 왁자지껄한 분위기 속에서 한 시진이 지난 후에 잠시 분위기를 정리하고는 최고령자로 이곳에 먼저 정착한 정광 노인과 천동이 한마디씩 하였다. 정광이라고 불리는 노인은 워낙 말주변이 없어서 극구 사양했지만 먼저 정착한 정착민에 대한 예우 차원에서 한마디 하라고 등 떠밀어서 겨우 짧게 한마디 하고 끝냈다.

"저는 배운 것도 없고 일자무식이라서 할 얘기가 없습니다. 그래서 한마디만 하겠습니다. 내원마을로 이주해 오신 걸 환영합니다. 비록 언제 죽을지 모르는 나이 많은 노인네지만 이곳의 특성은 제가 조금 일찍 와서 경험한 관계로 잘 아니까 궁금한 것 있으면 물어보십시오. 아는 만큼은 가르쳐 드리겠습니다."

여기저기서 박수 소리가 터져 나왔다.

"말을 못한다고 하더니만 잘만 하시네. 정승판서를 해도 되겠어요."

"옳소."

"이참에 한양으로 보냅시다."

"하하하하."

왁자지껄한 분위기가 서로의 간격을 좁혀 주었다. 마치 오래전부터 알던 사람들처럼 모든 사람들이 한 가족이 된 분위기였다. 그런 분위기 속에 천동은 다소 무거운 얘기를 시작했다.

"우리가 이곳에서 제대로 자리 잡으려면 최소한 4~5년은 고생해야 합니다. 그렇지만 이곳은 나라에 세금을 바칠 필요도 없고 양반들에게 수탈당하지 않아도 되는 곳이기에 우리가 열심히만 일한다면 우리의 자식들은 적어도 배는 굶지 않고 살 수 있을 것입니다. 우리가 해야 할 일은 아주 많습니다. 농지를 개간하고, 제대로 살 수 있는 각자의 집을 지어야 하며, 틈틈이 시간을 내서 군사훈련도 해야 합니다. 도적들이나 산짐승들로부터 우리를 지켜줄 것은 아무것도 없습니다. 따라서 우리 스스로 훈련을 통해서 힘을 길러야 합니다.

이곳은 각종 약초와 산나물이 많이 나기 때문에 부지런하기만 하면 절대로 굶어 죽을 일은 없을 것입니다. 이곳에서 생산되는 것을 가지고 가끔씩은 영덕이나 진보장시에 가서 소소한 생활용품은 물론 소금과 생선도 사 와야 합니다. 또한 웬만한 병은 이곳에서 나는 약초로 치료해야 합니다. 물론 우리는 울산에서 살 때도 돈이 없어서 아무리 아파도 의원에게 가지 못하고 민간요법에 의지해야 했지만, 이곳에서도 사정은 마찬가지입니다. 그렇기 때문에 경험이 많은 어르신들의 자문을 구해서 민간요법으로 치료할 수 있게 기본적인 약초에 대한 지식은 다들 조금씩 배워야 합니다. 산 좋고 물 좋은 내원마을이기에 상한 음식을 조심하고 음식을 제대로 익혀만 먹는다면 큰 병에 걸릴 일은 없을 것입니다.

나머지 얘기들은 나중에 천천히 하도록 하겠습니다. 할 수 있다는 신념으로 뭉친다면 우리는 이곳에서 잘 먹고 잘 살 것이라고 저는 믿어 의심치 않습니다. 이제 이곳 쉰한 가구의 식구들은 한 가족이 되었습니다. 살아도 같이 살고, 죽어도 같이 죽는 우리는 공동운명체입니다. 갑자기 기름기가 뱃속에 들어가면 탈이 날 수 있으니 천천히 꼭꼭 씹어서 드시기 바랍니다.”

함성과 탄성이 터져 나왔다. "역시 천동이야"라는 소리가 들렸다.

"도망쟁이 임금보다 낫네."

"아무렴."

"우리는 자네를 믿네."

"시키는 대로만 하면 되는 거지?"

"모든 마을 일은 같이 의논하고 결정해야 합니다."

"알았어요. 잘 해 봅시다."

모든 사람들이 천동을 인정하고 있었다. 나이는 비록 어리지만 천동은 자연스럽게 내원마을의 촌장감으로 사람들에게 인식되었다. 그렇지만 천동은 다른 생각을 가지고 있었다. 촌장은 마을의 최고 연장자가 형식적으로 맡고, 실질적인 마을 일은 9인의 대표들이 의논하고 전체회의에서 결정하는 것이다.

다음 날부터 마을 사람들은 바쁘게 움직였다. 땔감을 준비하고, 움막을 보수하는가 하면, 바닥의 냉기를 막기 위해서 억새를 넉넉하게 바닥에 깔기도 했다. 약초꾼 노릇을 했던 사람을 길잡이로 삼아서 일부는 주왕산에서 약초를 캤다.

천동은 마을 사람들에게 양해를 구하고 울산으로 향했다. 아무 생각 없이 비학산 자락을 걷는데 그의 등 뒤로 서늘한 기운이 덮쳐왔다. 본능적으로 몸을 굴렸지만 팔에 자상을 입었다. 천동은 상처를 살필 겨를도 없이 연속적으로 생면부지의 남자들에게 무지막지한 공격을 당했다. 이미 대여섯 군데에 상처가 났고, 피가 흐르고 있었다. 그러나 상처는 치명적인 급소를 피한 곳이었다. 저들이 자신을 죽일 생각은 없다는 것을 느낄 수 있었다. 그때 오십여 보 뒤에 있던 김 초시가 손짓을 하자 공격하던 자들이 뒤로 물러났다. 목발을 한 상태였지만 여전히 기세가 등등한 그는 입가에 조소를 흘리며 한기 서린 말을 천동에게 쏘아 보냈다.

"못 본 사이에 신수가 훤해졌구나. 네놈이 마을 사람들을 데리고 사라지는 바람에 소작을 부칠 놈들이 없어서 농사를 제대로 지을지 걱정이다. 상놈들이 사라지니 마을이 조용해서 좋기는 하다만, 네놈들은 지금 어디에 있는 것이냐?"

"이 자리에서 나를 죽인다고 해도 원하는 답은 얻지 못할 것이네."

"저, 천하에 버르장머리 없는 놈. 내 나이가 네 아비뻘인데 어디다가 함부로 말을 놓느냐? 그것도 백정의 자식 주제에."

"내가 훈련원 봉사의 관직을 가졌던 몸인데 어디서 겨우 향리에서 행세하는 초시 따위가 내게 훈계를 하는 것이냐?"

"저놈의 아가리를 찢어 버리든지 해야지……."

천동은 제대로 된 발검의 자세를 취하며 김 초시와 일행에게 소리쳤다.

"이제는 절대로 사정을 봐주지 않을 것이다. 목숨이 아깝지 않은 놈은 나서라."

천동을 기습했던 자들은 그의 완벽한 자세에 주춤하더니 쉽사리 공격하지 못했다. 천동의 검술실력을 눈치 챈 놈이 있었던 것이다.

"뭣들 하느냐? 어서 공격하라."

김 초시는 큰 소리로 재차 공격을 명했으나, 본능적인 위기감을 느낀 자들은 슬금슬금 눈치를 보더니 김 초시를 버려두고 도망쳤다. 김 초시의 곁에는 그의 가마를 들던 자들만 남게 되었다. 그들 역시 표정은 굳어 있었으나 가마를 버리고 도망치지는 않았다. 천동은 천천히 김 초시에게

다가가서 그의 나머지 다리를 잘라버렸다. 순식간에 몸의 균형이 무너지며 땅바닥에 나뒹군 김 초시는 피를 철철 흘리면서 고래고래 소리를 지르고 있었다. 천동은 그런 그를 연민이 가득한 얼굴로 쳐다보며 나직이 일갈했다.

"두 번 다시 나를 해치려 들지 마라. 그땐 네놈의 목숨을 취할 것이다. 죽기 싫으면 썩 꺼져라. 나와 내 동무들의 농지를 죄다 강탈한 네놈의 악행을 생각한다면 당장 이 자리에서 오체분시를 해도 분이 풀리지 않겠지만, 이번만큼은 네 다리 하나를 자른 것으로 대신하고 목숨만은 살려주는 것이니 남은 생은 개과천선해서 살아야 할 것이다."

말을 마친 천동은 김 초시에게 미리 준비해 간 오징어 뼛가루를 던져주고 사라졌다. 김 초시는 다리가 잘린 아픔으로 비명을 지르다가 눈물을 흘리며 천동을 노려보았고, 천동은 그런 김 초시를 비웃으며 쳐다보다가 돌아섰다. 천동은 비학산 중턱에 숨겨두었던 세간을 챙겨서 다시 주왕산으로 돌아갔다. 그가 울산에 가려던 계획을 수정한 것은 김 초시를 울산으로 가는 도중에 만났고, 하고자 했던 일을 했기 때문이었다.

집으로 돌아간 김 초시는 분하고 원통해서 이를 부득부득 갈았다. 제대로 검을 쓸 줄 아는 자들로 호위무사를 뽑아서 다음에 천동을 다시 만난다면 녀석의 몸을 갈기갈기 찢어 놓으리라고 다짐하고 또 다짐했다. 잘려나간 다리를 보면서 김 초시는 피눈물을 흘렸다. 다음 날부터 약초꾼들을 불러 모아서 천동과 마을 사람들이 정착한 곳을 찾기 시작했다. 그러나 내원마을로 숨어들어간 천동과 마을 사람들을 찾는 게 쉽지 않았다.

보부상 서신 16호

1599년 1월, 길고도 길었던 왜란이 종결되면서 강화협상에 의해서 왜국으로 끌려갔던 일부 포로들이 조선으로 돌아왔지만, 수만 명의 포로들은 이미 제3국으로 팔려가서 끝내 조국의 품으로 돌아오지 못했다. 왜군들의 포로가 되어 끌려간 조선의 도공들 중 상당수는 조선 쇄신사(포로송환교섭사절)들과의 면담 시 조선에 절대로 돌아가지 않겠다고 귀국제의를 거절하였다. 조선에서 천대받았던 도공들을 왜국은 사무라이 신분으로 격상시켜 주었기 때문이다. 사무라이 신분은 조선으로 치면 사대부에 해당하는 지배계급이다. 사정이 이렇다 보니 일부 도공들은 강제로 귀국시키면 자살하겠다고 강경하게 말해서 쇄신사들은 그들을 포기할 수밖에 없었다.

한편, 조선에서는 난중에 잠시나마 사람으로 대접을 받았던 천민들이 양반들로부터 다시 사람이되 사람이 아닌 취급을 당하는 삶이 시작되었다. 7년 전쟁의 후유증을 치료하는 데 몰두해야 할 조정은 광해군이 세자로 책봉되어 있음에도 불구하고 광해군의 세자위를 폐위하려는 주상의 변덕으로 인해 다시 붕당이 시작되었다.

세자인 광해군을 등에 업고 조정의 주도권을 잡고 있던 북인이 세자책봉문제로 대북파와 소북파로 갈라졌다. 대북파는 광해군을 세자로 지지하였고, 소북파는 정통성을 내세워 인목황후 소생인 영창대군을 세자로 지지하였다. 무고한 양민을 여러 명 살해했다는 이유로 순빈김씨의 소생이며 서열상 여섯째 왕자인 순화군 이보에 대한 파직 상소가 연이어 조정에 올라오고 있으나, 순화군을 특별하게 생각하는 주상은 그를 감싸고 처벌하지 않고 있다.

내원마을에서는 1599년 2월 1일(음력) 제2차 마을회의가 열렸다. 앞으로의 일을 구체적으로 논의하는 자리였다. 삼면이 산으로 둘러싸여 있고 꽤나 너른 분지 형태를 하고 있는 곳이기에 우선 마을 사람들이 거주할 집은 동쪽 산기슭에 토굴 형태로 지어서 일부만 외부로 돌출되게 짓기로 했다. 이런 집은 겨울에는 따뜻하고 여름에는 시원해서 겨울철 난방에 유리하다. 또한 집들을 최대한 가까이 배치하여 외부로부터 공격을 받을 경우 방어하기가 쉽도록 하였다. 그런 다음 집 주위로 밤나무나 사과나무 등 유실수를 빼곡히 심어서 외부에서는 집이 안 보이도록 하였다.

분지는 개간하여 공동 경작지로 하고, 소출한 곡식들은 수고한 만큼 공평하게 나누기로 하였다. 마을의 자급자족을 위해서 산 아래의 평지 부근에 저수지를 만들고 그곳에 각종 물고기를 풀어 놓았다가 필요 시 잡아서 식량이 부족할 때 대체할 수 있도록 하였다. 마을을 감싸고 있는 산은 두 해 정도 계속해서 조사를 하여 월별로 채취할 수 있는 나물이나 약재 등을 지역별로 분류하여 세세히 기록하기로 했다.

마을의 공동방어계획도 세웠다. 주왕산 내원마을은 협곡이나 높은 고개를 넘어야 갈 수 있는 곳이기에 대규모의 군마나 인원을 동원한 기습 공격이 불가능하다. 그런 까닭에 마지막 폭포에서 마을로 들어오는 입구와 세 군데 고개를 넘어서 마을로 들어오는 곳의 맨 꼭대기에 토굴을 파서 집처럼 거주하면서 고개를 넘어오는 외부의 적들을 감시하거나 공격할 수 있게 만들고, 그곳에 칼과 활 마흔 개, 화살 천 개를 준비하기로 하였다. 집집마다 돌아가면서 번을 서는 순서와 연락방법도 숙지하도록 하였다.

이렇게 많은 일들을 한꺼번에 추진하는 게 결코 쉬운 일이 아니지만 마을 사람들은 잘 살 수 있다는 희망 하나로 그 일에 대해선 아무도 불평하지 않았다.

마을에서 제일 바쁜 사람은 당연히 천동이었다. 아이들을 위해 만든 서당에서 글공부를 시키는 훈장도 그의 몫이었고, 외부의 적이 쳐들어왔을 때를 대비해 훈련을 시키는 훈련교관도 병서를 읽고 검술을 익힌 그가 담당하였다. 몸이 서너 개라도 모자랄 정도로 내원마을로 들어온 이후의 천동은 너무 바빴다.

마을에 필요한 최소한의 기본 물목 중에서 종이, 옷감, 그릇 등의 생활용품은 진보장에서 사오고, 미역, 생선, 소금 등의 해산물은 주로 영덕장에 가서 사오기로 했다. 장을 오가는 길은 보부상들이 이용하지 않는 그들만의 새로운 길을 만들어서 다니기로 했다.

천동은 1597년에 주인 없는 말을 몰고 울산으로 간 것을 기억해 내곤 동무들과 함께 기병용 말들이 대규모로 머물렀었던 곳을 중심으로 수색을 하여 금오산 부근에서 일곱 필의 떠돌이 말을 구해 내원마을로 돌아왔다.

말 한 필의 가격이 노비 세 명을 살 수 있을 정도로 비싸다는 것을 아는 마을 사람들은 어떻게 된 영문인지 몰라서 어리둥절해 하면서도 신기하다는 듯이 말들을 구경하러 나왔다.

"말 가격이 상당할 텐데 어떻게 구해 왔습니까?"

"명나라 군대가 전투나 이동 중에 잃어버린 말 중에 대구 부근에서 떠도는 말들을 데리고 온 것입니다."

"야생마는 붙잡기가 힘든데 용케도 데리고 왔습니다."

"그래서 운이 좋았다고 한 것입니다. 달리 뭐라고 설명할 수가 없어요. 이 말들은 앞으로 마을을 위해서 요긴하게 사용할 생각입니다."

"이 말들도 마을 공동재산으로 할 건가요?"

"당연한 거 아닙니까?"

천동이 웃으면서 너무도 쉽게 말하자 마을 사람들은 천동과 동무들을 더 믿게 되었다. 처음에도 그랬지만 이들은 한결같은 자세로 마을을 위해서는 모든 걸 내어놓는 사람들이란 확신이 들었기 때문이다. 공동체가 성공하려면 서로 간의 믿음이 제일 중요하다. 그 믿음의 중심에는 지도자격인 사람들의 언행이 있다. 그들의 말과 행동이 믿고 따르는 다른 사람에게 확실한 믿음을 줄 수 있다면 공동체는 발전하고 번영을 누릴 수 있다.

내원마을에서 1599년 3월 1일(음력) 3차 마을공동회의가 열렸다. 가장 먼저 이 마을에 정착한 최고령의 70대 정광 노인과 천동의 동무 강목, 대식, 관노비 출신의 민유신, 형지, 완석, 60대의 추하, 50대의 성수, 양천동 등 9인의 마을 대표와 이백오십여 명이 마을 분지에 모였다. 천동이 사람들 앞에 나서서 말을 하기 시작했다.

"우리가 이곳에 온 이유는 사람답게 살고 싶어서입니다. 지금까지 있어왔던 어떤 왕조도 백성들을 위해 존재한 적이 없습니다. 고려의 충신이었던 정몽주도 천출이 고관대작이 되는 것을 반대했습니다. 조선을 설계했다던 정도전도 말로는 백성을 위한 역성혁명을 외쳤지만 결국은 군왕과 양반 사대부를 위한 나라를 만들었던 것입니다.

우리 같은 천것들은 그들과 같은 피가 흐르는 사람이 아닙니다. 그래서 우리는 그런 곳을 피해서 이곳에 왔습니다. 이곳에서 모두가 동등한 대우를 받는 두레마을을 건설하고 있는 중입니다. 저를 비롯한 아홉 명의 마을 지도자들도 비록 마을에 대한 중요한 일을 논의하고 결정하지만, 거기에 따르는 어떤 보수도 따로 받지 않으며 여러분들과 동등한 지위를 가지고 있습니다. 이곳에서는 나이에 따라 장유유서(長幼有序)가 존재할 뿐입니다. 조금의 의심도 가지지 말고 있는 그대로 믿어주십시오. 여러분들은 밝은 해가 뜨는 광명한 세상에서 살게 될 것입니다."

마을 사람들의 환호와 박수 소리가 터져 나왔다.

오늘 마을 모임에는 천동의 처가 유일하게 빠졌다. 그녀는 산달이 다 되어서 언제 아이를 출산할지 모르는 상태였다. 천동은 불안한 마음에 회의를 더 이상 지켜볼 수 없어서 제일 연장자인 정광 노인과 마을 대표들에게 양해를 구하고 집으로 갔다. 나는 듯이 달려서 집에 도착했는데도 집 안이 조용했다. 천동이 의문을 가질 즈음 갑자기 아이의 울음소리가 들리고 처인 옥화가 아이를 달래는 소리가 들렸다.

그는 아이 어미와 아이가 놀라지 않도록 나직이 그녀를 불렀다.

"여보! 나요. 내 들어가리다."

천동이 방문을 열고 들어서자 아이는 어미의 젖을 물고 힘차게 먹고 있었다.

"잘 보세요. 당신을 많이 닮은 것 같아요."

"수고했어요. 산파도 없이 혼자서 아이 낳느라고 얼마나 힘들었소? 미안하오."

천동은 평소와는 달리 그의 처인 옥화에게 공대를 하며 진심으로 미안한 마음을 전했다. 그녀도 지아비의 그런 마음을 읽고 그에게 기분 좋은 미소를 날렸다.

다시 밖으로 나온 천동은 권구줄(금줄)을 칠 준비를 했다. 곳간에 준비해 둔 고추와 숯과 솔가지를 왼쪽으로 꼬아서 만든 새끼줄에 달고 대문 앞에 내다 걸었다. 자신이 걸어놓은 권구줄(금줄)을 쳐다보니 가슴 한편에 꿈틀대는 이상한 것이 느껴졌다. 아비가 된 사내들이라면 반드시 겪고 넘어가는 딱히 뭐라고 설명하기 힘든 참으로 묘한 감정이었다.

천동은 마을에서 미역국을 가장 잘 끓이는 성수 아저씨의 처에게 부탁을 해서 산모에게 미역국을 먹였다. 그녀는 마을회의에서 돌아오자마자 천동에게 붙들려서 옥화에게 먹일 미역국을 끓였지만 내심 기분이 좋았다. 아들처럼 좋아하는 천동의 처와 갓 태어난 아이를 위해서 자신이 무엇인가를 한다는 것이 너무 좋았다.

"아주머니, 고맙습니다. 수고하셨어요."

"그런 말 하지 말게. 나는 자네를 자식처럼 생각하고 있어. 그러니 옥화는 내 며느리고 아이는 내 손자야."

성수 처의 말은 진심이었다. 그녀는 천동의 부탁을 받자마자 지아비인 성수의 생일날 주려고 했던 미역을 서슴없이 가지고 나와서 그것으로 산모에게 미역국을 끓여서 먹인 것이다. 성수 처는 천동의 손을 꼭 잡으며 어머니 같은 얼굴로 웃었다. 천동은 콧등이 시큰거렸다.

"아주머니……."

"그래, 내 아들."

"어머니!"

성수 처와 천동은 누가 먼저랄 것도 없이 서로를 당겨 안았다. 그때 이 모습을 본 성수 아저씨가 농을 하며 이들을 놀렸다.

"어, 이 여편네가 겁도 없이 남의 사내를 끌어안고 있어?"

성수 처와 천동은 그 소리를 들었는데도 여전히 포옹을 풀지 않고 못 들은 척 그대로 있었다.

"이보시게, 대수 어미야, 적당히 하지."

그제야 두 사람은 손을 풀고 성수를 쳐다보았다. 성수는 짐짓 인상을 쓰는 척했지만 그것이 두 사람에게 보일 정도였다. 이번에는 천동이 성수 아저씨에게로 가서 그에게 안겼다.

"다 큰 사내가 이게 무슨 짓이람. 손 풀어."

말은 그렇게 하면서도 싫지가 않은지 성수 아저씨는 한동안 그대로 있었다.

이튿날 새벽부터 일부 마을 사람들이 분주하게 움직였다. 진보장날에 가기로 한 사람들이 새벽에 깨어서 준비를 하였다. 그동안 마을에서 준비한 것들을 가져다 팔아서 생활에 필요한 옷감과 종이와 농기구를 사오기로 하고 길을 나섰다. 강목과 5인의 마을 사람들은 처음으로 외부인들과 접촉하여 마을에 필요한 물목을 사와야 한다는 것에 다들 부담스러운 듯 발길이 다소 무거워 보였다.

보부상들이 이용하는 길을 택하지 않고 험한 산로를 이용하여 가기로 하고 길을 잡았다. 금광이재를 넘어서 너구동을 지나 태행산 자락을 타고 걸었다. 그런 다음 괴정을 거쳐서 영덕에서 진보로 이어지는 외진 산로를 이용하여 진보장터에 도착했다. 진보장터는 한양의 저잣거리도 아닌데 사람들로 넘쳐났다. 팔딱팔딱 뛰는 많은 것들이 살아있다는 것을 느끼게 해주는 묘한 마력이 있는 것이 장터다.

초행길임에도 강목 일행은 서두르지 않고 다른 사람들이 물화를 어떻게 처리하는지 유심히 살펴본 후에 그들이 하던 대로 흉내를 내어보았다. 한눈에 시골뜨기라는 것을 파악한 장사치들은 반값으로 후려쳐서 거저먹으려고 했지만 강목이 다른 곳에 가서 팔겠다고 하면서 슬그머니 팔려던 것을 도로 챙기자 할 수 없다는 듯이 조금 더 쳐주었다. 강목이 그래도 미련 없다는 듯이 다른 곳으로 가겠다고 하자, 그때서야 좀 전에 팔고 간 사람들과 같은 가격에 가져간 물목들을 사 주었다.

초행길에 이만하면 대성공이었다. 웅담과 산삼, 짐승 가죽, 약재 등을 팔아서 받은 예순 냥의 돈은 두 명씩 짝을 지어 스무 냥씩 나누어서 가지고 다니며 그들은 만약을 대비하였다.

점심때 장시에서 파는 국밥으로 배를 채운 그들은 이제 사려던 물목을 사기 위해서 두 사람씩 짝을 지어 여기저기 다니며 다른 사람들이 물건 사는 모습을 세세히 살펴보았다. 다시 모인 그들은 각자의 전대에서 돈을 꺼내 확인해 보았다. 강목의 전대가 비어 있었다. 언제 당했는지도 모르게 엽전을 털린 것이다. 이제 그들의 수중에 남은 돈은 총 마흔 냥이었다. 그것으로 원하는 물목을 살 수밖에 없었다. 강목은 얼굴이 화끈거렸지만 애써 내색하지 않았다. 일행도 그런 강목을 위로했다.

그들은 머리를 맞대고 물건 사는 방법에 대해 서로의 의견을 교환한 후에 미리 보아두었던 곳으로 가서 더 이상의 불상사 없이 옷을 지어서 입을 천과 문방사우, 농기구와 그릇 등 내원마을에서 필요한 것들을 빠짐없이 구입한 후에 서둘러서 돌아갈 채비를 하였다.

만약을 대비하고자 다시 우회하여 돌아가는 길을 택하여 가다가 보니 금광이재를 넘을 때에는 이미 날이 어두워서 바람막이 등에 불을 붙이고 서야 겨우 앞으로 나갈 수 있었다. 여기저기서 살쾡이를 비롯한 산짐승들의 울음소리가 들려오기 시작했다. 다섯 명은 만약을 대비해서 검을 꺼내들고 걸었다.

이런 산길에서는 호랑이보다도 무리를 지어 다니는 늑대들이 더 무섭다. 가능한 한 산짐승들과 마주치지 않기 위해서 일행 중 한 명이 준비해 간 꽹과리를 치며 고개를 넘었다. 다들 검술을 익히기는 했지만 칠흑 같은 어둠 속에서 산짐승들과 싸우는 것은 위험천만한 일이기 때문이다. 술시가 되어서야 그들은 무사히 내원마을에 도착했다. 천동을 비롯한 마을 사람들은 마을 어귀까지 나와서 그들을 맞이했다.

"초행길인데 다들 수고했어요."

천동이 반가움에 먼저 입을 열었다. 관노비 출신의 완석도 집에 있지 아니하고 진보장으로 간 그들이 염려가 되어서 나와 있었다.

"다들 다친 곳은 없습니까?"

"네, 초행길이라서 긴장을 많이 했는데 다행스럽게도 적당한 가격에 팔고 원하는 물목도 바가지 쓰지 않고 제 가격을 주고 살 수 있었습니다. 다만 한 가지, 제가 가지고 있던 전대를 털려서 스무 냥을 잃어버렸습니다. 아직까지도 언제 당했는지조차 기억이 나지 않습니다. 죄송합니다."

강목이 기어들어가는 목소리로 말했다.

"초행길에 그 정도 당한 걸 불행 중 다행으로 생각해야지. 본시 장터라는 것이 야바위꾼도 있고, 보따리 주인이 한눈을 파는 사이에 남의 물건을 슬쩍하는 소매치기에서부터 조직적으로 전대를 터는 퍽치기 등 다양한 도둑들이 득실대는 곳입니다. 다음에 조심하면 되니까 오늘 일은 액

땜한 걸로 치고 잊어버립시다."

완석이 웃으며 강목을 위로했다.

"자 다들 가십시다. 장터에 다녀온 여섯 분 모두 수고했어요."

이백여 명의 사람들이 잡음 없이 살아가는 게 쉬운 일은 아니지만 초기 정착기에는 다들 바쁘게 움직여야 하는 관계로 다들 다른 생각을 할 겨를이 없었다. 각자 맡은 바대로 농토를 일구고, 임산물을 채취하고, 외부의 적으로부터 마을을 지키기 위한 군사훈련과 무기를 만드는 일도 차질 없이 해 나갔다.

천동은 서당을 열어서 아이들에게 글공부를 시키고, 15세 이상의 사내들에게는 정해진 시간에 검술과 활쏘기, 진법훈련 등의 군사훈련도 하였다. 천동은 자신이 가진 모든 것을 마을의 이익과 번영을 위해서 쏟아붓고 있었다. 그는 마치 그 일을 하기 위해서 태어난 사람 같았다. 그렇지만 마을회의에다가 농사일까지 하는 그를 바라보는 옥화의 마음은 하루하루가 힘들었다.

그는 무룡산 시절처럼 남들보다 일찍 일어나서 검술을 수련하고, 자신만의 장소에서 활쏘기 훈련도 하고 있었다. 활쏘기의 사거리는 일반적으로 백 보를 넘지 못하지만 그는 이백 보를 목표로 훈련하고 있었다. 관노비로서 활과 화살 만드는 일을 했었던 완석의 도움으로 조금씩 나아지기는 했지만, 그것은 여전히 기대에 못 미치는 어려운 일이었다. 활을 아는 사람들이 천동의 목표를 안다면 아마도 미쳤다고 할지도 모를 일이었다. 그러나 쇠심줄 같은 그의 고집은 목표 앞에서 결코 주저앉지 않았다.

1599년 8월 10일(음력), 대부분의 궁궐이 임진란 때 불에 타서 없어진 까닭에 주상이 궁궐로 사용하는 덕수궁의 2층으로 된 전각 석어당의 1층 아홉 개 기둥의 중앙에 있는 다섯 번째 기둥에 화살이 날아와 박혔다. 모두가 잠든 사경 무렵이어서 화살이 박힌 것도 모른 채 시간은 흘렀고, 오경이 되어서야 박 내시에 의해서 화살이 발견되었다.

화살에는 언문으로 쓴 주상에 대한 비방글이 적혀 있었는데, 그 내용이 충격적이어서 차마 말로써 표현하지 못하고 임진란 때 왕을 의주까지 호종하였던 내시부 상선 김새신을 통해서 주상에게 전달되었다. 이미 풍을 맞아서 거동이 불편했던 주상은 이 글을 읽다가 격노하여 쓰러졌다.

> 이연은 보거라. 군왕의 약속은 천금보다 무겁고 값이 있어야 하거늘, 네놈은 어찌하여 전란 중에 백성들에게 한 약속을 파기하였는가? 백성과 나라를 버리고 요동에서 제후 행세나 하려고 했던 자가 어찌하여 염치도 모르고 백성들을 핍박하는가? 너는 죽어서 필시 염라지옥에 떨어질 것이다.

그날 오후에 어전회의가 소집되었고, 입조한 조정 대신들 앞에서 주상은 분노로 부들부들 떨며 떠듬떠듬 말했다.

"경들은 지금 무슨 낯짝으로 나를 대하는 것인가? 눈이 있으면 다들 이 필서를 읽어 보시오."

주상은 언문으로 쓴 필서를 대신들에게 집어 던졌다.

영의정 이산해가 먼저 글을 읽어 보고는 얼굴이 하얗게 질려서 바닥에 이마를 찧으며 울부짖었다.

"전하, 죽여주시옵소서."

대강의 내용들은 이미 알고 달려온 터라서 입조한 모든 대신들은 머리를 조아리며 일제히 합창하듯이 "전하 죽여주시옵소서"를 외쳤다.

미리 불려 와서 대기하고 있던 감정사가 종이와 먹의 출처에 대해서 말했다.

"소인이 보기로 이 종이는 평안도에서 생산되는 것이고, 먹은 충청도에서 생산되는 것입니다. 그 이상은 소인도 잘 모르옵니다."

"어제 밤늦은 시각에 이곳을 중심으로 오고 갔던 자들은 죄다 잡아들여서 문초를 하시오. 내가 반드시 그놈의 몸뚱이를 육시해서 저잣거리에 걸어놓을 것이오. 또한 이런 일이 다시 발생한다면 내 친히 내금위장과 포도대장의 목을 효수할 것이니 그리 아시오."

주상에 대해서 입에 담지 못할 욕을 한 사건의 범인을 색출하기 위해서 포도청과 의금부가 총동원되어 두 달 넘게 수사하였으나 범인의 윤곽조차 파악하지 못했다. 추석을 닷새 앞두고 벌어진 이 사건으로 인해서 도성인 한양의 추석은 초상집 분위기가 되어버렸다. 이 사건은 조정의 입단속으로 쉬쉬하였지만 그 소문은 한양의 백성들은 물론 조선팔도 방방곡곡으로 퍼져나갔다.

한양에서 범인 색출에 혈안이 되어 있는 사이에 그해 10월 15일(음력), 황해도 은율에서 임금을 욕하는 비방문(誹謗文)이 저잣거리에 나붙었다.

비방문은 주상의 얼굴을 그리고 그 아래에 '李昖 犬子(이연 견자)'라고 썼다. 누군가 초상화 밑에 임금을 개새끼라고 적어서 붙여 놓은 것이다.

황해도 관찰사는 사색이 되어서 오줌까지 지렸다. 너무나 두려운 내용이지만 조정에 보고하지 않으면 역당으로 몰리기 십상이어서 조정에 비방문에 대해 발견 경위를 소상히 적어서 보냈다.

황해도 관찰사는 그 즉시 파직당하고 추자도로 유배되었다. 이 사건으로 전국의 수령방백들은 안절부절못하며 자신의 관할지에서 사건이 터지지 않도록 해달라고 비싼 가격에 부적을 사서 붙이는 바람에 전국의 무당들만 살판나게 되었다.

주상은 연이은 심적 충격으로 인해 병증이 심해져서 조선 최고의 의술을 지닌 어의 허준조차도 치료가 불가능할 지경에 이르렀다. 이제 주상은 백약이 무효한 상태에서 하루하루 탕약으로 목숨을 연명하는 신세가 되었다.

다시 포청에서 종사관들이 황해도로 급히 파견되었고 단서조차 없는 범인 색출에 나섰다. 비록 장님 코끼리다리 만지는 격이었지만, 한 달간의 수사로 한 가지 사실은 알아낼 수 있었다. 범인으로 보이는 용의자의 몸집이 보통 사람들보다 유달리 크다는 것이었다. 이제 수사는 팔도의 거한들로 집중되었다. 조정에서 포고령을 발표하였다. 거한들이 사는 고을의 수령들은 그들의 10월 15일(음력)을 전후한 행적을 낱낱이 조사하여 보고하라는 것이었다. 범인을 신고하거나 추포하는 자에게는 상금으로 1,000냥을 주겠다는 방이 조선팔도에 붙었다.

지당마을에서 이 포고령을 접한 초시 응석은 혹시 천동이 아닐까 잠깐 생각했지만 저 멀리 황해도에서 벌어진 벽서사건의 범인이 그 녀석일 리가 없다는 판단이 서자 곧 머릿속에서 지워버렸다. 그는 아직까지도 천동이 울산에서 그리 멀지 않은 곳에 은신해 있을 것이라 굳게 믿고 있었다.

내원마을 사람들은 순번을 정해서 매일 산등성이에서 약초를 캐는 한편 외부인의 접근을 철저히 막았다. 그러나 무엇이든지 한계는 있었다. 하필이면 수십 명의 마을 사람들이 모여서 목검으로 검술훈련을 하고 있을 때, 약초꾼으로 위장한 김 초시의 염탐꾼 천수만에게 그 장면이 노출되었다.

김 초시가 천동을 찾기 시작한 지 9년 만이었다. 김 초시가 보낸 천수만은 드디어 그에게 큰돈을 받을 수 있게 된 것이다. 그자는 처음에 자신의 눈을 의심했다. 그러나 수십 명의 사람들이 일사분란하게 검술훈련에 이어 전술훈련까지 하는 모습을 보며 이내 회심의 미소를 지었다. 그는 이 소식을 곧 김 초시에게 전했다. 김 초시는 그에게 수고했다는 말과 함께 우선 받아두라며 다섯 냥의 엽전을 주었다. 그는 천수만에게 관청에 신고하는 일은 자신에게 맡기고, 기다리면 일이 끝난 후에 약조한 나머지를 주겠다고 하였다.

수만을 보내고 나서 김 초시는 쥐가 나도록 머리를 굴렸다. 이 무렵의 조정은 임진란 이후 입지를 탄탄하게 굳힌 왕세자 광해군을 중심으로 대북파들이 조정의 실권을 장악하고 있었으며, 소북파들은 광해를 왕세자 자리에서 몰아내고 영창대군을 세자 자리에 올리기 위해서 동분서주하고 있었다. 주상은 날로 깊어져 가는 자신의 병세를 인지하고 죽기 전에 광해를 세자 자리에서 끌어내리기 위해서 노심초사하고 있었다. 그러던 차에 김 초시를 통해서 내원동의 일을 보고받은 서인들과 소북파는 이 일을 광해와 연관된 역모사건으로 몰 완벽한 계획을 짜기 시작했다.

다음 날 역모사건에 대한 고변으로 조정은 시끄러웠다. 그들은 광해군과 내원마을 사람들을 역모로 몰기 위해서 역당들의 규모를 조작한 후에 인간사냥에 대한 작전을 시작했다.

　1608년 1월 28일(음력), 경주와 울산, 대구지역에서 동원한 이천 명의 관군들이 주왕산에 집결해서 인간사냥을 위한 세부계획을 다시 점검했다. 관군의 지휘는 영의정 유영경이 병석에 누워있는 주상에게 주청을 하여 직접 맡았으며, 경상좌병영에 있던 정사품 진위장군 이광천이 포토군의 실질적인 선봉장이 되어 출정하였다. 주상은 병석에 누워서도 광해를 끌어내리기 위해서 유영경의 주청을 빙자해 그에게 임무를 맡긴 것이다. 관군들은 역당들의 세작 노릇을 할 것을 염려해서 주왕산 초입에 있던 주막의 주모를 살해하고 집을 불태웠다.

　내원마을에서는 포토군의 움직임을 간파하고 절골에 서른 명, 가메봉 마흔 명, 금은광이재 마흔 명을 배치하고, 혹시 있을지도 모르는 경우를 대비해서 폭포 쪽에 열 명, 느즈매기재에 스무 명을 배치하였다. 각각의 장소는 이미 구 년 동안 만약을 대비해서 토굴과 참호를 만들어 놓았고, 창검은 물론 오십 개의 활과 화살 삼천 개씩을 각각 보관하여 두었다.

　관군인 포토군은 두 개의 방향으로 병력을 집중하여 내원마을로 향해 진격을 하였다. 금은광이재에 일천 명, 절골에서 가메봉으로 진입하는 곳에 일천 명의 관군을 나누어 역당들을 토벌하도록 하고, 영의정 유영경은 인근의 청송도호부에 남아서 부사와 함께 상황을 수시로 보고받기로 하였다.

　포토군은 천동에게 항복을 권유하는 서찰을 전달하였다. 서찰의 내용은 역모를 인정하고 순순히 항복하면 여자들과 아이들의 목숨은 살려주겠다는 것이었다. 천동도 관군에게 보낼 답서를 작성하였다.

깊은 산중에서 흙이나 파먹고 사는 백성들이 무슨 힘이 있다고 역모를 획책하겠습니까? 나라에서는 동원할 수 있는 병사의 수가 어림잡아 십만이지만 이곳 내원동의 마을 사람들은 전부 합쳐도 이백 명이 조금 넘는 숫자인데, 무슨 수로 한양으로 진격을 하겠습니까? 이곳에는 화포가 1문도 없고, 조총 1정도 없습니다. 이런 미약한 힘으로 삼십만의 왜군을 물리친 조선의 조정을 어떻게 무너뜨리겠다고 감히 역모를 꾀하겠습니까? 관군을 삼십 리 밖으로 물린다면 관에서 파견한 조사관을 통해 성실히 조사에 임하겠습니다. 부디 백성들의 모진 목숨을 거두지 말아주시옵소서.

천동의 답서에 대해서 무조건 항복하라는 포토군의 서찰이 다시 전달되었다.

너희들이 광해와 내통해서 왕위를 찬탈하려고 몰래 군사를 기르고 있었다는 것을 이미 다 알고 주상의 명에 의해서 역당들을 토벌하기 위해 우리가 이곳에 온 것이다. 너희들에게 죄가 없다면 순순히 항복하고 오라를 받으면 될 일, 더 이상의 관용은 없다. 오늘 안으로 무조건 항복하라.

관군들이 내원의 백성들을 역당들로 단정하고 타협할 의사가 없음을 분명히 함에 따라서 내원마을에서는 긴급 마을회의가 열렸다. 회의의 결론은 결사항전이었다.

"대장, 어차피 항복해도 마을의 남자들은 다 죽어. 또한 저들은 그냥 항복도 아니고 역모를 인정하라는 것이잖아. 여기서 싸우다가 다 죽더라도 싸우는 수밖에 없어. 아이들과 그 아이들의 어미 한 명씩은 미리 준비해 둔 토굴 속으로 들어가고 나머지는 싸웁시다."

"지렁이도 밟히면 꿈틀한다고 했습니다. 힘없는 백성들을 정쟁의 희생물로 삼으려는 저들에게 결코 불복해서는 안 될 것입니다."

"옳소!"

이튿날 이천 명의 관군이 두 곳으로 나누어서 공격을 시작했다. 마을에서는 관군의 공격에 대응해서 금은광이재의 방어는 천동이 직접 지휘하고, 절골에는 강목이, 가메봉삼거리에는 대식이 마을 자경단을 이끌고 대비하였다.

선조에게 있어서 백성은 어떤 의미였을까? 1608년 정월 그믐날(음력), 선조는 자신의 죽음이 임박했음을 직감하고 광해군에게 왕위를 넘긴다는 유언서를 작성하였다. 다음 날인 1608년 2월 1일(음력), 선조의 붕어를 알리는 봉화가 전국으로 전달되었고, 옥좌를 비워둘 수 없는 사정으로 광해군이 조선의 15대 왕으로 등극하였다. 그리고 이날 광해는 왕명으로 내원마을로 출정한 토벌군의 철수를 명하였다. 국상 중에 실체도 불분명한 역모사건으로 붕어하신 선왕의 저승길을 시끄럽게 할 수 없다는 명분으로 조정 대신들을 압박하며 내린 왕명이었다. 이미 새 왕으로 광해가 등극한 마당에 더 이상 내원마을 백성들을 역당으로 몰아서 토벌할 수 없기에, 역모를 기획했던 자들은 후일을 기약하며 한 발 물러날 수밖에 없었다.

광해의 명을 받은 파발이 청송도호부로 향했다. 청송도호부에 있던 영상에게 파발을 보여주자 영상은 파발군에게 오늘은 늦었으니 내일 주왕산으로 떠나라고 하고 술과 음식을 준 후에 객관에 재웠다. 기왕에 시작한 인간사냥이 끝을 볼 수 있는 시간적 여유를 포토군들에게 주기 위해서였다. 이튿날 파발군이 주상의 명을 전하기 위해서 떠나려고 할 때 영의정과 부사도 함께 길을 나섰다.

밤사이에 봄을 시샘하는 눈이 내렸다. 적설량이 세 치 정도는 되어 보이는 비교적 많은 양이었다. 산으로 둘러싸인 청송은 하룻밤 사이에 설국이 되어있었다. 뜻하지 않은 눈으로 인해 영의정과 일행은 주왕산으로 가는 길이 평소보다 많이 지체되었다. 주왕산은 웅장하지는 않지만 그 산세가 설악에 못지않음을 오늘에서야 영상은 보았다. 청송이라는 작은 고을에서 많은 인재가 나는 이유를 알 것 같았다. 그는 청송심씨들이 이미 자리를 잡은 이곳에서 여생을 보내는 것도 나쁘지 않을 것이라는 생각이 들었다.

영상과 부사, 파발군은 절골에서 내원마을 쪽으로 천천히 진입했다. 관군의 흔적을 찾기 위해서 눈 덮인 가메봉삼거리로 올라가는 도중에, 타고 온 말들이 미끄러져 나뒹굴어서 일행은 엉금엉금 기다시피 하여 중화 무렵에야 겨우 가메봉 정상에 오를 수 있었다. 그렇지만 포토군인 관군의 모습은 어디에서도 보이지 않았다. 그들이 이미 내원마을로 들어갔을 것 같아서 마을이 좀 더 잘 보이는 산지당에 올라가서 마을 쪽을 내려다보았다.

그런데 웬일인지 내원마을엔 집이 한 채도 보이지 않았다. 분지의 한가운데에 노루 한 마리가 뛰어다닐 뿐, 사람의 흔적조차 보이지 않았다. 역도 이백여 명이 모여서 살고 있다고 지도에 표시된 지역이 확실한지 재차 확인하고 다시 마을이 있을 것으로 추정되는 쪽을 바라봤지만 결과는 마찬가지였다. 영의정 유영경은 이 모든 게 현실이 아니라 꿈이라는 생각이 들었다. 영상은 머리가 어지럽고 다리에 힘이 풀려서 그 자리에 주저앉았다.

부사가 놀라서 소리쳤다.

"영상대감, 괜찮으십니까?"

"나는 괜찮네. 그보다 자네도 똑똑히 보았지? 내원마을이라는 곳에 집이 한 채도 없지 않은가? 뭐가 잘못돼도 한참 잘못되었어. 내 평생에 이런 일을 겪게 될 줄은 정말 몰랐네. 이건 꿈이야. 꿈……."

"네, 저도 이런 경우는 처음이옵니다."

눈 덮인 산은 올라갈 때보다 내려갈 때가 더 위험하다. 영상과 부사 일행은 그날 수십 번은 엎어지고 넘어진 끝에 겨우 청송 관아에 도착할 수 있었다. 의복이나 관모의 행색이 거지가 형님이라고 불러야 될 지경이었다. 영상은 그날 이후로 자파의 대신들과 수하들에게 내원마을에 관련된 얘기는 한마디도 입 밖에 내지 못하도록 철저히 단속하였다.

2월 25일(음력), 천수만은 약조한 포상금의 지급을 차일피일 미루는 초시 김응석과 담판을 짓기 위해서 이른 아침에 그 집의 담장을 넘었다. 수만은 심호흡을 크게 하고 초시 응석을 불렀다.

"초시 어른, 천수만입니다."

수만의 소리에 하인들이 먼저 뛰어 나오고, 김 초시는 수족이 되어 움직이는 자들에 의해서 마루에 용상처럼 특별히 설치해 놓은 자리에 앉아서 마당을 내려다보다가 이내 눈살을 찌푸렸다. 그는 수만이 나타나리라는 것을 전혀 예상치 못했던 것 같은 반응을 보이고 있었다.

"네놈이 대관절 무슨 이유로 아침부터 피곤하게 나를 깨우는 것이냐?"

"초시 어른께서 약조하신 것을 받으러 왔습니다."

"약조라니? 내가 너 같은 상놈에게 약조 같은 걸 할 리가 있겠느냐?"

"소인은 초시 어른의 말을 믿고 무려 9년을 찾아 헤맨 끝에 천동과 마을 사람들이 이주한 곳을 알아내어 초시 어른에게 고했습니다. 그러니 그렇게 모른다고만 하지 마시고 소인에게 약조한 것을 내어 주십시오."

"내가 수고했다고 이미 다섯 냥을 주었지 않느냐? 다 받아놓고 또 무엇을 내어 놓으라고 하는 것이냐?"

"처음에 약조한 것은 500냥이었습니다."

"나는 기억이 나지 않는데, 정말 그렇게 말했다면 증좌를 보여 주거라. 내 그리하면 너의 말을 믿겠다."

"말로 한 약속도 약속이옵니다. 약속하신 500냥을 내어 주십시오."

"저놈이 실성을 한 게냐? 500냥이면 쌀 100석은 살 수 있는 거금이거늘, 내가 무슨 힘이 있다고 그런 황당한 약속을 한단 말이냐?"

"소인도 풍문으로 알고 있습니다. 이 근동의 농토는 죄다 초시 어른의 것이어서 천 냥도 쉽게 마련할 수 있는 분이 아니시옵니까? 그러니 500냥이 안되면 300냥이라도 주십시오. 무려 9년 동안 그곳을 찾으려고 헤매고 다녔습니다. 그런데 다섯 냥이라는 게 말이 됩니까?"

천수만은 댓돌 아래 마당에서 김 초시에게 머리를 조아리고 애원을 하고 있었다.

"먼 길 온 것 같은데, 조반이나 잘 먹여서 보내도록 해라. 나는 한숨 더 자야 하니까 더 이상 소란피우지 말거라."

말을 마친 김 초시가 다시 방으로 들어가려고 하자 수만은 부복했던 몸을 일으키며 말을 이어갔다.

"초시 어른, 증좌를 보여드리지요."

천수만의 말에 응석이 그럴 리가 없다는 반응을 보이는 순간, 수만은 품속에서 무엇인가를 꺼내는 척하며 그를 향해서 수리검을 연속해서 날렸다. 김 초시의 목과 머리, 가슴에 수리검이 정확하게 박히자 그는 절명했다. 너무도 순식간에 일어난 일이라서 모두들 넋이 나간 사람들처럼 어리둥절하고 있는 사이에 천수만은 그곳을 빠져나갔다.

그토록 많은 사람들의 목숨과 땅을 빼앗아서 살던 자 치고는 너무나 허망한 죽음이었다. 백성들에게 땅은 그냥 땅이 아니라 목숨과도 같은 것이다. 백성들이 피땀 흘려서 황무지를 개간해 놓으면 두꺼비가 파리 채가듯이 그것을 날름날름 빼앗아가는 양반 사대부와 지역의 토호들은 결국 백성들의 목숨을 빼앗는 인간백정들이다. 오늘 울산땅에 살던 인간백정 한 명이 그가 너무도 쉽게 빼앗고 죽여 왔던 천민에게 죽임을 당한 것이다. 천하의 잡놈 김응석은 그렇게 유언 한마디 못 남기고 이승을 하직했다.

청송에서 떠도는 소문을 통해 내원마을 사람들에 대한 역모죄는 무고함이 밝혀졌다는 것을 알았다. 눈이 많이 내렸던 그날, 영의정 일행이 마을로 접근하는 것을 발견한 보초가 마을 사람들에게 그 사실을 알려서 문밖출입을 못하게 하고 완벽하게 그들을 속였기 때문에 당분간은 세상의 위협으로부터 안전할 것이다. 이제 다들 한시름 놓아도 될 것 같았다. 그렇지만 마을자경단에게 몰살당한 이천 명의 원혼은 고민거리였다. 죽일 수밖에 없는 싸움이었기에 어쩔 수 없이 포토군들을 죽이기는 했지만, 그들도 같은 피가 흐르는 조선 사람들이었다. 그래서 그들에 대한 위령제는 매년 마을에서 엄숙하게 지내기로 의견을 모았다.

마을 사람들에게 역당의 죄를 뒤집어씌운 자가 초시 김응석이라는 것도 밝혀졌다. 천동은 그를 응징하여 마을의 우환덩어리를 없애기로 마음먹었다. 가능하면 동족을 해치는 일은 하지 말아야 한다고 다짐한 그였지만, 그자만큼은 절대로 살려두지 않을 작정이었다.

천동이 울산으로 떠났다. 그는 지당마을로 가기 전에 송내마을에 들렀다. 그곳에서 그는 김 초시의 소식을 들을 수 있었다. 김 초시의 집에 얼마 전에 자객으로 보이는 자가 침입했는데, 그가 김 초시를 죽이고 도망쳤다는 것이었다. 천동은 그 자객이 어디 사는 누구인지 궁금해서 좀 더구체적인 소식을 알려고 했지만 더 이상은 알 수가 없었다.

울산의 보부상을 통해서 대산이 형의 소식도 들을 수 있었다. 형은 임진란이 끝날 무렵에 왜군에 정보를 주며 부역했던 경쟁상단의 누군가에의해서 살해당했는데, 시신을 찾지 못해서 무덤도 만들지 못했다고 했다. 친형처럼 생각하며 살았던 대산이 형이 죽었다는 소식에 그는 자리에 털썩 주저앉았다. 그동안 소식이 끊겼으면 당연히 알아봤어야 하는데 마을 일에 매진하느라고 너무나 소중한 것을 놓치고 살아왔다는 것을 깨달았다.

역시 세상일이라는 게 하나를 얻으면 잃는 것도 생긴다는 것을 오늘 그는 확실하게 알았다. 때늦은 후회가 밀려왔다. 자신이 내원마을 밖의 세상과 멀어진 사이에 정말로 많은 것들이 달라져 있었던 것이다.

천동은 내친김에 조선으로 망명을 하겠다고 했던 세평(요시라) 형님의 소식에 대해서도 수소문해 보았다. 천동은 그가 조선으로 망명을 한 것까지는 알 수 있었지만 그의 말대로 지리산의 깊은 골짜기로 숨어 들어갔는지 그의 소식을 더 이상 알 수가 없었다. 그에게 여러모로 신세를 졌던 천동이었지만 확실한 생사조차 확인할 방법이 없었다.

천동은 임진란을 계기로 만났던 천사장 이눌 장군이 보고 싶어져서 그의 향리인 개곡마을로 발걸음을 옮겼다. 멀리 동대산 자락에 연분홍빛이 창연한 것을 보니 봄이 왔다는 것을 알 수 있었다. 개곡마을에 들러서 장군의 안부를 물었다. 마을 사람들이 이눌 장군은 그가 내원마을로 들어간 1599년에 이미 작고했다는 말과 함께 묘지가 있는 곳을 가르쳐 주었다.

마을 뒷산에 있는 장군의 묘지 앞에 선 천동은 한 아름의 창꽃을 장군에게 바치며 절을 올렸다. 그는 잠시 장군과의 지난 일들을 회상하며 눈물을 흘렸다. 사대부인 그와 격의 없이 나누던 대화가 생각났다.

'맹자왈(孟子曰), 민(民)이 위귀(爲貴)하고, 사직(社稷)이 차지(次之)하고, 군(君)이 위경(爲輕)이라고 했습니다. 장군은 어찌 생각하시는지요?'

다른 양반들 앞에서 이런 얘기를 했다면 아마도 목숨이 몇 개라도 모자랐을 것이지만 이눌 장군은 그런 그를 이해하고 감싸주었었다. 비록 양반이지만 양민과 천인들을 누구보다도 아끼고 보듬었던 장군이 몹시 그리웠다. 금방이라도 무덤에서 나와서 그에게 말을 걸 것 같았다. 약관의 어린 나이에도 그토록 당당하게 의병들을 모집하고 이끌며, 수많은 전투에서 빛나는 공적을 남긴 그의 마음속 영웅이 여기 이렇게 무덤 안에 계시다고 생각하니 서글픈 생각이 들었다. 아직 너무나 젊고 할 일이 많은 분이 어쩌자고 이렇게 일찍 세상을 뜨셨는지 하늘이 원망스러웠다. 백성을 진정으로 생각하는 몇 안 되는 양반이기에 진심으로 그를 존경하며 따랐었는데, 이제 장군마저 가셨다니 천동은 다시 외톨이가 된 느낌이었다. 천동은 장군에게 작별 인사를 하고 다시 무룡산으로 향했다.

그는 화동마을의 연못에서 매봉재로 오르는 길을 택했다. 이곳도 동대산 자락처럼 창꽃이 흐드러지게 피어있었다. 그가 알지 못하는 숱한 꽃들도 자신을 보아달라는 듯이 참 많이도 피어있었다. 매봉재를 오르며 그곳에서 왜적의 동태를 감시했던 의병들의 모습과 그들의 마음을 그려보았다.

임진왜란과 같은 환란이 발생하면 주상과 사대부들의 힘만으로는 적들로부터 나라를 지키지 못한다. 그런 까닭에 다급해지면 주상도 양반 사대부들도 양민과 천민들에게 같이 싸우자고 손을 내밀지만, 사태가 진정되면 언제 그랬냐는 듯이 낯빛을 바꾼다. 적어도 지금까지의 세상에서 백성들은 조선이라는 나라를 지탱하기 위한 도구에 불과했다. 초심을 잃어버린 왕과 사대부들로 인해서 지금의 조선은 너무도 혼탁한 나라가 되어버렸다. 따라서 선조에서 광해로 임금 한 명이 바뀌었다고 해서 세상이 그다지 바뀌지는 않을 것이다.

그렇지만 많은 시간이 지나면 분명히 오늘과는 다른 세상이 도래할 것이라는 것을 그는 믿고 싶었다. 달천철장 부근의 폐가에서 발견한 『맹자(孟子)』의 필사본은 천동의 생각에 많은 변화를 가져왔다. 그가 방황을 멈추고 자신이 해야 할 일이 무엇인지를 알게 해준 것 중의 하나가 바로 그 책이었다. 그는 맹자를 통해서 나라나 땅의 진정한 주인은 그곳을 터 잡아서 살아가는 백성이라는 것을 어렴풋이나마 알게 되었다.

힘든 시기에 그의 보금자리가 되어주었던 무릉산의 동굴집은 많은 시간이 흘렀지만 여전히 그대로였다. 입구를 단단히 막아놓아서 짐승들의 거처가 되는 것을 면할 수 있었기 때문이다. 이제는 자신의 가족과 먼저 세상을 떠난 사람들의 가족, 그리고 내원마을 사람 모두를 책임져야 하기에 이 동굴집에서 다시 사는 일은 없을 것이다. 그는 마지막이 될 것 같은 이곳에서 하룻밤을 지내기로 작정했다. 마음과 몸이 모두 지쳐있었지만 천동은 잠들지 못하고 밤새 뜬눈으로 있다가 그곳을 나왔다. 주왕산으로 이주하여 생활한 지난 9년 동안 자신이 가진 것을 마을에 모두 쏟아 부은 탓인지, 그의 외모는 이십 대 후반의 나이인데도 삼십 대 후반의 중년이 되어있었다.

이른 새벽 무릉산 정상에서 오십여 보 떨어진 평평한 산지에서 그는 떠오르는 동해의 일출을 바라보았다. 이곳에서 지낼 때 많이 보았던 일출이지만 그때와는 느낌이 사뭇 달랐다. 저 해는 분명히 어제의 그 해가 분명히 맞는데 말이다. 해가 달라진 것인지 그가 달라진 것인지는 모르지만, 세월은 많은 것들을 변화시키는 것이 확실한 것 같았다.

그래, 지금은 천하의 잡놈들이 설쳐대고 그들이 지배하는 세상이다. 하지만 세월은 세상이 모르는 사이에 모든 것을 조금씩 변화시킬 것이고, 그러다 보면 분명히 힘없는 백성들에게도 좋은 날이 올 것이다.

천동은 주먹을 불끈 쥐고 세상을 향해서 그것을 먹이고 또 먹였다.

"천하의 잡놈들아, 이거나 실컷 먹어라." 🐟

군주의 배신